립반윙클의 신부

リップヴァンウィンクルの花嫁

이와이 슌지 장편소설

박재영 옮김

RHK
알에이치코리아

마음씨 착한 도깨비의 집입니다.

누구든지 들어오세요.

맛있는 과자가 있습니다.

차도 끓여 놓았습니다.

하마다 히로스케 《울어 버린 빨간 도깨비》

클램본

나나미는 오래전부터 남들에게 말할 수 없는 의문을 품고 있었다.

남녀 사이에는 선이라는 것이 존재한다. 언젠가는 넘어야 할 선이라고 한다. 하지만 과연 어떻게 해야 이 선을 넘을 수 있는 것일까?

그 전초전 격으로 손을 잡거나 키스를 하겠지. 거기까지는 이해할 수 있다. 영화나 드라마에서도 흔히 보는 광경이니까. 알몸이 되어 서로 껴안는다. 이 상황부터 상상이 잘 안 간다. 처녀를 빼앗기고 섹스를 한다. 이건 거의 말도 안 되는 세계다. 영화나 드라마를 보면 이런 장면이 나올 때도 있고, 어떨 때는 사람을 죽이는 장면이 나오기도 한다. 그렇지만 아무리 흔히 볼 수 있는 장면이라 해도 나는 사람을 죽이지 못할뿐더러 남성 앞에서 옷을 홀딱 벗는 것도 무리다. 솔직히 여성 앞에서 알몸을 보이는 것도 싫다. 온천이나 대중목욕탕에도 될 수 있으면 가고 싶지 않다. 최소한 수영복 차림으로 들어가고 싶다. 이렇게 생각하는 여성이 분명 나뿐만은 아닐 것이다. 그럼 그런 사람들은 남녀 사이에 존재하는 선을 어떻게 넘으면 좋을까? 남성이 옷을 억지로 벗기게 놔둘까? 그것도 싫다. 남성은 힘이 세니까 그 힘을 믿고 처녀를 빼앗는 것일까? 그러면 강간이지 않나?

남녀 사이의 선을 넘는 순간, 두 사람 사이에 도대체 무슨 일이 일어날까? 그걸 정말로 모르겠다. 하지만 그 선을 넘기 때문에 사람은 아이를 낳고 후손도 남길 수 있다. 그 점에 대해서 또 다른 의문점이 있기는 하다. 그렇게 큰 아기를 어떻게 낳는지, 또 출산할 때의 고통을 어떻게 견디는지 매우 궁금하다.

그런 이유로 나나미는 22년 동안 처녀였다. 지금껏 연애와 무관한 인생을 살아왔다. 그러나 대학교를 졸업하고 드디어 사회인이 되어 보니 역시 초조해졌다. 아무리 그래도 그렇지 스물두 살이라는 나이에 남성과 교제해 본 경험이 전혀 없다는 말은 이색적으로 들릴 뿐이다.

그러던 어느 날, 플래닛이라는 소규모 SNS에 '사랑 만들기'라는 신기능이 탑재되었다는 기사를 발견했다. 플래닛은 나나미가 좋아하는 SNS이기도 했다. 맞선 사이트 같은 기능인가? 그렇다고 해도 나나미는 맞선 사이트를 이용해 본 경험도 없었다. 하지만 늘 애용하는 플래닛의 추가 기능이라는 점에서 거부감이 덜했다. 따로 계정을 등록할 필요가 없다는 점도 가입 장벽을 낮춰 주었다.

'사랑 만들기'에 등록하면 일단 '연애 활동 편', '결혼 활동 편'이라는 두 가지 영역을 선택할 수 있는데, 나나미는 '결혼 활동 편'을 선택했다. 애인조차 사귀어 본 적이 없는 나나미에게 결혼은 이룰 수 없는 꿈이기는 했지만, '연애 활동 편'은 인상부터가 장난삼아 선택하는 사람이 많을 듯해 보여서 안전한 쪽을 선택한 것이다. 하지만 진지한 마음으로 결혼 상대를 찾는 사람의 입장에서 보면 나나미도 장난삼아 참가하는 사람이나 마찬가지였다.

남자는 의무적으로 실명을 사용해야 했지만 여자는 익명이 허락되었다. 프로필 사진은 본인 사진을 권장했다. 나나미는 본명인 미나가와 나나미를 꼬아서 '나나가와 미나미'라는 닉네임으로 로그인했다. 여러 남자들에게서 연락이 쇄도했다. 나나미는 그중에서 마음이 맞을 듯한 남성 한 명을 골라 답장을 보내 봤다.

쓰루오카 데쓰야라는 남성으로, 어느 대학교 부속 중학교의 수학 교사였다. 나나미는 무의식중에 자신과 같은 직업을 가진 사람을 선택하고 있었다.

몇 번 대화를 주고받은 후, 두 사람은 이케부쿠로에서 데이트를 하기로 했다. 그러나 데쓰야는 길을 헤매느라 약속 시간이 다 지나도록 만나기로 한 장소에 나타나지 않았다.

데쓰야가 보낸 메시지가 나나미에게 도착했다.

@쓰루오카 데쓰야
　지금 손을 흔들고 있습니다! 보이세요?

　나나미는 주위를 둘러봤지만 그럴듯한 인물이 눈에 띄지 않았다. 일요일의 번화가는 사람들로 심하게 붐볐다. 나나미는 데쓰야에게 메시지를 보냈다.

@나나가와 미나미
　지금 기둥 앞에 있어요.

　나나미는 다시 한 번 손을 흔들어 봤다. 갑자기 등 뒤에서 누군가가 어깨를 톡 치기에 뒤돌아보니 상큼하게 웃는 남성이 서 있었다. 그는 나나미가 '사랑 만들기·결혼 활동 편'에서 쓰는 닉네임을 말했다.
　"'나나가와 미나미' 씨이신가요?"
　"아, 네……. 아, 처음 뵙겠습니다."
　나나미는 고개를 끄덕이고는 당황한 기색으로 어색한 미소를 지었다. 그러고는 다시 한 번 남자의 용모를 확인했다. 예상을 훨씬 뛰어넘는 외모를 가진 남성이었다. 키가 크고 청결한 느낌이 들었다.
　"쓰루오카입니다. 너무 늦어서 죄송합니다. 너무 일찍 도착해서 시간 때우려고 주변을 돌아다니다가 길을 잃어버렸어요. 속이 타서 죽는 줄 알았습니다. 그래도 간신히 돌아왔네요. 저쪽에 분위기 좋은 카페가 있는데 그곳으로 가 볼까요?"

"아, 네."

두 사람은 인파 속을 지나며 카페까지 걸어갔다. 키가 큰 남자의 뒤를 따라 걷는다. 단지 그뿐이었지만 나나미의 가슴은 두근두근 뛰었다. 아, 이게 연인들의 거리감이라는 건가?

그가 고른 카페는 확실히 고급스럽지만 들어가기 거북하지 않은 아늑한 분위기의 가게였다. 두 사람은 서로의 직업에 관한 화제부터 이야기하기 시작했다.

"부속 중학교 교사로 채용되기가 쉽지 않죠?"

"뭐, 글쎄요. 저는 한 번 학교를 떠나 대학교에서 연구원으로 근무한 적도 있어서 잘 모르겠네요. 아, 당신도 교사였죠?"

"네."

"중학교였던가요?"

"네, 저는 사립 중학교에서 시간제 교사로 일하고 있어요. 파견 교사죠."

파견 교사란 파견 사원의 일종이다. 나나미는 세이린중학교에 근무했는데, 하이스코어라는 파견회사가 고용주이며 보수도 이 회사에서 받았다.

"호오, 교사도 파견이 있었군요? 몰랐네요."

"공립에는 없나요?"

"파견 교사라는 말은 들어본 적이 없어요. 다양한 서비스가 있군요."

"생각보다 꽤 힘들어요. 장래도 불안하고……."

"아이들 수는 점점 줄어들기만 하고 말이죠."

"맞아요."

화제는 자연스레 취미에 관한 이야기로 넘어갔다. 데쓰야의 이야기는 몹시 난해했다. 스파스 모델링이나 피보나치수열, 마운더 극소기 등 대부분 나나미가 이해할 수 없는 주제들이었다. 자신은 모르는 미지의 세계에 대해 자세히 이야기하는 데쓰야를 보며 나나미는 마치 미래에서 온 사람과 대화하는 듯한 문화적인 충격을 느꼈다. 나나미는 그 충격이 연애에서 느낄 수 있는 감정의 일종일 거라고 생각했다.

헤어질 때 나나미는 자신의 본명을 밝혔다.

"'나나가와 미나미'는 닉네임이고 본명은 '미나가와 나나미'입니다."

"아, 그래요? 나나가와 미나미가 아니라 미나가미나미…… 음…… 미나나?"

"'미나가와 나나미'예요."

"'미나가와 나나미' 씨."

"네."

나나미는 수첩에 자신의 이름을 적고, 그 페이지를 찢어서 그에게 건넸다.

"미나가와 나나미(皆川七海) 씨군요. 일곱 개의 바다라…… 모험가네요."

"그렇지 않아요."

"앞으로 기상천외한 인생이 펼쳐질 수도 있잖아요?"

"그런 인생은 필요 없어요!"

"본명을 알려 줬다는 건 또 데이트 약속을 해도 괜찮다는 뜻입니까?"

"아…… 네."

이렇게 두 사람은 정식으로 교제하기 시작했다.

데쓰야는 플래닛의 다른 계정을 알려 주었다. '아이언 크레인.' 평소에는 이 계정을 주로 사용한다고 한다. 철 크레인이라니 굉장히 위압감을 주는 이름이라고 나나미는 생각했다.

"크레인은 공사현장의 크레인이 아니라 학이라는 의미예요. 영어로 말이죠. 공사에 쓰이는 크레인도 학과 비슷한 모습이라 그렇게 불리게 된 거 아닐까요?"

"철로 된 학이라. 왜 학이라는 닉네임을 쓰시나요?"

"그야 제 성이 쓰루오카(鶴岡)니까요."

나나미가 그의 이름을 기억하지 못한 것은 아니지만 이미지가 닉네임과 잘 연결이 되지 않았다. 어쩐지 조금 어색했다.

"나나미 씨는 평소에 사용하는 계정 없나요?"

"네?"

"나나가와 미나미는 '사랑 만들기'용이죠? 아닌가요?"

"맞아요. 평소에는 그냥 미나가와 나나미를 사용해요."

"본명으로요?"

"네."

나나미는 거짓말을 했다. 사실은 '클램본'이라는 익명의 계정을 보유하고 있었다. 그러나 데쓰야에게 보여 주고 싶지 않은 글도 있어서 말할 수 없었다. 본명을 밝혀도 말할 수 없는 이름이 아직 남아 있다고.

이미나(諱).

옛날에 신분이 높은 사람은 본명을 숨기고 평소에는 히라가나로 된 이름을 사용했다고 한다. 이 숨겨진 본명을 이미나라고 불렀다. 나나미는 그런 토막 상식을 떠올렸다.

데쓰야는 검색으로 나나미의 계정을 찾아내서 친구 요청을 보냈다. 아이언 크레인이 나나미의 친구 목록에 떠서 요청을 승인하자 데쓰야가 인사 대신 이모티콘을 보내 주었다.

'흰 강아지! 오랜만에 봤다!'

흰 강아지는 초창기에 유행했던 '하얀 동물 시리즈'라는 이모티콘이었다. 아직까지 사용하는 사람이 있다니. 나나미는 자신이 좋아하는 여러 가지 이모티콘을 사용하지 않고 일부러 흰 고양이로 답했다.

"어라? 당신도 갖고 있었군요! 마음이 잘 맞네요."

데쓰야가 매우 기뻐했다. 나나미는 쓴웃음을 지었다. 이런 걸로 호감을 얻을 수 있다면 얼마든지 할 수 있다.

집에 돌아와서도 나나미는 좀처럼 흥분이 가라앉지 않았다. 그래서 무심코 '결혼 활동 편'의 타임라인에 이런 글을 작성했다.

@나나가와 미나미

드디어 해냈다! 처음으로 애인이 생겼어요! 시간이 너무 오래 걸렸네요.

순식간에 '좋아요'가 50개를 넘었다. 축하 메시지도 많이 받았다. 나나미는 고맙다고 일일이 답장을 보냈다.

@나나가와 미나미
애인이 생겨서 그 기쁨을 마음대로 적어 올렸는데 '좋아요'가 계속 달리다니, 이보다 더 큰 행복은 없을 것 같아요!

이 글에도 '좋아요'가 연속적으로 달렸다. '결혼 활동 편' 안에서 한바탕 축하 열풍이 불었다. 하지만 나나미는 그런 상황이 이상하게 거짓말처럼 느껴졌고 자신의 글도 거짓말 같았다.

점점 질리기 시작하자 나나미는 '결혼 활동 편'을 로그아웃하고 '클램본'으로 플래닛에 다시 로그인했다. 데쓰야에게는 숨겨놓은 진짜 닉네임이다.

@클램본
맞선 사이트에서 남자친구를 발견했다.
어쩐지 너무나도 쉽게 손에 넣었다.
인터넷 쇼핑을 하듯이 간단히 한 번의 클릭으로.
정말 이런 식으로 남자를 만나도 되는 걸까?
그 남자도 나를 손쉽게 손에 넣은 여자라고 생각할까?

나나미는 미야자와 겐지의 《야마나시》라는 동화에서 차용한 이 클램본이라는 캐릭터를 커다란 뿔테 안경을 쓴 문학소녀로 설정하고 있는데, 나나미의 본심을 대변하는 분신이나 다름없었다. 독자적인 팔로워도 꽤 있어서 글을 올렸더니 댓글이 하나둘씩 달리기 시작했다.

@보이드

어차피 얼굴이 보이지 않는 사람끼리 모이는 가상 세계야.

전원이 꺼지면 존재하지 않는 네트워크지.

그런 곳에 무슨 진실이 있겠어?

@코스타 리카

그런 식으로 생각하다니 어쩐지 쓸쓸하네요.

이 글을 읽었더니 오늘 하루가 완전히 엉망이 됐습니다.

코스타 리카의 이 댓글은 뭐지? 나한테 하는 말인가, 보이드에게 하는 말인가? 아니면 둘 다인가? 어쨌든 코스타 리카 탓에 나나미도 오늘 하루를 완전히 망친 기분이 들었다.

잠시 후, 보이드가 코스타 리카에게 반격하고 싶었는지 영양가 있는 장문의 댓글을 달았다.

@보이드

사람은 누구나 태어난다. 나도 태어났기 때문에 이 세상에 존재한다.

하지만 태어난 경험은 단 한 번뿐이다.

나는 언젠가 죽는다.

그 경험도 반드시 한 번뿐이다.

결혼을 열 번, 스무 번 하는 사람은 거의 없다.

세상에는 연애에 관한 이야기가 이렇게나 넘쳐나는데,

인생이라는 규모에서 보면 실제로 운명적인 만남을 갖는 사람은 극소수

에 불과하다.

그러나 우리는 그 몇 번 안 되는 만남을 통해서 반려를 찾고

평생을 부부로 살아간다.

보이드의 말이 맞다. 나는 고작 이십 몇 년을 살았을 뿐인데 운명적인 만남이 그리 쉽게 이루어질 리가 없다. 초조해할 이유가 없는데도 자신은 초조하게 굴고 말았다. 초조해할 필요가 전혀 없었을지도 모르는데.

뭔가 하면 안 되는 일을 저지른 듯한 죄책감이 나나미를 괴롭혔다.

그렇지만 이제 와서 후회해 봤자 소용없었다. SNS라는 드넓은 바다에서 낚아 올린 물고기는 진짜 육식계 남성(적극성이 강한 남성을 뜻함-옮긴이)이었다. 데쓰야는 남녀 사이에 존재하는 선을 간단히, 아주 쉽게 뛰어넘어 왔다. 그것도 매우 난폭하고 뻔뻔하게.

오랫동안 품어온 의문이 풀리며 처녀를 잃었고 나나미는 여자가 되었다.

2
하나마키

미나가와 나나미. 1992년 4월 1일생.

4월 1일에 태어난 사람은 민법상 빠른 태생이다. 나나미가 스무 살이 되는 시각은 19세가 만료되는 3월 31일 밤 12시 0분, 즉 4월 1일 0시 0분이다. 그런데 법률상 3월 31일 12시 0분과 4월 1일 0시 0분은 다르다고 한다. 나나미가 스무 살이 된 날은 어디까지나 3월 31일 12시 0분이며, 4월 1일 0시 0분이 아니라는 식으로 해석되어 결과적으로 빠른 태생이 되는 셈이다.

나나미는 이런 까다로운 법규를 아는 사람은 자신처럼 4월 1일에 태어난 사람뿐일 거라고 생각했다. 게다가 이날은 만우절이다. 누구에게나 거짓말이 허락되는 특별한 날이다. 그런 날이 하루쯤은 있어도 좋지만 자신의 생일과 같은 날이라는 점은 별로 달갑지 않다. 여하튼 그런 이유로 나나미는 어린이집에 다니던 시절부터 연령적으로 가장 어린 아이로 지내왔다. 그래서 성격이 소극적인 것일 수도 있다고 생각한 나나미는 자신의 과거를 돌이켜 보았다.

나나미가 태어난 곳은 이와테 현 하나마키 시의 가미스와였다.

초등학교 졸업 문집에 '장래희망'이라는 제목으로 작문을 했다.

나의 장래희망은 학교 선생님입니다. 담임인 모리야 선생님과 같은 선생님이 되고 싶습니다. 모리야 선생님이 쉬는 날은 토요일입니다. 봄방학과 여름방학과 겨울방학이 있습니다. 숙제가 없습니다. 아이들과 노는 시간이 잔뜩 있습니다. 돈벌이에 관한 이야기를 하지 않습니다. 술에 취해서 밤늦게 집에 돌아가지 않습니다. 늘 웃고 있으며 활동적이십니다. 다정하신 분입니다. 우리에게 여러 가지를 가르쳐 주십니다. 언제나 우리를 걱정해 주십니다. 때때로 무섭지만 우리를 생각해서 진심으로 혼내 주십니다. 졸업식이 다가왔지만 모리야 선생님과 헤어지고 싶지 않습니다. 계속 함께 지내고 싶습니다. 저도 언젠가 모리야 선생님과 같은 선생님이 되고 싶습니다.

모리야 선생님은 젊고 잘생긴 남자 교사였는데, 나나미의 첫사랑이었다. 나나미가 쓴 '장래희망'은 선생님을 향한 사랑 고백이었다. 졸업식 날 모리야 선생님이 마지막 통지표를 건네주면서

"좋은 선생님이 되어라!"라고 말해 준 그 추억은 아직도 나나미의 인생에서 가장 큰 보물이었다.

그날 이후 나나미의 꿈은 교사로 정해졌다.

나나미의 아빠 히로노리는 '아부리큐'라는 스테이크하우스 체인점을 운영했다. 할아버지의 뒤를 이어 2대째 내려온 가게였다. 그런데 나나미가 고등학교 3학년 때, 노로바이러스로 인한 식중독이 발생하여 문을 닫을 위기에 처했다. 이 사건을 기점으로 평온했던 가정이 갑자기 흔들리기 시작했다. 아빠가 무리하게 여기저기 빚을 진 탓에 친척과 지인들이 순식간에 거리를 두어 사이가 멀어졌다. 채권자들이 집에 찾아와서 고함을 지르며 언쟁하는 상황도 벌어졌다. 아빠는 원래 술을 별로 마시지 않는 사람이었는데, 낮부터 소주를 마시기 시작했다. 그 모습을 보다 못해 초대 점주인 할아버지가 한밤중에 찾아오셨다.

"기죽지 마라. 남들 보기 부끄럽구나. 장사가 다 그렇지. 산이 있으면 골짜기도 있는 법이야."

할아버지는 나직한 목소리로 말씀하셨다.

아빠도 낮고 작은 목소리로 반론했다.

"손님은 남이에요. 남한테 폐를 끼치지 말라고 한 사람은 아버지시잖아요. 저는 그 남한테 말도 안 되는 폐를 끼쳤다고요. 기죽지 말라고 해도 당연히 기가 죽죠."

두 사람이 새벽까지 대화하는 밤이 한동안 계속됐다. 할아버지의 도움을 받아서 체인점을 매각하고 본점만 가까스로 남겼다.

빈손으로 다시 시작하려던 어느 날, 엄마 하루미가 행방불명되었다. 이를 걱정한 가족들이 경찰서에 신고를 해야 할지 의논하고 있는데, 나나미에게 엄마가 보낸 단문 메시지가 도착했다.

나가노에 있어.

얼마 전 퇴사한 '아부리규'의 지점장이 나가노 출신이었는데, 엄마는 놀랍게도 그 남자가 있는 곳으로 가서 함께 살기 시작한 것이었다.

"그놈과 눈이 맞아서 집을 나간 거였군."

아빠는 나직한 목소리로 중얼거렸다.

"난 버림받은 거야. 나뿐만이 아냐. 나나미, 너도 버림받았어."

나도 버림받은 건가, 나나미는 머릿속이 새하얘졌다.

"내 그럴 줄 알았다."

할머니가 말을 내뱉었다. 할아버지와 아빠도 잠자코 고개를 끄덕였다.

"뭐가요?" 나나미가 물었다.

"알고 있었어. 결혼하기 전부터 수상했어." 할머니는 중얼거리듯이 대답했다.

"손녀 앞에서 무슨 소리세요. 그만하세요." 아빠가 나직한 목소리로 말했지만 할머니는 말을 계속했다.

"초혼이라더니 배에 애를 난 상처가 남아 있었다고."

"그만하시라니까요."

"근데 딸린 애도 없었어. 있었으면 나나미의 오빠나 언니가 됐 겠지? 혈통도 모르는데. 난 그 여우 같은 년을 우리 집에 들인 것 만으로도 기분이 나빴다."

"혹시 그 애가 가게에 노로바이러스를 살포한 게 아닐까?" 할아 버지가 나직이 말했다.

이 붕괴된 가정은 대체 뭐지? 가족인 척하면서 처음부터 제대 로 된 게 하나도 없었던 건가? 나나미는 방에 틀어박혔다. 침대에 엎드려서 계속 울다 과호흡 증상이 나타났다. 안타깝고 괴로워서 숨을 쉴 수 없었고, 금방이라도 죽을 것 같았다.

그 후 나나미는 공부에만 매달렸다. 뭔가에 매달리지 않으면 자신이 망가질 것 같았다. 일단 이 동네에서 도망치고 싶다는 일 념으로 공부했다. 편차치 50 이하였던 나나미는 성적을 쭉쭉 올 려서 처음에 예정했던 것보다 편차치가 훨씬 높은 대학교에 입학 할 수 있었다. 동네에 있는 학교는 아니었다.

도쿄 도 하치오지 시.

봄에는 벚꽃, 여름에는 울창한 나무들로 뒤덮이는 아름다운 캠 퍼스. 풍경은 하나마키와 별반 다를 게 없었지만 오히려 마음이 편해서 지내기 좋은 환경이었다. 나나미가 지내는 곳은 미타카의 거대 부동산 회사가 운영하는 낡은 학생 기숙사였다. 주로 도심 쪽에 있는 학교에 다니는 학생들이 많았고, 나나미와 같은 대학교 에 다니는 학생은 한 명도 없었다. 집세가 2만 5천 엔이었는데 이 주변으로 치면 저렴했지만, 교통비를 더하면 대학교 부근에 있는 원룸 아파트와 큰 차이가 없다는 사실을 나중에 알았다. 하지만 전철로 통학하는 것도 나쁘지 않았다. 독서할 시간을 확보할 수 있었기 때문이다. 생활비는 아빠가 매달 보내 주는 5만 엔과 장학금 5만 엔, 주말에 기숙사 근처 패밀리 레스토랑에서 아르바이트를 하고 받는 돈으로 충당했다. 아빠는 한 학기에 한 번씩 내야 하는 등록금과 한 달에 한 번씩 보내주는 생활비도 빠짐없이 제때 송금해 줬다. 가끔 여분의 용돈도 보내 줬다. 여름방학이나 겨울방학 전에는 집에 돌아가기 위한 교통비라며 신칸센 요금치고는 너무 많은 금액을 통장 계좌에 넣어 주었다. 나나미는 이런 아빠가 걱정스러웠다. 어느 정도 다시 회복했다고는 해도 경영난이 계속되고 있을 텐데 괜찮을까?

대학교 2학년 여름방학 때 집에 돌아갔더니 '아부리규'에서 오랫동안 시간제로 근무한 고쓰보 씨가 점심 저녁으로 밥을 차려 주러 왔다. 쓸데없는 친절이라고 생각했지만, 시골 아줌마의 주책없는 참견과 손맛이 그립기도 해서 고맙게 먹기로 했다.

"아버지는 나나미를 끔찍이도 예뻐하셔. 늘 걱정만 하시는걸. 생활비도 거른 적 없지? 생활비를 조금 보내 줘서 나나미가 유흥업소라도 가면 자기는 못 살 거라고 자주 말씀하셨어."

그 말에 나나미는 소름이 끼쳤다.

유흥업소라니! 아빠가 딸을 상대로 그런 상상을 할 수 있나?

그날 밤, 아빠가 집에 돌아왔을 때 나나미의 모습은 이미 사라진 뒤였다. 아빠와 얼굴을 마주하는 것조차 싫어진 딸은 저녁에 신칸센에 몸을 실었다. 한 달 정도 쉴 생각이었는데 불과 1박 2일 여행이 되고 말았다. 신칸센 안에서 나나미는 울었다. 아빠의 말도 충격적이었지만, 부모와 자식 사이에 끼어들어 와 아빠의 심정을 다 안다는 듯한 얼굴로 말하는 고쓰보 씨의 뻔뻔스러운 태도에도 화가 났다. 그 후로 한동안 나나미는 아빠와 대화할 마음이 들지 않아서 전화가 와도 계속 무시했다.

대학교 3학년 가을, 점점 발전한 아빠는 어느 날 휴대전화로 단문 메시지를 보내왔다.

혼인 신고 했다.

히라가나로 친 '혼인 신고'라는 단어가 무슨 말인지 잠시 이해가 안 됐다. 하지만 그 히라가나가 '혼인 신고'라는 한자와 일치한다고 깨달았을 때, 나나미는 줄곧 소중히 여기던 것이 눈앞에서 무너져 가는 느낌이 들었다. 온몸이 부들부들 떨리고 목소리가 나오지 않았다. 고쓰보 씨가 차려줬던 된장국과 장아찌의 맛이 떠오르자 구역질이 나는 바람에 화장실에서 정말로 토했다.

어쩐지 홀딱 벗겨져서 황량한 벌판으로 내쫓긴 기분이었다. 뿌리부터 뽑혀서 아스팔트 도로 위에 버려진 잡초 같았다. 내가 태어나고 자란 집을 잃었다. 돌아갈 장소가 사라졌다. 혼자서 살아갈 자신은 조금도 없다. 생활이나 돈 문제가 아니었다. 나나미에게서 미나가와 일가라는 가정이 소멸되었다. 그 상실감은 상상을 초월했다.

그 후 나나미는 고향에 딱 두 번 돌아갔다. 대학교 4학년 여름에는 할머니가 췌장암으로, 가을에는 할아버지가 뇌경색으로 연이어 돌아가셨다. 어느 장례식에도 엄마는 나타나지 않았다. 아빠의 옆자리는 늘 고쓰보 씨가 차지하고 있었다. 나나미는 그들의 반경 10미터 이내에 접근하지 않도록 했다. 조문객은 노인뿐이었다.

굴뚝에서 할아버지를 태운 연기가 피어오르는 모습을 바라보면서, 나나미는 어렴풋이 다음에는 아빠의 장례식 때나 고향에 돌아오지 않을까 생각했다.

카논

@클램본

다른 방법으로 만났더라면

우리는 사귀었을까?

예를 들어 직장에서 만났더라면

우리는 사귀지 않았을지도 몰라.

아니 절대로 사귀지 않았을 거야.

똑같은 전철의 똑같은 차량에 함께 타는 사이였다면,

아파트의 이웃이었다면…….

그렇게 만났더라면

우리는 사귀었을까?

이런 글을 쓰는 걸 그 남자가 알면 분명 파국을 맞겠지?
……그쪽이 편할지도 모르겠다.

@소메이요시노

현실에서 헌팅당하면 기분 나빠서 무시하지만

인터넷이라면 무방비하게 대화를 나누는 이유가 뭘까요?

@클램본

소메이요시노 씨, 댓글 고마워요!

확실히 인터넷이라서 연애로 발전하기 쉽다는 점은 있어요.

@하리센본

옛날에는 맞선을 주선해 주는 중매쟁이 아줌마가 있어서

맞선 사진을 들고 집으로 찾아왔다던데.

그 아줌마는 지금 어디에 있을까요?

@클램본

하리센본 씨, 고마워요!

그런 시절도 있었군요.

저도 맞선을 보는 쪽이 편했을 것 같아요.

남자친구와 교제하기 시작한 후부터 클램본은 연애에 관한 불만을 타임라인에 계속해서 올렸다. 이런 소재에 달려드는 사람이 나름 많아서 '좋아요'의 수가 늘어나면 인정받고자 하는 욕구가 충족되어 또다시 글을 올린다. 약간 글 올리기에 중독된 상태로 떨떠름한 나날을 보내던 클램본은 슬슬 남자친구와의 관계에서 로그아웃을 생각하기 시작했다.

@클램본
조금 애교를 부렸더니 기분 나쁜 표정을 지었다.
하아~. 사랑하는 걸까, 사랑하지 않는 걸까…….
둘 사이에 사랑이 있긴 한 걸까?

나나미가 대학교를 졸업한 해에는 베이비붐 세대가 차례차례로 정년퇴직을 맞은 영향으로 도쿄에서도 정원 미달 학교가 많아서 지방의 교사 지망자를 위한 구인설명회를 개최할 정도였다. 이런 상황을 만만하게 본 것은 아니지만, 지방에서 지원하러 온 사람들이 의외로 강적이어서 나나미는 채용 기회를 놓쳤다. 하지만 교사는 어린 시절부터의 꿈이기도 했고, 교사 면허도 취득했기에 다른 취직자리는 생각하고 싶지 않았다.

어느 날, 인터넷에서 하이스코어라는 파견회사가 교사를 모집한다는 정보를 얻어 세미나를 수강한 뒤 계약했다. 얼마 후 연락이 와서 오타 구 마고메에 있는 세이린중학교라는 사립 미션스쿨에서 근무하게 되었다. 2년 동안 일주일에 4시간씩 세 학급의 국어 수업을 맡았다. 수업 1시간 당 3천 엔으로 월 14만 4천 엔이 나나미의 첫 월급이었다. 4월부터 간신히 대졸 신입 채용이라는 체재가 마련되어 취업 준비생이 될 뻔한 사태는 면했다. 나나미는 기숙사를 나와 근무지 근처인 유키가야에서 원룸 아파트를 구했다.

하이스코어에서 나나미를 담당하는 에모토 요이치는 여러모로 친절하게 상담해 주는 사람이었다. 인터넷 과외 아르바이트가 있다는 정보를 알려 준 것도 그 남자였다. 인기 있는 교사는 인터넷 과외만으로도 충분히 먹고 살 수 있다고 했다. 에모토가 강력 추천한 캐스터네츠라는 가정교사 서비스에 등록하자 몇 명 정도가 응모했다. 낮에는 세이린중학교 국어 교사, 저녁에는 인터넷 가정교사로 그럭저럭 생계를 꾸려 나갈 수 있겠다고 나나미는 안도했다. 과외 아르바이트에서는 처음에 4명 정도를 가르쳤지만 교사에 대한 이용자의 평가가 의외로 엄격한 탓에 학생이 계속 바뀌었다. 학생 수가 늘었다 줄었다를 반복하다가 정신을 차려 보니 가고시마에 사는 여학생 한 명만 남고 말았다. 은둔형 외톨이로 등교 거부를 밥 먹듯 하는 소녀였다. 처음에는 컴퓨터 화면 너머로 침묵으로 일관해서 무슨 말을 걸어도 대답이 없었지만 두 달이 지나자 겨우 나나미를 선생님이라고 부르기 시작했다.

"선생님, 숙제 했어요."

이런 반응에 온몸이 떨릴 정도로 기뻤다. 교사를 택하길 잘했다고 진심으로 실감할 수 있는 순간이었다.

세이린중학교에서의 수업도 쉽지 않았다. 잘 가르치지 못한다는 것은 학생들의 냉담한 반응을 보면 알 수 있었다. 학생들의 잡담이 끊이지 않아서 지나치게 시끄러우면 옆 교실에서 수업하던 선생님이 갑자기 교실 문을 열고 들어와 나나미를 제쳐 두고 주의를 줬다. 이럴 때는 자신이 무능해 보여서 기가 죽었다.

어느 날, 선배 교사인 미무라가 나나미에게 이런 말을 했다.

"나나미 선생님 본인은 잘 모를 수 있지만 그 아이들도 사춘기거든요. 선생님을 여성으로 느끼기도 하는데 그러지 말라고 해도 무리예요. 남자애들은 한창 감정이 불끈불끈 솟구칠 때잖아요. 그래서 평정심이 사라지거나 선생님을 일부러 골탕 먹이는 말과 행동을 하기도 하죠. 여자애들은 여자애들대로 남자애들을 술렁이게 하는 선생님한테 짜증 나는 거예요. 게다가 신입 교사라서 쓸데없이 더 공격적으로 행동하죠. 이런 건 피할 수 없어요."

"그럼 어떻게 하면 좋을까요?"

"뭐, 별수 있나요. 신경 쓰거나 마음에 두지 않는 수밖에."

미무라가 말한 사춘기의 달콤하고도 씁쓸한 애증이 학교 안에 얼마나 많은 혼란을 일으켰는지 알 길이 없었지만, 학생과의 관계는 계절이 바뀔 때마다 더 나빠지는 듯했다. 여름을 넘고 가을이 지나서 겨울방학을 마쳤을 때는 교단에 서는 자신을 이미 교사로 보지 않는 것처럼 여겨질 정도로 학생들의 반응이 쌀쌀맞았다. 그러던 겨울의 어느 날, 2학년 3반 교실에서 사건이 일어났다. 나나미가 교단에 서자 그곳에 무선마이크가 놓여 있었고, 교단 옆에는 작은 스피커도 있었다. 마이크 헤드 부분을 살짝 만졌더니 큰 소리가 났다. 전원이 켜져 있었다.

"이건 뭐지?"

나나미가 학생들에게 묻자, 야스다 유카라는 여학생이 야무지고 쩌렁쩌렁한 목소리로 대답했다.

"선생님, 오늘부터 그거 쓰세요. 선생님 목소리, 잘 안 들려요."

교실에 웃음소리가 울려 퍼졌다. 전부터 교실 뒤쪽까지 목소리가 들리지 않는다고 학생들이 가끔씩 불평할 때가 있었는데, 나나미는 그 일을 그다지 중대하게 생각하지 않았다. 본인은 확실히 목소리를 내고 있다고 생각했고, 고작 목소리쯤이야 작아도 별 상관없다는 마음도 있었다. 이날도 아이들의 악의 없는 장난 정도로만 여겼다. 모처럼 학생들이 준비한 장난이니까 맞춰 주자는 생각에 나나미는 마이크를 잡고 수업을 진행했다. 다음날은 다른 반에서도 똑같이 교단에 마이크를 올려놓았지만, 장난이 더 이상 심해져도 곤란해서 마이크 사용을 거부했다.

며칠 후, 파견회사인 하이스코어에서 호출을 받았다. 사무실은 요쓰야에 있었다. 담당인 에모토 요이치는 딴 곳에서 다른 일로 미팅이 있대서 30분 정도 늦는다고 했다. 저녁 햇살이 들어오는 회의실은 흡사 취조실 같기도 해서 답답한 기분이 들었지만, 에모토는 평소처럼 쾌활하게 웃으며 나타났다. 그 모습에 나나미는 조금 안도했다.

"오래 기다리셨죠? 바쁘신데 죄송합니다."

"아니에요."

"학교는 어떠세요? 수업은 잘되고 있나요?"

"네. 뭐, 그럭저럭 괜찮아요."

"사실은 세이린중학교에서 연락이 왔어요. 수업 때 마이크를 사용한다던데 정말입니까?"

나나미는 얼굴이 새파래졌다. 자신의 실수를 학교에서 파견회사에 연락한 것은 처음 있는 일이었다. 그것만으로도 벌써 범죄자가 된 듯해서 견딜 수가 없었다.

"아니, 사용한다기보다 딱 한 번이었어요. 학생들의 장난을 그대로 받아들인 거죠. 나중에 학생 주임 선생님께도 주의를 받았어요. 정말 딱 한 번이었어요."

"교사가 교실에서 마이크를 쓰는 건 좀 아니지요."

"죄송합니다. 다신 안 그럴게요."

"일단 세이린중학교가 다음 학기 수업 편성을 안 해 줘서, 수업은 이번 학기로 끝이 납니다."

"잘리는 건가요?"

"뭐, 세이린중학교는 유감이지만 어쩔 수 없네요. 목소리가 작은 건 교사로서 치명적입니다."

"죄송합니다. 그럼 다음 학교는 언제쯤 정해질까요?"

"글쎄요. 순서를 기다리는 선생님들이 꽤 많거든요. 아, 그리고……."

에모토는 서류철에서 안내 책자를 꺼냈다.

"단기 집중 세미나가 있는데 수강해 보는 건 어떠세요? 우라사와 가즈야 선생님을 초청해서 우라사와식 교육 기술을 직접 지도받는 세미나예요. 수강료는 한 번에 2만 5천 엔인데, 총 6회를 한꺼번에 수강하는 분들에게 20퍼센트 할인을 해 드려요."

"아, 그 세미나는 전에 들었어요."

"아, 그랬었나요? 실례했습니다. 하지만 교단에 서 본 후에 세미나를 들어 보면 현실감이 또 다르거든요. 다시 들어 볼 생각 없으세요?"

자신이 저지른 일로 신세를 지기도 해서 나나미는 단기 집중 세미나 신청 용지를 제출하고 수강료를 지불한 뒤 사무실을 떠났다.

흔들리는 전철 안에서 어떻게 해야 좋을지 잠시 머리가 돌아가지 않았다. 문제는 주 수입원이 끊겼다는 점이다. 유키가야의 원룸 집세 5만 엔을 내면서 앞으로 어떻게 생활할 수 있을까? 교사를 고집하는 마음도 있었고 애써 딴 교사 면허를 썩히고 싶지 않았다. 하지만 아르바이트라도 찾지 않으면 이대로는 생활이 불가능했다. 나나미는 집으로 돌아오는 길에 슈퍼마켓에 들렀는데, 마침 게시판에 붙어 있던 구인광고가 눈에 띄었다. 다음에 파견회사에서 연락이 와도 계속할 수 있는 야간 아르바이트였다. 시급은…….

빈혈로 현기증이 났다. 어딘가에 앉지 않으면 쓰러질 것 같았지만 앉을 만한 곳이 없었다. 하는 수 없이 아무것도 사지 않고 슈퍼마켓에서 나왔다. 집에 오는 길에 있는 작은 공원의 벤치 덕에 살았다. 나나미는 심호흡을 하며 간신히 버텼다. 개를 데리고 나온 사람이 의아스러운 표정을 지으며 지나갔지만 어쩔 수 없었다.

심호흡을 반복했다.

아, 어쩌지?

부담감에 너무 약하다. 시계를 보니 오후 6시 45분. 오늘 저녁에는 7시부터 과외 수업이 있었다. 가고시마에 사는 여학생에게 수업을 30분만 늦춰 달라고 메시지를 보냈다. 학생에게서 답장은 없었지만 자신의 메시지에는 읽음 표시가 떴다. 읽었다는 신호다.

주위가 어둑해졌지만 어쩐지 반대로 밝아진 것처럼 느껴졌다. 빈혈에서 회복된 덕인지, 단순히 눈이 어둠에 익숙해진 건지 알 수 없었다. 벤치에서 일어나 걸어 보니 괜찮은 것 같았다. 스마트폰을 보니 7시가 넘었다. 발걸음은 휘청거렸지만 겨우 집에 도착했다. 냉장고를 열고 찬물을 마셨다. 이대로 잠시 쉬고 싶었지만 그럴 수도 없었다. 컴퓨터의 전원을 켜고 화상 통화로 학생의 계정을 호출했다. 머리카락이 부스스한 은둔형 외톨이 학생, 오카모토 카논이 나타났다.

"카논, 안녕!"

"아, 안녕하세요."

"오늘 어디 나갔었니?"

"아뇨. 안 나갔어요."

"집에만 있었어?"

"네."

"그랬구나. 오늘은 23페이지. 1차 함수 문제야. 20분 안에 풀어야 해. 모르는 문제가 있으면 언제든지 물어봐. 그럼 준비, 시작!"

카논이 문제를 풀기 시작하자 나나미는 스마트폰을 터치해서 캐스터네츠 사이트에 접속해 봤지만, 오늘도 역시 과외 요청이 한 사람도 없었다. 나나미는 작게 한숨을 쉬었다. 모니터를 흘끗 보니 필사적으로 문제에 집중하고 있는 카논의 가르마가 클로즈업

되어 비치고 있었다.

나나미는 원래 중학교 국어 교사 면허를 갖고 있었지만, 이 캐스터네츠에서는 학생에게 가르치는 과목이 자유였다. 학교나 학원과 달리 학생에게 문제집을 풀게 하는 일이 주된 업무였는데, 교사들은 학생이 답을 몰라도 알려 주지 않고 직접 생각하게 해서 스스로 조사하고 해결하는 기쁨을 깨닫게 하는 것이 목적이라고 지도를 받았다. 극단적으로 말하자면 교사에게 문제집을 풀 능력이 전혀 없다 한들 못 할 것도 없는 일이었다. 언뜻 보기에는 조잡한 지도 방법이기는 했지만 인터넷에서의 평판이 나쁘지 않아서 은밀히 인기가 있는 곳이기도 했다.

톱 페이지로 돌아가서 회사 안내를 클릭했다. 이 회사 자체에서 직원을 구하지는 않을까? 문득 대표이사의 이름을 보고 깜짝 놀랐다. 우라사와 가즈야. 파견회사가 주최하는 세미나의 선생님과 똑같은 이름이었다. 위키피디아에서 조사해보니 캐스터네츠가 하이스코어의 자회사였다. 분명히 에모토 씨가 내게 이 사이트를 추천했었다. 인터넷에서 이것저것 검색하다가 '우라사와 가즈야의 교단에서 지녀야 할 마음가짐'이라는 페이지를 발견했다.

하늘은 사람 위에 사람을 만들지 않았고, 사람 밑에 사람을 만들지 않았다. 즉 모든 사람은 평등하다. 후쿠자와 유키치는 이런 말을 하지 않았습니다. 《학문을 권장함》의 서두에는 이렇게 나와 있습니다. '하늘은 사람 위에 사람을 만들지 않았고, 사람 밑에 사람을 만들지 않았다고 한다.' 다시 말해 후쿠자와 유키치는 누군가가 그

35

런 말을 했다고 말했을 뿐입니다. 그리고 그는 이렇게도 말했습니다. '그러나 지금 이 넓은 인간세상을 둘러보면, 현명한 사람이 있으면 어리석은 사람도 있고, 가난한 사람이 있으면 유복한 사람도 있다. 또 귀한 사람이 있으면 비천한 사람도 있다. 그 모습은 하늘과 땅의 차이처럼 보인다.' 현실은 상당히 다르다고 말하는 것입니다. 또한 '사람은 태어날 때부터 빈부귀천의 차이가 없다. 다만 학문에 힘써서 사물을 잘 아는 자는 귀한 사람이 되거나 부자가 되며, 배우지 못한 자는 가난한 사람이 되거나 비천한 사람이 된다.' 요컨대 사람이 태어난 순간에는 빈부귀천의 차이가 없지만 공부하지 않으면 가난한 사람이 되므로 공부해야 한다는 뜻입니다. 이 책의 제목은 《학문을 권장함》이니까요. 후쿠자와 유키치는 이런 말도 말했습니다. '학문이란 그저 어려운 글자를 알고, 이해하기 어려운 고문을 읽으며, 와카(和歌)를 즐기고, 시를 짓는 등 실생활에 도움이 되지 않는 문학을 말하는 것이 아니다', '그러므로 지금 이런 실용적이지 않은 학문은 일단 제쳐 두고 열심히 공부해야 하는 것은 사람의 일상생활에 필요한 실학이다.' 요컨대 부자가 되고 싶으면 돈을 버는 데 유용한 공부를 하라, 뭐 이런 뜻이지요. 후쿠자와 유키치 선생님이 하신 말씀은 즉 부자가 되고 싶으면 쓸데없는 공부는 하지 말고 부자가 되기 위한 공부를 하라는 소리입니다. 과연 학교는 그런 교육을 하고 있을까요?

문득 정신을 차려 보니 카논이 나를 보고 있었다.
"왜 그래?"

"저, 선생님."

"응?"

"1차 함수가 있으면 2차 함수도 있나요?"

"뭐? 아, 그렇지. 있어."

"3차 함수도?"

"맞아. 3차 함수도 있어. 근데 너 혹시 후쿠자와 유키치라는 사람 아니?"

"몰라요."

"'하늘은 사람 위에 사람을 만들지 않았고, 사람 밑에 사람을 만들지 않았다'는 말로 유명한 사람인데, 본인이 한 말이 아니었대."

"흐음."

"공부하지 않으면 가난한 사람이 되고, 공부하면 부자가 될 수 있다는데, 넌 어떻게 생각해?"

"몰라요."

"공부하면 부자가 될 수 있다니, 이해할 수 없어."

"……전 모르겠어요."

"어려운 학문을 공부해도 안 된대. 실생활에 도움이 되는 공부를 하라는데? 후쿠자와 유키치는 그런 말을 하고 싶었나 봐."

"함수는 실생활에 도움이 되나요?"

"뭐?"

"함수는 사회에 나가면 뭐에 쓰나요?"

"글쎄. 뭐에 쓰려나."

"선생님도 몰라요?"

"미안. 알아볼게."

화면의 화질이 좋지 않아서 카논의 표정을 읽기가 어려웠다. 쓸모없는 가정교사라고 생각했을까? 분명히 그렇게 생각했겠지. 혹시 이 아이한테서도 버림받으면 어쩌지?

불안과 공포에 짓눌릴 것만 같았다.

4

빨간 도깨비 파란 도깨비

3월에 파견교사 수입이 끊겼다. 오카모토 카논에게서 받는 수업료가 월 1만 엔인데 유키가야의 원룸 집세가 월 5만 엔이었고, 또 장학금도 반환해야 했다. 나나미는 한시라도 지체할 수 없기에 편의점에서 아르바이트를 시작했다. 세이린중학교에서 가르쳤던 애들에게 들킬까 무서워 가나가와 현 쓰루미에서 근무지를 찾았다. 유키가야에서 그리 멀지는 않지만 일단 도쿄 시외 지역이었다. 나나미에게 가나가와는 마치 다마가와의 맞은편에 위치한 낯선 나라 같았다. 다마가와를 넘어서 가와사키 다음이 쓰루미, 그 다음이 나마무기, 요코하마로 이어졌다. 이케가미선 이시카와다 이 역에서 가마타 방향으로 JR을 갈아타고 쓰루미 역에서 하차한 뒤 도보로 3분이 걸리는 곳이었다. 아는 사람이 당연히 한 명도 살지 않을 장소였지만, 만일을 위해 알이 없는 커다란 뿔테 안경을 쓰고 머리카락도 땋아서 늘어뜨리는 등 나름대로 변장을 하고 계산대에 섰다. 한 달 정도는 아무 일도 없었는데, 어느 날 한 손님이 말을 걸었다.

"어머, 나나미 아냐? 여기서 아르바이트하는 거야?"

억양이 강한 간사이 사투리였다. 쳐다보니 물장사를 하는 듯한 화려한 여성이 나나미를 보고 있었다.

"여기 우리 집에서 엄청 가까운데. 나나미도 이 근처에 살아?"

"아니, 난……."

그 순간 나나미는 겨우 생각해냈다. 그녀는 대학교에서 같은 학부였던 니타도리였는데, 성 말고는 이름이 생각나지 않았다. 그다지 친한 사이가 아니었고, 또 그녀가 대학교 3학년쯤부터 모습을 완전히 감춘 탓에 그 후로 어디에서 뭘 하는지 소문도 듣지 못했다. 나나미도 수수한 편이지만 그녀는 훨씬 더 수수했다. 그러나 오랜만에 만난 그녀의 모습은 마치 딴사람 같았다. 알아듣기 힘든 간사이 사투리도 전혀 들은 기억이 없었다. 그녀가 고른 물건들의 바코드를 찍으면서 나나미는 손에 땀이 났다. 별로 보여주고 싶지 않은 모습을 들키고 말았다. 하지만 오히려 니타도리여서 다행일지도 모른다. 세이린중학교 학생들을 만나는 것만은 참을 수 없었다.

"몇 시에 끝나? 밥이나 같이 먹자."

니타도리는 적극적으로 나나미에게 말을 걸었다. 솔직히 기뻐

보인다기보다는 조금 외로워 보였다.

아르바이트를 끝내고 밖으로 나오자 니타도리가 기쁜 듯이 손을 흔들며 뛰어 왔다.

"수고했어."

"미안해. 많이 기다렸지?"

"아냐, 괜찮아. 집은 이 근처야?"

"응. 좀 걸어야 하지만. 좀 걷다가 전철도 타야 하고……. 유키가야라는 동네 알아?"

"유키가야? 몰라. 가와사키야? 도쿄?"

"도쿄야. 오타 구에 있어."

"아, 그렇구나. 그럼 우리 집에서 전골 먹을래?"

"전골?"

"닭고기 짱이 위험하거든. 유통기한이 임박해서. 혼자선 도저히 다 못 먹어. 또 어묵 짱도 있고."

"닭고기 짱이랑 어묵 짱이라니, 귀여운데?"

"귀여워? 그럼 같이 먹자!"

니타도리가 사는 맨션은 편의점에서 불과 3분 거리에 있었다. 나나미가 살고 있는 유키가야의 원룸 아파트에 비하면 외관과 입구부터 으리으리했다.

"실례하겠습니다!"

그 집은 원룸이었지만, 나나미의 방보다 족히 두 배는 컸다. 눈부시게 화려한 소품으로 장식되어 역시 물장사를 하는 듯한 분위기가 충만했다.

"자, 그쪽에 앉아. 어질러진 곳은 보지 마."

나나미는 그녀의 말대로 소파에 앉았지만, 니타도리가 앞치마를 입은 모습을 보고 뭐라도 돕겠다며 다시 일어났다.

"그럼, 이 앞치마를 써."

니타도리는 마리메꼬의 앞치마를 나나미에게 빌려 주었다. 둘이 서로 앞치마를 입혀 주다가 이유 없이 깔깔거리며 웃었다. 앞치마를 몸에 걸치고 두 사람은 전골 만들 준비를 시작했다. 니타도리는 냉장고에서 쓸 만한 재료를 계속해서 꺼냈다.

"짜잔, 이게 닭고기 짱이랑 어묵 짱이야! 무슨 채소를 넣을까? 파 짱? 배추 짱?"

"아, 양배추 짱, 팽이버섯 짱, 실곤약 짱은 어때?"

두 사람은 모든 재료에 짱을 붙이며 또 이유 없이 신나게 깔깔거렸다.

"맥주랑 와인 중에 어떤 걸 마실래?"

"난 아무거나 다 좋아."

"맥주 괜찮아?"

"응. 좋아."

"샴페인도 있는데. 전골에 샴페인은 좀 그런가?"

"글쎄. 어떨까?"

니타도리가 채소를 썰면 나나미가 접시에 담았고, 니타도리가 전골 육수와 소스를 만들면 나나미가 테이블에 젓가락과 조미료 등을 놓았다. 또 니타도리가 전골을 끓이며 불을 조절하자 나나미가 샴페인 뚜껑을 땄다. 펑 하고 깜짝 놀랄 만한 좋은 소리가 나자 두 사람은 또다시 이유 없이 신나게 웃었다. 나나미가 유리잔에 샴페인을 따르자 니타도리는 앞치마를 벗고 테이블 앞에 앉았다.

"건배!"

"오랜만이야!"

둘은 샴페인으로 재회를 축하했다. 서로 어울리며 놀지는 않았지만, 같은 캠퍼스에 다닌 사람만이 느끼는 그리움이 그만큼 각별했다. 그렇다고 해도 역시 어울리지 않았던 사람끼리 전골 앞에 둘러앉은 광경은 다소 기묘해 보이기도 했다.

"근데 좀 의외야. 나나미는 틀림없이 학교 선생님이 될 줄 알았거든."

"학교 선생님도 하고 있어. 시간제 교사지만."

"그렇구나. 그러고 보니 너 원래 안경 썼었나?"

"아, 이거? 알 없는 안경이야. 아르바이트할 때 학생들이 알아보면 안 되니까."

"그래도 딱 보니까 알겠던데?"

"그렇게 티가 났어?"

"엄청 티가 나던걸? 하핫. 근무하는 학교도 이 근처야?"

"학교는 조금 멀어. 학교 근처에서는 아르바이트 절대로 못 해. 니타도리, 넌 지금 무슨 일 해?"

"룸."

"룸?"

"룸살롱."

"오옷!"

"오옷! 이라니 뭐야?"

"아니, 넌 예쁘니까 돈을 많이 벌 것 같아서."

"너도 충분히 예뻐. 소개시켜 줄까?"

"난 못 해."

"왜? 자신이 없어? 그렇지 않아. 나나미도 예쁜걸."

"전혀 그렇지 않아. 못 해, 못 해."

"재미있어. 손님과 수다만 떨면 돼. 일이란 다 똑같아. 그럼 이왕이면 돈을 더 많이 버는 게 좋잖아?"

"난 아직 그럴 용기가 없어."

"부모님한테 걸리면 죽겠지만, 지금은 취직 준비 중이라고 말해 뒀어. 생활비도 계속 받고 있고. 하지만 집에서 보내주는 생활비만으로는 부족한 걸. 어쩔 수가 없잖아. 그래도 역시 AV를 찍을 용기는 안 나더라."

"AV?"

"성인 비디오 말이야."

"아, 그거."

"스카우트 의뢰를 받은 적은 있어. 너는?"

"전혀 없어!"

"어머? 관심 있어?"

"없다고!"

"그런 애들 중에 꼭 있던데."

"관심 없어. 근데 그런 건 가짜 아냐?"

"가짜?"

"정말로 하는 건 아니잖아?"

"섹스? 정말로 해."

"거짓말!"

"AV 본 적 없어?"

"한 번도 없어."

"인터넷으로 볼 수 있어."

"그런 거 안 볼래!"

"그러면 교사 일 못 하지."

"교사랑은 관계없잖아."

"관계가 있지 왜 없어. 본 적도 없으면서 애들한테 성인물 보면 안 된다고 어떻게 가르치니?"

니타도리는 그렇게 말하면서 태블릿을 꺼냈다. 그러고는 인터넷에서 성인 사이트에 접속했다.

"자, 그럼 일단은 초심자 코스부터 시작할까?"

"코스가 여러 가지야?"

"아주 다양하지."

"정말? 난 초심자 코스만으로 충분해."

술을 마신 니타도리는 매우 공격적으로 나왔고, 반 강제적으로 AV 감상회가 시작됐다.

"우와…… 무슨…… 대체 뭘 하는 거야? 어머…… 아, 안 돼."

일일이 반응하는 나나미를 보며 니타도리는 옆에서 큰소리로 웃었다.

"우왓, 이건 말도 안 돼……."

"보통 이 정도는 하잖아? 남자친구가 해 달라고 안 해?"

"그런 말 안 해!"

술을 마신 나나미는 머리로 피가 쏠려서 눈 깜짝할 사이에 몸 상태가 나빠졌다. 바닥에 엎드려 그대로 움직이지 못했다.

"괜찮아?"

"아니, 갑자기 피가 쏠려서. 미안해. 조금 쉬면 괜찮아질 거야."

니타도리는 나나미의 옆에 바싹 붙어서 등을 문질러 줬다. 조금 진정이 된 나나미에게 니타도리는 좀 전까지와 태도를 싹 바꿔서 다정하고 온화한 목소리로 말을 걸었다.

"용서해 줘. 너한테는 너무 자극적이었나 봐. 미안, 미안."

"이젠 괜찮아."

"나나미, 고향이 어디였지?"

"나? 이와테 현. 하나마키 시."

"그렇구나. 난 나라. 우리 대학교에는 지방에서 온 애들이 적었지."

"맞아. 니타도리, 넌 학교에 계속 안 왔잖아. 중퇴한 거야?"

"응. 2학년 중간에 그만뒀어. 뭐 이런저런 소문 안 났어?"

"소문? 못 들었는데."

"그래?"

니타도리의 말투에는 뭔가 숨은 뜻이 있었다. 나나미가 고개를 들자, 니타도리의 서글퍼 보이는 표정이 보였다.

"소문이 날 정도의 존재감도 없었다는 거네."

"지금보다 화장이 진하지 않았지?"

"그렇다기보다 그때는 거의 맨 얼굴로 다녔지."

니타도리는 쓴웃음을 지었다. 그러더니 갑자기 입을 다물었다.

"왜 그래?"

"나, 사실은 찍은 적 있어."

"뭐?"

"AV."

"……뭐라고?"

"성인 비디오."

"……아, 그래."

"그거 정말 힘들어. 부모님이 알면 어쩌나 싶어서 계속 그 생각
만 나더라. 들키지는 않겠지 하다가도 절대로 들키지 않을 확률을
따져 보면 들킬 가능성이 전혀 없는 것도 아니더라고. 남자친구가
있었는데 헤어졌어. 화나면 주먹으로 때릴 사람이었거든. 아, 적
어도 비누 마사지 정도로 할 걸 그랬어. 지금도 들키면 어쩌나 그
생각만 하면 미치겠어."

니타도리의 눈에서 눈물이 흘렀다.

"안 되겠다. 술을 마시면 잘 울어."

나나미는 깨달았다. 니타도리는 분명히 내가 위로해 주길 바라
는 것이다. 어쩌면 그녀는 오랫동안 누군가에게 위로 받고 싶어서
그 상대를 찾았는데, 오늘 우연히 내가 붙잡혔는지도 모른다. 하
지만 어떻게 위로해야 좋을지 모르겠다. 가만히 있는 것 말고는
아무것도 할 수 없었다. 무슨 말을 하면 좋을지 알 수 없었다.

그러다 나나미는 문득 어떤 동화가 생각났다.

《울어 버린 빨간 도깨비》. 인간들과 사이좋게 지내고 싶은 마음씨 착한 빨간 도깨비는 어느 날 자신의 집 앞에 나무로 된 표지판을 세웠다. 그 표지판에는 이런 글이 적혀 있었다.

마음씨 착한 도깨비의 집입니다.
누구든지 들어오세요.
맛있는 과자가 있습니다.
차도 끓여 놓았습니다.

빨간 도깨비가 간절히 바란 보람도 없이 인간은 빨간 도깨비의 집에 다가오지 않았다. 어느 날, 친한 친구인 파란 도깨비가 그 사정을 듣고 한 가지 방법을 생각해냈다. 파란 도깨비가 마을에 내려가서 소란을 피우면 그곳에 빨간 도깨비가 나타나서 파란 도깨비를 혼내 주고 인간들을 구한다는 계획이었다. 결과는 대성공이었다. 빨간 도깨비가 좋은 도깨비라는 것을 알게 된 인간들은 마음 놓고 빨간 도깨비의 집에 놀러왔다. 그런데 그날 이후로 파란 도깨비의 모습이 보이지 않았다. 신경이 쓰여서 파란 도깨비의 집에 가 보니, 파란 도깨비는 편지를 남기고 사라진 상태였다. 자신이 함께 있는 모습을 보면 인간들이 의심스럽게 생각할 수 있다며 파란 도깨비 혼자서 긴 여행을 떠난 것이었다.

빨간 도깨비는 꾹 참고 편지를 읽었습니다. 두 번이고 세 번이고 읽었습니다. 문에 손을 얹고 얼굴을 꽉 누른 채 훌쩍훌쩍 눈물을 흘리며 울었습니다.

니타도리는 마치 빨간 도깨비 같았다. 그리고 나는 쓸모없는 파란 도깨비였다. 빨간 도깨비가 인간을 대접하기 위해서 준비한 과자와 차를 맛있다며 다 먹어 버리고 돌아가는 무능한 파란 도깨비……

나나미는 니타도리와 오랫동안 말없이 시간을 보냈다.

니타도리도 분명히 실수했다고 생각할 텐데. 아, 얘한테 상의해도 소용없었어. 틀림없이 그렇게 생각했겠지? 그렇게 생각하자 미안해서 견딜 수가 없었다.

집으로 돌아올 때 니타도리는 나나미를 역까지 바래다주었다. 막차가 올 때까지 아직 여유가 있었다. 헤어질 때 니타도리는 방긋 웃으며 이렇게 말했다.

"내 이야기를 들어 줘서 고마워."

나나미는 가슴이 답답해져서 대답할 수가 없었다. 아무것도 하지 못한 파란 도깨비는 빨간 도깨비의 배웅을 받으면서 도망치듯 개찰구를 빠져나갔다.

다음 날부터 아르바이트를 하러 가기가 힘들어졌다. 니타도리가 오면 어떤 표정을 지어야 할까? 나나미는 우울했다. 하지만 그날 이후로 니타도리는 편의점에 나타나지 않았다. 그녀가 이곳을 피한 것일지도 모른다. 나나미가 여기에 있는 탓에 그녀가 늘 다니던 편의점에 오지 않는 거라면?

파란 도깨비가 찾아온 탓에 빨간 도깨비가 이곳을 떠나게 되었다.

5
약혼 예물

나나미의 생일을 축하하기 위해 다이칸야마에 있는 이탈리안 레스토랑을 예약했다며 데쓰야가 메시지를 보냈다. 생일 두 달 전에 있었던 일이다. 데쓰야와의 관계에서 언제 로그아웃하면 좋을지 한창 타이밍을 잴 때였기에 당연히 거절하려고 했지만, 미슐랭 가이드에서 3스타를 받은 레스토랑이라 예약하기 힘들었다는 데쓰야의 말에 어쩐지 미안한 마음이 들어서 결국 고맙다며 기쁨 넘치는 답장을 보내고 말았다. 한편으로는 3스타 레스토랑에 가보고 싶다는 마음도 있었다. 그런 이유로 두 달 동안 로그아웃할수 없게 된 나나미는 조금 우울해졌다. 그런데 그로부터 얼마 지나지 않아 예의 마이크 사건이 일어나 세이린중학교로부터 계약을 해지당했다. 이렇게 되자 데쓰야의 존재가 졸지에 소중해졌다. 일단 옆에 있어 주면 안심되고, 배가 고플 때 반드시 밥을 사 주는 사람이라는 의미에서 절대로 없어서는 안 될 사람이 되었다.

@클램본

타산적이다…….

하지만 타산의 조각을 산더미같이 쌓아 올려야 사랑의 형태가 보인다. 이는 이미 어쩔 수 없는 일인 듯싶다.

어느 날 밤, 술기운에 올렸던 글의 한 구절이다. 다음 날 아침에 다시 읽어 봤지만 한동안 무엇에 대해 썼는지조차 생각나지 않았다.

두 달이 금세 지나가고 4월 1일, 나나미의 생일이 찾아왔다.

예약한 다이칸야마의 이탈리안 레스토랑은 복잡하게 얽힌 좁은 골목길 중간에 있었다. 외관의 분위기는 수수해 보였지만, 요리는 훌륭하다고 했다. 주문을 끝내고 샴페인으로 건배하자 데쓰야가 가방에서 선물을 꺼내 나나미에게 건넸다.

"스물세 살이 된 것을 축하해!"

"고마워."

상자를 열어 보니 손목시계였다. 모양이 투박하고 색은 꽃분홍색이었다.

"BABY-G라고 하는 여성용 G-Shock 모델이야. 엄청 멋지지 않아?"

여성용 G-Shock라. 나나미는 뭐가 멋있는지 잘 몰랐다. 하지만 선물은 하나 더 있었다.

"그리고 이건 너무 이를지도 모르겠지만⋯⋯."

데쓰야는 그렇게 말하며 작은 상자를 나나미 앞에 놓았다. 열어 보니 반지였다. 다이아몬드처럼 보이는 돌이 반짝반짝 빛났다.

"약혼반지야. 나와 결혼해 줄래?"

이 말은 흡사 마법의 주문과도 같았다. 마치 샴페인 뚜껑을 터뜨린 것처럼 나나미의 온몸이 순식간에 행복의 거품으로 가득 차서 눈물이 멈추지 않았다.

"근데, 거짓말은 아니지? 오늘은 만우절인데."

"거짓말인지 아닌지 서로의 인생에서 확인해 보지 않을래?"

나나미는 하늘을 나는 기분이었다. 데쓰야는 눈물로 흠뻑 젖은 나나미의 얼굴을 손수건으로 닦아 주었다. 나나미는 계속 울면서 데쓰야가 눈물을 닦아 주는 대로 있었지만, 이 눈앞의 남성과 결혼할 수 있다는 기쁨으로 감격했다고 하면 그건 거짓말이었다.

더 이상 취직 걱정을 안 해도 된다!

신중하지 못하다는 것은 알면서도 지금은 이게 최선이었다. 어떤 최상의 요리도 지금의 나나미에게는 단순히 살기 위한 식량이었다. 어떤 요리도 살아가기 위한 식량을 당해낼 수 없으며, 살아가기 위한 식량보다 귀한 요리가 이 세상에 존재할 리가 없다.

정신을 차리자 데쓰야가 손에 스마트폰을 쥐고 있었다.

"사진 찍는 걸 깜박했어! 눈물 닦아 주기 전에 찍을걸! 한 번 더 울 수 있겠어?"

그 말에 울 수 있는 사람이 어디 있어, 라고 생각하자마자 다시 울컥한 나나미는 큰 소리로 울었다. 그 얼굴을 향해 데쓰야는 열심히 셔터를 눌러댔다.

"으으, 못생겨졌네. 이제 그만 울어."

그런 말을 한다고 멈출 수 있는 사람이 있을 리가 없다. 이렇게 되면 멈출 때까지 우는 수밖에 없다. 너무 계속 울어서 주위에 있는 손님들이 무슨 일인지 돌아보기 시작했다.

"이제 그만 울라니까?"

그래도 멈추지 않아서 데쓰야도 결국 외면하고 말았다. 간신히 눈물을 그친 후 나나미는 주체할 수 없을 정도로 식욕이 당겼다. 먹고 싶은 만큼 실컷 먹어도 된다는 말을 들은 굶주린 강아지처럼 차례대로 나오는 3스타 요리를 순식간에 먹어 치우고 몇 번이고 빵을 주문했다.

이날 이후로 나나미 속에 잠자고 있던 나나가와 미나미가 갑자기 활기를 띠며 행복으로 가득한 글을 끝도 없이 올리기 시작했고, 부정적인 사고를 가진 클램본은 잠시 모습을 감추었다. '사랑 만들기·결혼 활동 편'의 타임라인에서 나나가와 미나미는 남의 눈을 꺼리지 않고 남자친구를 왕자님이라고 불렀다. 이용자 중 한 사람인 데쓰야도 이 글을 봤다.

"왕자님은 아니지. 왕자님이라고 부르는 건 그만해."

데쓰야는 싫은 듯하면서도 좋아하는 것처럼 보였다. 그러는 사이에 나나미는 데쓰야에게 직접 '왕자님!'이라고 불렀다. 이에 데쓰야도 나나미를 '공주'라고 부르게 되어 제삼자들은 신경 쓰지도 않은 채 둘만의 절대적인 세계에 돌입했다. 공주는 자랑삼아 타임라인에 글을 계속 올렸고, 노골적인 메시지를 왕자에게 끊임없이 보냈다. 왕자는 노골적인 메시지에 대한 답장을 부지런히 보내면서 결혼식 준비를 착착 진행했다.

일단 약혼 예물. 데쓰야는 무코지마에 있는 요정의 안내 책자를 나나미에게 보여 줬다. 약혼 예물이 서비스에 포함되어 있었다. 몸만 가면 나머지는 요정 측이 전부 준비해 준다고 했다. 데쓰야는 이번 달과 다음 달 달력을 프린트해서 예약이 없는 날에 동그라미를 쳤다. 그런 다음 그 달력을 나나미에게 건네며 말했다.

"이걸 아버님과 어머님께 보여 드리고 언제가 좋으신지 물어봐. 우리 집에도 물어볼게."

"응, 알았어."

나나미는 고개를 끄덕이면서 얼굴이 어두워졌다.

한 가지 문제가 있었다. 이혼한 부모님에 관한 일이었다. 데쓰야에게는 아무 말도 하지 않았다.

그날 저녁, 나나미는 나가노에 있다고 하는 엄마에게 처음으로 연락했다. 전화 너머에 있는 엄마는 너무나도 태연하게 행동하며 전혀 주눅 든 기색이 없었다.

"나나미니? 잘 지냈어? 학교 선생님이 되었다며? 미안해, 아무도 알려 주질 않아서 아는 게 없어. 할머니는 돌아가셨지? 할아버지한테 들었어."

"할아버지도 돌아가셨어."

"뭐? 할아버지가? 왜 돌아가셨어?"

"뇌경색."

"어머, 어머. 그랬구나. 그럼 그때 걸려 온 전화가 마지막이었구나. 2년쯤 전이었나? 할아버지한테 전화가 왔었어. 나한테 집에 돌아오지 않겠냐고 하시더라."

"진짜?"

"결혼한 후부터 계속 나를 막 대해 놓고는 무슨 일이 있나 했더니, 고쓰보가 우리 가게를 노린다고 하더라. 무슨 소리냐고 물었더니 고쓰보가 가끔씩 집에 온다는 거야. 아빠가 불렀다고 하던데, 그건 알고 있었니?"

"가끔씩 집에 오는 게 아니라, 두 사람 결혼했어."

"뭐? 아빠가 고쓰보랑 결혼을?"

"벌써 3년? 4년? 재혼했어. 할아버지 기억이 엉망이었네."

"어머, 그거 큰일이네. 식중독 사건, 고쓰보 탓이라더라. 고쓰보가 노로바이러스를 일부러 뿌렸다던데? 할아버지가 그랬어. 그 얘기도 엉터리니?"

"고쓰보 씨가 무슨 이유로 그랬대?"

"뭐 때문인지는 몰라. 하지만 결과적으로 가게 여주인이 되었다면 동기는 충분하잖아?"

"할아버지가 우리한테는 엄마가 한 짓이라고 했었어. 노로바이러스."

"내가? 나 아니다. 그걸 어떻게 해. 노로바이러스를 어디서 파는데? 짜증 나는 영감탱이. 여전하네. 빨리 죽으면 좋을 텐데. 아, 이미 죽었지."

나나미는 한숨을 쉬었다. 고쓰보 씨에 대한 이야기 따위는 정말 아무래도 상관없었다.

"근데 엄마, 결혼식에 올 수 있어?"

"뭐? 결혼식이라니, 누구 결혼식?"

"내 결혼식."

"뭐? 너 결혼하니? 그 얘길 먼저 해야지! 얘는 참. 아무튼 축하한다!"

"고마워요."

"상대는 어떤 사람이니?"

엄마가 꼬치꼬치 캐물어서 나나미는 일일이 대답했다.

"아마존에서 쇼핑하는 것 같네. 주문하면 젊은 남자가 배달되어 오는 느낌이랄까? 대체로 그렇게 하면 마음이 맞니?"

"그건 좀 극단적이야."

"힘든 시대가 되었구나. 아무튼 결혼식에는 꼭 가야겠네. 인터넷에서 만났다고 해도 내 딸이 결혼하는 거니까."

"그리고 약혼 예물도 있는데."

"예물! 제대로 하는구나. 기특하네. 하지만 어떻게 하지? 너한테는 고쓰보라는 새엄마가 생겼잖아?"

"그 사람은 부르지 않을 거야. 그 사람은 아빠의 새로운 아내지, 내 엄마는 아니잖아."

"그래도 앞일을 생각하면 불러야 하지 않겠어?"

"절대로 싫어."

"그래?"

"와 줄 거지?"

"뭐, 아빠가 괜찮다면 상관없는데. 하지만 예물 때문에 부모님이 이혼했다고 말하기도 좀 그렇잖아. 너희들 사이가 틀어지면 어떡해. 아, 그럼 이혼했는 말을 안 하면 되지 않을까? 결혼한 걸로 하면 되잖아. 그냥 잠자코 있으면 이혼한 사실을 아무도 모를 거야."

거짓말은 문제가 있지만, 입을 다물고 있는 건 확실히 나쁘지 않은 아이디어일지도 모른다. '입을 다물고 있는다'는 표현에 어폐가 있다면 '가만히 놔둔다'.

나나미는 하나마키에 있는 아빠에게 전화를 걸어서 엄마의 제안을 상의해 봤다.

"그런 건 사실대로 말하면 되잖아. 엄마가 젊은 남자 직원과 눈이 맞아 집을 나가서 지금은 세 살짜리 아이도 있다고 해. 그렇게 말하면 남자 쪽에서도 딱하게 여기겠지. 그것보다 나나미, 네 결혼식에 사치요도 데려가면 안 되겠니?"

"고쓰보 씨요? 싫어요."

"왜?"

"엄마가 두 사람씩이나 있을 필요는 없어요."

"하루미는 됐다니까. 널 버린 엄마라고."

"하지만 엄마는 엄마예요. 고쓰보 씨는 저한테 아무 존재도 아니라고요."

부모님 문제에 더해서 고쓰보 씨 문제까지 더해져 나나미는 맥이 빠졌다. 그 울분을 플래닛에서 풀었다. 오랜만에 클램본을 부활시켜서.

@클램본

결혼은 동시에 집안끼리의 문제다.

결코 사랑하는 두 사람만의 문제가 아니다.

결혼 따위 그만두고 싶어진다.

클램본의 글에 이런저런 댓글이 달렸지만, 전적으로 며느리와 시어머니의 문제가 중심이었다. 나나미의 문제는 오히려 자신의 부모 때문인데. 나나미는 자신과 같은 고민을 하는 사람이 없는지 찾아 봤다.

[부모님의 이혼, 결혼식]으로 검색해 봤더니 다양한 내용이 나왔다.

Q 부모님이 이혼한 경우, 결혼식에 누구를 부르면 좋을까요?

Q 부모님이 이혼한 경우, 자식의 결혼식에 관한 질문입니다.

Q 부모님이 이혼했으면 결혼식에는 어느 한쪽만 불러야 하나요?

Q 부모님이 이혼한 사람 중에 결혼식을 올린 사람이 있습니까?

생각해 보면 결코 신기한 문제가 아니었다. 이혼 가정이 존재하는 한 피할 수 없는 문제라고도 할 수 있다. 나나미는 이런저런 기사를 읽어 봤는데 아빠나 엄마 중 누구를 불러야 하냐는 질문이 많았다. 그 대답 중에는 지금 함께 살고 있는 쪽을 우선적으로 생각해야 한다는 답이 많았다. 그리고 모두가 단언하기를 피하며 가정마다 사정이 다르다, 이혼 사유에 따라 다르다는 뉘앙스로 대답했다. 나나미의 논점은 조금 달랐다. 누구를 불러야 하는 것이 문제라고 한다면 아무도 부르고 싶지 않았다. 그러나 그런 건 문제가 아니었다. 결국 양쪽에 와 달라고 하는 수밖에 없었다. 우리 집이 이혼 가정이라는 사실을 알리고 싶지 않았기 때문이었다. 데쓰야에게 말해야 할까? 그건 못 하겠다. 말했다가 데쓰야를 실망시키면 파국이다. 그런 가정에서 자란 사람과 결혼하고 싶지 않다고 하면 끝이잖아? 그것만은 피하고 싶었다. 데쓰야가 그런 사람일까? 그런 걸 신경 쓸까? 나의 지나친 생각일까? 고백하면 상관없어, 그런 걸 누가 신경 쓰냐고 말해 줄 것 같기도 하다. 그렇지만 잘 모르겠다. 모르는 것이 문제다.

나나미는 [부모님의 이혼 약혼자에게 말한다]로 검색했다.

    Q   부모님이 이혼한 사실을 약혼자에게 꼭 말해야 하나요?

이 질문에 대한 조언의 99퍼센트가 '말하라'는 내용이었다. '약혼자에게 비밀이 있으면 안 된다. 빚을 숨기는 것과 같다. 나라면 반드시 말한다. 그 일로 남자가 거부할 경우 결혼하지 않으면 그만이다.' 이 대답을 한 사람은 자기 생각을 솔직히 말해서 질문한 사람을 분노하게 만들었다. 이 차이는 무엇일까? 아무튼 99퍼센트가 말하라고 하니까 그 말에 찬성하면 데쓰야에게 사실을 고백

하는 수밖에 없다. 그렇게 생각하면 좋았겠지만, 전국에서 쇄도하는 조언을 아무리 읽어 봐도 도저히 결심할 수 없었다. 질문한 사람의 글 중에서 어떤 부분을 읽고 완전히 겁에 질려 버린 것이다.

부모님이 이혼한 사실을 숨기면 안 되나요?
부모님은 제가 어릴 때 이혼했습니다.
저는 언니, 어머니와 함께 살고 있습니다.
3년 정도 사귄 남자친구와 약혼했지만,
부모님이 이혼한 사실에 대해 아직 말하지 않았습니다. 그이에게 고백한다고 해도 신경 쓰지 않을지도 모릅니다. 그런 걸 신경 쓰는 사람으로 보이지도 않습니다.
사실 저에게는 트라우마가 있습니다. 이전에 사귀던 남자친구에 관한 일입니다.
우리 부모님이 이혼했다고 말했는데,
그 말을 듣더니 그날 이후로 연락이 끊기고 말았습니다.
이혼에 대한 이야기를 했기 때문이 아닐 수도 있습니다.
다른 이유가 있었을지도 모르지요.
하지만 이제 와서 생각해보면 달리 짚이는 데가 없습니다.
인터넷에서 알게 된 남자였습니다.
지금 사귀는 남자친구는 직장 상사입니다. 대충대충 행동하지 않는 사람입니다.
그래도 불안한 마음을 지울 수 없습니다. 어쩌면 좋을까요?

'인터넷에서 알게 된 남자였습니다.'

그 한 줄이 심장을 꿰뚫었다. 게다가 그 남자는 갑자기 연락을 끊었다고 하지 않는가!

더 이상 아무와도 상의하지 않고 나나미는 결국 엄마 하루미의 제안을 선택했다. 즉 부모님의 이혼 사실을 계속 숨기기로 한 것이다. 그 덕에 쓸데없는 부담감이 생겨서 약혼식 날이 다가올수록 위에 구멍이 날 것 같았다. 약혼식 전날 밤이 되자 결국 잠을 잘 수조차 없어서 뜬눈으로 밤을 지새웠다. 이렇게 몰래 고뇌한 끝에 맞이한 5월 연휴 직후의 대길일은 눈이 부실 정도로 날씨가 맑았다.

무코지마의 요정에서 쓰루오카 집안과 미나가와 집안이 한 자리에 모였다. 신랑 측은 데쓰야와 그의 부모님, 신부 측은 나나미와 이혼한 부모님, 총 6명이었다.

약혼 예물 교환 의식은 이상했다. 약혼 예물과 수령증이라고 불리는 납품서를 전통적으로 정해진 말과 함께 교환했다. 그 순서는 요정의 직원이 자세히 지도해 주었다. 양쪽 집안은 눈동냥으로 보고 배웠다. 동작이나 대사도 불안했다.

"쓰루오카 집안에서 보내는 약혼 예물입니다. 오래 간직하시길 바랍니다."

데쓰야의 아버지가 예물 목록을 미나가와 집안에 제출했다.

"훌륭한 예물을 주셔서 고맙습니다. 오래 간직하겠습니다."

아빠가 예물을 받았다.

"이게 수령증입니다. 부디 받아 주세요."

이렇게 말하면서 엄마가 수령증을 쓰루오카 집안에 제출했다.

쓰루오카 집안의 예물 교환이 끝나자 다음은 미나가와 집안의 순서였다. 똑같은 일을 반복하고 의식이 끝났다. 직원들이 재빨리 연회석을 준비했다. 맥주를 따르고 건배한 후부터는 식사와 환담을 나누는 시간이었다. 대화를 즐기면서 서로의 모습을 넌지시 살폈다. 이혼한 부모님을 데려와서 이 시간을 견뎌 내야 하는 나나미로서는 바늘방석이나 다름없었다.

데쓰야의 어머니 가야코는 어머니라고 하기보다 누나라고 불러야 할 정도로 젊어서 피가 이어지지 않은 후처가 아닐까 하는 생각이 들 정도였다. 천진난만한 미소를 띠며 쾌활하게 말하는 사람이었지만, 말끝에 묘하게 비아냥거림이 섞여 있었다.

"어디서 만났냐고 물었더니 인터넷에서 만났다고 하기에 전 깜짝 놀랐답니다. 정말로 괜찮을지 걱정되잖아요?"

엄마 하루미는 그런 점에 참으로 무심했다.

"맞아요. 저도 좀 걱정했는데, 딱 보고 훌륭한 사람인 줄 알겠더라고요. 그래서 솔직히 안심했어요. 반대로 우리 딸이 마음에 들지 그쪽이 걱정이네요."

"우리 세대로서는 진짜 생각할 수 없는 방법으로 만났잖아요."

"우리 때는 디스코장에 가서 헌팅당하거나 외박하고 돌아오기도 하고, 생각해 보면 지금보다 훨씬 야만적인 청춘이지 않았어요?"

엄마 하루미는 의기양양했다. 비아냥거림과 무심함의 랠리에 나나미와 아빠는 식은땀이 계속 흘렀다.

"그건 사람마다 다르죠."

데쓰야의 어머니 가야코는 쓴웃음을 지었다. 하루미를 불쾌하게 여긴다는 것을 알 수 있었다. 나나미는 걱정이 되어 제정신이 아니었다.

"그래도 굳이 학교 선생님을 고른 게 우리 딸답지 뭐예요. 인터넷이니까 이왕 고를 거면 의사나 억만장자 사업가도 괜찮을 텐데. 인터넷 만남은 마음껏 골라잡을 수 있다는 점이 장점이잖아요? 우리 딸은 정말로 모험을 할 줄 몰라요. 팥빵이 좋으면 평생 팥빵만 먹을 애랍니다."

"어머, 그럼 우리 아들을 좋아하면 평생 얘만 바라보겠네요."

"맞아요. 분명히 평생 좋아할 거예요. 너무 데쓰야만 바라봐서 피곤해질지도 모르죠. 그러니 조심하게나. 아하하하!"

"나나미는……." 가야코가 나나미에게 시선을 돌렸다. "결혼해도 선생 일을 계속하고 싶다고?"

"아, 네. 일단은 그래요."

갑자기 학교 이야기를 해서 나나미는 당황했다. 계속하고 말고를 떠나 지금의 나나미에게는 일이 없었다. 아무것도 모르는 데쓰야가 신경을 써 주려는 듯이 지원사격을 했다.

"교사는 한 번 하면 관두기 힘들어요. 어머니는 교단에 서 보지 않으셔서 잘 모르실 거예요."

"그렇게 말하지 말렴. 집안일만 해도 꽤 힘들어. 애가 생기면 더 힘들지."

"저 키우기는 수월하셨잖아요?"

"무슨 소리니? 네 덕분에 학교에 몇 번이나 불려갔는데. 초등학

63

교 때 짝꿍 여자애를 어찌나 괴롭혔는지 몰라요. 근데 그 애가 첫 사랑이었지?"

"엄마, 그 얘기는 그만해."

데쓰야가 얼굴을 붉혔다.

양쪽 집안의 아빠들은 줄곧 쓴웃음을 지으면서 거의 아무 말도 하지 않았다.

돌아갈 때는 요정에서 택시를 불러 주었지만, 먼저 온 택시를 서로 양보하려고 해서 잠시 교착 상태에 빠졌지만, 도호쿠 지역 출신의 겸손함에 져서 쓰루오카 집안이 먼저 택시에 올라탔다. 검은색 택시가 모퉁이를 돌며 사라지자 아빠가 드디어 입을 열었다.

"그 녀석 괜찮겠어? 어머니를 보고 엄마라고 부르는 남자야. 분명히 마마보이일 거야."

그렇게 말하는 아빠를 엄마가 나무랐다.

"그런 말 하면 천벌 받아요. 우리한테는 과분할 정도의 집안이라고요. 무책임한 소리 하지 말아요."

"뭐, 나는 나나미가 좋다면 상관없어."

"당연히 좋겠죠. 좋으니까 결혼하는 거잖아요. 그렇지, 나나미?"

"도쿄에서 자취하는 것도 힘들지. 사소한 점만 참으면 결혼도 나쁘지 않은 선택이야."

아빠가 그런 식으로 말했다. 나나미에게는 타협하라는 소리로 들렸다.

택시가 도착했다. 엄마가 올라타자 아빠는 문을 닫았다. 뒷좌석에서 놀란 엄마의 얼굴이 잠깐 보였지만, 택시는 그대로 떠났다.

"역까지 같이 가면 되잖아요. 돈 아깝게 왜 그랬어요."

나나미가 그렇게 말하자 아빠는 쓴웃음을 지었다.

"저 사람과는 1초도 같이 있기 싫다. 결혼식이 끝날 때까지만 참을 거야. 가면 부부라는 것도 있으니까. 아, 지금은 부부가 아니니까 이 경우에는 아닌가?"

"성가시게 해서 죄송해요."

나나미는 조금 장난스러운 표정으로 고개를 숙였다.

"무슨 소리냐? 뭐, 우리는 실패했지만, 넌 분명히 잘 살 거다."

"그걸 어떻게 알아요?"

"물론 모르지. 그래도 너만은 행복해지길 바란단다. 네 엄마도 같은 마음일 거야. 어찌됐든 우리는 결국 부모니까."

그 한마디에 나나미는 무심코 눈물을 글썽였다.

"고마워요."

부모님에게는 오랫동안 쌓인 마음의 응어리가 있었지만, 이때만큼은 이상하게도 솔직히 고맙다는 말을 할 수 있었다. 딸의 말에 아빠도 눈물을 지었다. 이럴 때는 잘 우는 아빠였다.

나나미는 어렸을 때 놀이동산에서 미아가 된 날을 떠올렸다. 미아가 되어도 쉽게 찾을 수 있게 엄마가 나나미에게 풍선을 사주었다. 평소에는 사람이 적은 놀이동산이었는데, 그날따라 무슨 일인지 굉장히 혼잡했다. 분홍색 토끼탈 인형이 아이들에게 선물을 나눠 주고 있기에 뭔지 궁금해서 그쪽에 마음을 빼앗긴 사이 부모님을 잃어버렸다. 미아가 된 나나미는 부모님의 모습을 찾다가 깜빡하고 풍선을 손에서 놓치고 말았다. 하늘 저편으로 날아가는 풍선을 보면서 이제는 부모님을 만날 수 없다고 생각한 나나미는 무서워 큰 소리로 울었다. 그 목소리를 듣고 아빠가 나나미를 발견했고, 엄마도 쫓아왔다. 아, 다행이야. 이번에는 안심하고 울었다.

"같이 탈래?"

"괜찮아요. 전 지하철을 타고 돌아가면 돼요."

"그럼 잘 지내라."

"아빠도요."

아빠를 택시에 태운 후, 나나미는 홀로 역을 향해 걷기 시작했다. 하늘 저편으로 날아가는 풍선을 어렴풋이 상상해 봤다.

6

람바랄

약혼식이 끝나자 매주 주말마다 결혼 준비로 많은 시간을 빼앗겼다. 모든 일이 처음이라서 나나미는 손을 쓸 엄두도 못 냈지만, 시간이 걸리는 부분은 전부 데쓰야가 맡았다. 데쓰야는 맡은 일에 실수가 없었고 막힘도 없었다. 하나같이 훌륭했다. 엘리트 교사는 이런 부분에서 차이가 나는 걸까? 그렇게 생각하자 나나미는 그가 자랑스러우면서도 한편으로는 자신이 비참하게 느껴졌다. 예식장은 지방에서 오는 친척들을 고려해서 도쿄역 근처에서 찾았고, 피로연은 도내에 사는 친구들이 집에 돌아가기 편한 신주쿠를 선택했다. 이런 식으로 데쓰야는 하나씩 하나씩 조리 있게 처리했다.

신혼집도 알아봤다. 데쓰야가 사는 집은 하타가야에 있는 방한 개짜리 맨션이었다. 거실은 혼자서 생활하는 사람에게는 지나치게 넓을 정도여서 나나미 한 사람이 들어오기에는 충분하다고 생각했지만, 데쓰야는 '신혼 생활은 새집에서' 해야 한다는 신념을 갖고 있었다. 그래서 신혼집도 데쓰야가 여기저기 알아보고 세타가야 구 후카자와에 있는 방 두 개짜리 집을 발견했다. 너무나도 훌륭해서 나나미가 트집을 잡을 수도 없는 장소였다.

피로연에 초대할 손님도 정해야 했다. 데쓰야가 컴퓨터로 좌석순서표를 만들어 초대 손님 명단을 작성해 봤지만, 미나가와 집안의 좌석은 좀처럼 채울 수가 없었다.

"이 데루오 씨가 작은아버지고, 마리코 씨가 작은어머니야."

"이 사람들뿐이야?"

"응. 그래서 친구 좌석에 섞었어."

"두 명? 다른 친척은 더 없어?"

"거의 교류가 없거든."

"왜?"

"딱히 이유는 없어."

이유는 있었다. 노로바이러스와 집을 나간 엄마 때문이었다. 게다가 조부모가 타계해서 친척들과는 거의 남이나 마찬가지였다. 겨우 작은아버지인 미나가와 데루오, 마리코 부부의 이름을 적어봤지만, 그들도 올지 안 올지 물어보지 않으면 알 수 없었다.

"양가 친척끼리 인사할 때 한쪽 집안이 적게 오면 보기에 좋지않아. 우리 친척을 좀 줄일까? 그건 그렇다 쳐도 부를 사람 좀 더 없어?"

"으음, 알았어. 좀 더 연락해 볼게."

그렇게 말하기는 했지만 정말 어쩌지? 아이디어가 전혀 떠오르지 않았다.

"그리고 세이린중학교 선생님들 자리는 어디야?"

"안 불렀어."

"왜?"

"있잖아. 나 학교 관두기로 했어. 자기 어머님도 반대하시고, 나도 가정과 학교 일을 병행할 자신이 없어서."

거짓말이었다. 학교는 이미 나가지도 않고 있다. 편의점 아르바이트도 데쓰야에게는 비밀로 했다.

"그래?"

"괜찮아?"

"안 된다고 할 순 없잖아."

"그래도 수입이 줄어드는 걸. 사치 부리지 않을게."

"그건 좋은데."

"뭔가 찜찜해?"

"여러모로 고민했을 거 아냐. 왜 나한테 상의하지 않았어?"

"미안해. 아, 그럼 한 가지 상의해도 돼?"

"뭔데?"

"함수 말이야. 사회에 나가면 쓸모가 있긴 해?"

"무슨 소리야?"

"학생이 물어봤거든."

"그야 여기저기서 쓰이지."

"여기저기서?"

"음, 그러니까 함수라는 건, 예를 들어 인공위성의 궤도를 계산할 때 사용하지 않나?"

데쓰야는 스마트폰으로 검색하기 시작했다.

"그래, 인터넷으로 찾아보면 되는구나."

"이제 알았어? 함수, 함수…… 꽤 어려운 질문이네……."

데쓰야는 스마트폰을 조작하는 데 짜증이 나서 자신의 책상으로 가 컴퓨터의 전원을 켰다. 그 틈에 나나미는 클램본으로 변신해서 함수와 전혀 관계가 없는 글을 타임라인에 올렸다.

@클램본

결혼식 준비는 여러모로 우울하다.

일단 친척이 부족하다.

신랑 쪽은 친척이 스무 명 정도 오는데. 어쩌지?

금세 댓글 몇 개가 달렸다. 그중에 람바랄이라는 인물이 쓴 글이 있었다. 누군지는 모르지만 나나미의 타임라인에서 이따금 재치 있는 댓글을 달아 주는 단골손님이었다.

@람바랄

피로연 참석자 중엔 의외로 가짜도 많아요. 알고 있나요?

"뭐? 진짜로?"

무심코 입 밖으로 소리를 내서 데쓰야가 뒤돌아봤다.

"뭐라고?"

"아냐, 아무것도 아니야."

@람바랄

보통 아르바이트를 고용하죠.

그런 아르바이트를 담당하는 녀석을 알아요.

소개해 드려요?

그 남자의 계정은 AMURO_0079예요.

람바랄의 친구라고 하면 연락 올 거니까 시도해 보세요!

@클램본

어쩐지 수상쩍은데요?

@람바랄

안심하세요. 제가 보증하죠!

나나미는 눈살을 찌푸렸다. 보증한다고 해도 람바랄 자체를 잘 몰랐다. 도대체 '람바랄'이 뭐지? 검색해 본 결과, 이런 설명을 찾았다.

【람바랄】

애니메이션 〈기동전사 건담〉에 등장하는 차이를 아는 남자다. 명대사로는 "자쿠와는 다르다! 자쿠와는!"이 있다.

나나미는 건담에 관한 지식이 전혀 없었지만, 일단 애니메이션 캐릭터라는 점은 알았다. 나나미는 람바랄의 계정을 더블 클릭해 봤다. 그 남자의 플래닛 페이지에는 무수한 하늘 사진이 올라와 있었다. 자신이 직접 찍은 사진일까, 인터넷에서 수집한 사진일까? 그 아름다움에 잠시 마음을 빼앗겼다.

"아, 파라볼라 안테나는 포물선이네. 이건 수업 때 써야지."

"파라볼라 안테나가 뭐야?"

"왜 접시처럼 생긴 안테나 있잖아. BS나 CS 방송 수신할 때 쓰는 거. 아, 파라볼라가 포물선이라는 뜻이야."

앞으로 부부가 되려고 하는 두 사람의 사이에도, 그 인연의 틈새에도, 계속해서 낯선 타인의 말이 비집고 들어올 것이다. 모든 사람의 주위에 팅커벨이 날아다니고 있고, 일곱 난쟁이가 붙어 있다. 또 시계를 든 토끼가 간 곳으로 달리고 있다.

만난 적도 없는 람바랄의 말을 믿고 나나미는 'AMURO_0079'라는 미지의 계정을 검색했다.

@클램본

처음 뵙겠습니다.

72

한마디만 적어서 메시지를 보내 봤다. 바로 답장이 왔다.

@AMURO_0097
람바랄의 친구 분이신 클램본 씨군요.

@클램본
잘 부탁드려요!

@AMURO_0097
대리 출석에 대한 얘기 맞죠?

대리 출석이라는 표현은 정말 부드러워서 죄책감이 들지 않았
다. 이런 서비스가 당연히 있다는 기분이 들었다. 자세한 내용은
직접 만나 얘기하기로 해서 평일 오후에 미슈쿠에 있는 세타가야
공원에서 만나기로 했다. 그 자리에 나타난 남성은 넥타이를 매고
말쑥하게 차려입기는 했지만 소년처럼 보였다. 성숙함과 미성숙
함이 어쩐지 기분 나쁠 정도로 섞여 있는 첫인상을 가진 남자였다.
"명함이 여러 개가 있는데, 일단 이번에는 이걸로……."
남자는 명함 한 장을 골라서 내밀었다. 회사 이름은 아무로 상
회였고, 본인의 이름은 아무로였다.
"아무로 씨……."
나나미는 아무로 다음의 한자(行牛)를 어떻게 읽어야 할지 몰
랐다.

"'유키마스'입니다. 아무로 유키마스!(출동!)" (일본어로 '아무로, 출격합니다!'라는 뜻. 〈기동전사 건담〉의 명대사)

건담을 모르는 나나미는 그 의미를 알지 못했다.

"본업은 연기자예요."

"배우요?"

아무로는 또 다른 명함을 내밀었다. '배우 이치카와 RAIZO'라고 쓰여 있었다.

"이치카와 라이조? 옛날에 이런 이름을 가진 배우가 있지 않았나요?"

이치카와 라이조는 1960년대에 다이에이영화에 일조한 왕년의 명배우다.

"이름을 빌려서 그 덕을 보고 있죠. 제 맘대로 후계자인 척합니다. 연기자에게 이름은 뭐든 상관없어요. 배역을 맡으면 일이 끝날 때까지 그 역할이 자기 이름이니까요. 그런 의미에서 이름은 무한대로 있는 거죠. 어쨌든 오늘은 라이조가 아니라 아무로 상회의 아무로 유키마스입니다. 잘 부탁드립니다. 여러 가지 일을 하고 있지만 다 연기의 밑거름이죠."

"아무로 상회는 무슨 회사인가요?"

"뭐든지 해 드리는 회사입니다. 제가 할 수 있는 일에 한해서 무슨 일이든 의뢰를 받아요. 오늘 의뢰하실 일은 결혼식 대리 출석이었죠?"

아무로는 컬러로 된 안내 책자를 나나미에게 건넸다.

"일단 대리 출석 서비스는 '아즈나블'이라는 회사명으로 운영

되고 있습니다.”

“이 이름도 건담에 나오나요?”

“맞습니다. 샤아 아즈나블이라는 인기 캐릭터가 있거든요. 사실은 카스발 렘 다이쿤이라고 하는데, 친구인 샤아 아즈나블 행세를 해요. 어떤 의미로 그는 샤아 아즈나블의 대리 출석자라는 느낌이 들어서 회사명도 빌렸습니다. 뭐, 이런 이야기는 불필요하죠? 이건 안내 책자입니다. 읽어 보시면 대강 아시겠지만, 최근에는 친척이나 친구들이 모이지 않는 게 아주 흔한 일이에요. 옛날에는 친척이 하나의 커뮤니티 역할을 했는데, 지금은 세상에 온갖 커뮤니티가 차고 넘쳐서 친척과 교류할 기회도 줄어들었죠. 특히 도시에서는 더 심해요. 그래서 대리 출석을 원하는 사람들이 점점 늘어나고 있는 추세입니다.”

“그런가요?”

안내 책자를 펼쳐서 훑어봤다. ‘인생의 출발을 최고의 추억으로 만들고 싶다!’, ‘마치 영화의 한 장면과 같은 체험을 당신에게!’라는 지나친 선전 문구가 과하게 연출한 일러스트와 함께 실려 있어서 어쩐지 수상쩍었지만 나나미의 눈에는 훌륭해 보였다.

아무로는 마지막 페이지의 요금표를 가리키며 설명했다.

“피로연 대리 출석이 1인당 8천 엔인데, 예식부터 참석하면 3천 엔이 추가됩니다. 축하 인사나 춤과 노래가 필요한 경우에는 각각 5천 엔씩 추가 비용이 붙습니다. 그래도 람바랄의 친구 분이니까 싸게 해 드릴게요.”

“아, 고맙습니다. 어떻게 할까…….”

"망설이시는군요. 나중에 들킬까 봐 걱정되시죠?"

"네. 그 부분은 좀 걱정이에요."

"당연히 걱정스럽죠. 그 마음 잘 이해합니다. 하지만 들킬 염려가 없어요. 친척끼리 만날 일이 의외로 전혀 없거든요."

"그래요?"

"네. 그래서 다들 안심하고 이용할 수 있는 거죠. 만일의 경우가 일어날 수도 있지만, 그래도 전혀 걱정할 필요가 없습니다. 그럴 때 다시 연락을 주시면 최대한 필요에 따라 똑같은 인물을 준비해 드립니다. 특히 미나가와 씨는 람바랄의 친구 분이니까 확실히 서비스해 드리겠습니다!"

아무로의 영업용 대화는 끊이질 않았고, 말참견을 할 새도 없이 나나미는 눈앞에 놓인 예약 용지에 주소와 이름을 적었다.

"결혼하시면 또 이런저런 일이 있을 테니, 어려운 일이 있으실 때는 무엇이든지 분부만 내리세요. 할 수 있는 일이라면 뭐든지 해 드리겠습니다. 집에 바퀴벌레가 나왔을 때 부르셔도 좋고, 이웃집에 성가신 사람이 있으니 처리해 달라고 해도 좋습니다. 또 배우자가 외도하는지 조사해 달라고 해도 좋아요. 앗, 결혼을 앞두신 분에게 쓸데없는 말을 했군요. 실례했습니다. 아무튼 무슨 일이든지 다 해 드리니 연락 주세요."

나중에 아무로가 보낸 견적은 할인한 가격이 24만 엔이었다. 출석자가 내야 하는 축의금도 별도로 준비해야 했다.

초대자 명단에 늘어난 출석자를 보고 데쓰야는 "어떻게 된 거야?"라며 깜짝 놀랐다. 나나미는 대리 출석에 대해 말해야 할지 말지 망설였지만, 그의 얼굴을 보니 말할 수가 없었다. 부모님의 이혼을 숨겨서 떳떳하지 못한 마음도 영향을 줬나 보다. 게다가 뭐든지 말해 달라고 하는 사람이기는 했지만, 말한다고 해도 재판관처럼 그저 냉철한 판단만 내려 줄 사람이기도 했다. 대리 출석을 허락해 줄 리도 없었다.

"부모님이 친척집에 일일이 연락해 주셨어. 내 결혼식이라고 했더니 의외로 다들 제 일처럼 생각해 주시더래. 그래서 꽤 많이 모을 수 있었어. 그리고 세이린중학교 선생님들한테도 부탁했지."

데쓰야는 나나미의 거짓말을 전혀 의심도 하지 않고 겨우 초대자 명단을 채웠다며 게임을 멋지게 클리어한 아이처럼 기뻐했다.

"아, 맞다. 이거 어떻게 생각해?"

나나미는 데쓰야에게 안내 책자를 펼쳐 보였다. 아무로가 소개해 준 서비스의 안내였다. 사람을 속이는 종류는 아니었다. 이 서비스라면 말해도 지장이 없을 것 같았다. 이걸로 거짓말이 상쇄되는 것은 아니지만, 죄의식을 조금이라도 가볍게 하고 싶은 마음은 있었다.

"이건 메모리 플레이라는 여흥인데, 친구가 다른 결혼식에서 봤대. 이런 재미있는 서비스가 있다고 권해 줬어. 어때? 해 볼까?"

그것은 신랑 신부의 어린 시절, 중고등학교 시절, 사회인이 된 후부터 현재까지를 진짜 배우들이 연기해 주는 서비스였다. 데쓰야는 안내 책자에 적혀 있는 URL을 통해 사이트에 접속했다. 나나미는 대리 출석 정보가 나오면 어떡하나 순간 가슴이 조마조마했다. 그러나 그 사이트는 아무로 상회가 아닌, 이름 자체가 메모리 플레이라는 또 다른 회사였다. 데쓰야가 동영상을 재생했다.

피로연의 클라이맥스, 신랑 신부가 양가 부모님에게 꽃다발을 증정하는 장면, 갑자기 소년이 나타나서 신랑의 어린 시절을 연기하며 부모님에게 옛 추억에 관해 말하기 시작했다. 신랑의 소년 시절 다음은 신부의 소녀 시절, 그리고 배우가 바뀌며 이번에는 학창 시절, 이런 식으로 두 사람의 성장 과정을 부모님 앞에서 연기했다. 부모님들은 눈물을 흘렸다. 신랑 신부와 관객들도 함께 울었다. 나나미도 눈물이 났다. 데쓰야는 이 서비스를 굉장히 마음에 들어 하며 즉시 주문하기로 결정했다.

그 내용을 아무로에게 전했더니 이런 답장을 보냈다.

@AMURO_0079

하시게요? 그 일은 처음 하는 거라서 시간이 좀 필요한데 괜찮으신가요?

@클램본

처음이요? 동영상 봤는데요.

@AMURO_0079

그건 다른 회사에서 하는 겁니다. 그쪽이 진짜죠.
안심하세요. 완벽하게 흉내 낼 테니까요.

@클램본

해 본 적 없어요?

해 본 적이 없다고 못 하면 무슨 일이든지 하는 회사가 아니죠.

사람을 죽인 적이 없어서 살인자 역할을 못 한다고 하면 배우는 감당할
수 없습니다.

해 본 적이 있든 없든 상관없다니. 정말 대단하다. 이런 게 프로
라는 건가, 나나미는 쉽사리 납득하고 말았다.

며칠 후에 아무로가 첨부 파일을 보냈다. 열어 보니 설문조사
용지였다. 초심자의 기술이라고는 생각할 수 없는, 고급스럽고 호
화로운 디자인이었다. 이런 부분에서부터 완벽하게 흉내 낸다는
말이었나?

"여기에 기입하는 거래. 시나리오를 만들 때 참고한대."

그 용지에는 예를 들어 어렸을 때 부모님을 어떻게 불렀고, 또
부모님이 자신을 어떤 이름으로 불렀는가 하는 간단한 질문부터
구체적인 추억을 쓰는 칸이 있었고, 몇 가지 참고 사례가 적혀 있
었다. 또 추억을 떠올리기 위한 계기로 계절에 따른 키워드가 적
혀 있기도 했다.

"여름방학? 여름방학에 무슨 일이 있었더라?" 나나미는 머리를
짜냈다.

"뭔가 있겠지."

"하지만 부모님과 관련된 일이잖아? 우리 부모님은 늘 가게에
서 일하느라 바빴단 말이야."

문득 떠오른 것은 초등학교 3학년 때의 일이었다. 이웃집에 밋

짱이라는 친구가 살았다. 아빠 가게에서 일하는 종업원의 딸이었는데, 나나미와 마찬가지로 철봉 거꾸로 오르기를 못했다. 밋짱의 부모님은 두 사람의 연습을 도와주셨다. 집 근처에 철봉이 없어서 빨랫줄을 받치는 장대를 밋짱의 부모님이 양쪽에서 잡아서 철봉을 대신했다. 장대를 사람이 잡고 있기만 하는데 괜찮을까 처음에는 매달리기도 무서웠다. 하지만 시도해 보니 진짜 철봉과 달리 흔들거리기는 해도 연습하기에는 충분했다. 두 사람은 번갈아 연습했다. 손에 물집이 생겨서 연필을 쥘 수 없는 적도 있었고, 때때로 밋짱 엄마의 손이 미끄러져서 장대와 함께 땅바닥에 떨어진 적도 있었지만, 그때의 통증조차 지금 생각해 보면 좋은 추억이었다. 그렇게 연습하는 동안 밋짱이 먼저 거꾸로 오르기에 성공했다. 나나미는 좀처럼 잘 돌지 못했다. 그래도 밋짱의 가족들은 싫증 내지 않고 나나미의 연습을 도와주었다.

이 이야기를 부모님에게 했더니 부모님은 밋짱의 부모님이 성가셨을 거라며 얼굴을 찌푸렸다. 나나미는 충격을 받았다. 한 번도 그런 식으로 생각한 적이 없었다. 밋짱의 부모님은 기꺼이 철봉 연습을 도와준다고만 생각했고, 실제로도 정말 즐거워 보였다. 나나미의 마음에 들어도 급료는 오르지 않을 텐데, 하는 엄마의 말에 큰 상처를 입었다. 어느 날, 집에 가니 뒷마당에 진짜 철봉이 생겼다. 친분이 있는 시청 직원에게 부탁해 폐교에서 뽑아 왔다고 했다. 부모님의 이런 방식을 나나미는 혐오했다.

고등학교 3학년 여름방학은 인생 최악의 시절이었다. 노로바이러스, 아빠의 경영난, 엄마의 가출. 남들한테 자랑할 수 있는 에피

소드라면 내가 열심히 공부해 성적을 올려서 대학교에 합격한 일 정도였다. 이 일은 괜찮은 미담이라고 생각했지만, 단순한 자기 자랑이고, 그 이야기를 하려면 먼저 노로바이러스부터 말해야 한다. 연회가 한창일 때 노로바이러스 얘기를 하는 것도 우습지 않나?

아무튼 철봉 이야기는 어린 시절이니까 기억이 조금 흐릿하다고 치고, 밋짱의 부모님을 우리 부모님으로 바꿔야겠다. 고등학교 시절은 부모님이 응원해 줘서 수험 공부를 열심히 했다는 이야기로 하는 수밖에 없나? 예식까지 이런저런 일로 바쁜데 숙제가 하나 더 늘어나고 말았다. 만일 우리 가족이 사소한 상처조차 없는 행복한 가족이었다면 이 숙제를 좀 더 솔직하게 즐겼겠지만, 그런 가족이 도대체 얼마나 있을까? 세상에는 이혼이나 가정 폭력, 학대 등 온갖 사건이 일어나는데, 모두 어떻게 살고 있는 걸까?

옆을 보니 데쓰야는 자신의 추억 이야기를 막힘없이 술술 적고 있었다. 그런 인생을 보내 온 사람이구나. 나나미는 한숨이 나왔다. 사실은 자신과는 어울리지 않았다. 나나미는 데쓰야의 옆에서 스마트폰을 만졌다. 그의 눈을 피해 클램본으로 변신해서 괴로운 속마음을 글로 적었다.

@클램본

예식장에 가지고 들어갈 수 있는 것은 사실 굉장히 한정되어 있다.

이상적인 가정. 이상적인 가족.

여기에 해당되지 않는 것은 삼가 주세요.

그것이야말로 거짓말입니다.

7
결혼식

결혼이란 사태가 벌어져서 안 해도 되는 거짓말을 산더미처럼 하고 있다.

나나미는 거짓말을 할수록 우울해졌다. 거짓말 위에 거짓말이 계속 쌓여 갔다. 흡사 범죄자 같았다. 모든 것을 내던지고 어디론가 사라지고 싶은 마음에 사로잡혔다. 가뜩이나 결혼이란 이상한 관습이다. 특히 여성에게 결혼은 마치 어떤 벌처럼 느껴졌다. 정든 장소를 버리고, 과거를 버리고, 이름까지 버리고, 믿어도 되는지 확실히 알 수 없는 남성에게 인생의 전부를 맡긴다. 이게 범죄자라면 얼마나 나쁜 짓을 해야 이런 벌을 줄 수 있을까? 생각할수록 나나미는 우울해졌다. 이러면 안 돼. 이런 일은 단순히 인생을 초기화하는 거야. 초기화하면 곤란해지는 과거가 있는 것도 아니잖아? 그러니까 괜찮아. 불필요한 것을 버린다고 생각하자. 이런 식으로 나나미는 자신을 타일렀다.

나나미는 가정교사 서비스 업체인 캐스터네츠도 해약하기로 했다. 깊이 생각하지도 않고 단순히 불필요한 것을 버린다는 생각뿐이었다. 담당자에게는 메일을 보내고 카논에게는 직접 연락했다. 사실대로 솔직하게 말했다.

마지막 수업 날, 나나미가 카논과 회선을 연결하자 화면에 카논의 어머니가 나타났다.

"선생님이 보낸 메일을 읽어 봤어요. 결혼 축하드립니다."

"고맙습니다."

"저, 선생님. 정말로 관두시는 건가요?"

"제 맘대로 결정해서 죄송해요. 중간에 그만두게 되어서 정말 죄송합니다."

"우리 카논이 선생님이 아니면 안 된대요."

"네?"

"계속 해 주실 수 없나요?"

"아…… 저보다 좋은 선생님이 많아요."

"다른 선생님은 싫대요. 학교도 싫다고 하는 걸요. 카논에게는 미나가와 선생님이 유일한 선생님이에요. 일주일에 한 번만이라도 좋으니 계속 좀 봐 주세요."

카논은 평소에 말이 없고 무슨 생각을 하는지 알 수 없는 소녀였는데, 의외로 나를 의지하고 있었다.

눈물이 흘러넘칠 것 같았다.

"네, 알겠습니다. 저라도 괜찮다면."

"정말이요? 무리하게 부탁드려서 죄송합니다. 잘 부탁드릴게요."

이렇게 해서 카논의 과외 수업만은 계속하게 되었다.

드디어 결혼식 날이 찾아오고 말았다.

부모님의 이혼을 숨긴 일, 대리 출석을 부탁한 일, 그런 선택을 한 자신의 미숙한 판단, 그 거짓말을 숨기면서 살아갈 새로운 인생. 후회와 불안이 번갈아 밀려와서 나나미는 한숨도 잘 수 없었다. 인생에 이토록 빨리 끝나기를 원한 날은 없었을 것이다.

8월 8일 토요일은 대길일이었지만 더위가 심했다. 아침 9시에 데쓰야가 유키가야로 나나미를 데리러 왔다. 그곳에서 콜택시를 타고 도쿄역 앞에 있는 식장으로 향했다. 직원의 안내로 두 사람은 각각 준비된 분장실로 들어갔다. 나나미는 혼자가 되자 플래닛을 확인했다. 아무로가 보낸 메시지가 와 있었다.

@AMURO_0079

대리 출석자 스무 명이 전부 식장에 들어왔습니다!

메모리 플레이는 10시에 집합할 예정입니다.

흥분으로 설레어 온몸이 떨렸다. 내가 테러리스트라도 된 기분이었다. 결혼이라는 경사스러운 무대에서 도대체 나는 무슨 짓을 하고 있는 걸까? 그런 생각을 하는 사이에 화장과 옷 갈아입기도 끝나고 말았다. 웨딩드레스 차림의 나나미는 신부 도우미의 도움을 받으며 예배당으로 이동했다. 태어나서 처음으로 웨딩드레스를 입은 자신의 모습을 여유롭게 감상할 수도 없었다.

예배당에는 턱시도로 갈아입은 데쓰야가 있었다. 나나미의 웨딩드레스 차림을 보고 예쁘다고 말해 주기는 했지만, 어딘지 안색이 좋지 않았다.

왜 그러지? 뭔가 눈치챘나?

등으로 식은땀이 흐르기 시작했다. 그때 나나미의 아빠가 나타났다.

"아, 고마워요."

아빠의 목이 심하게 쉬었다. 긴장해서 입안이 바짝 마른 모양이었다. 아빠와 엄마도 공범이었다. 대리 출석에 대해서는 이미 설명이 끝난 상태였고, 아빠는 친척 소개 때 대리 출석자를 일일이 소개해야 했다. 쓸데없는 일까지 떠맡기고 말았다. 불효막심한 신부다.

리허설이 시작되었다. 서비스장이라는 직원이 예식 순서를 설명했다. 우선 신랑 입장, 그리고 신부 입장. 버진로드를 아빠와 함께 걸은 후, 아빠가 나를 신랑 데쓰야에게 넘겨준다. 여기서 아빠의 역할은 끝이다.

"그럼 아버님은 대기실에서 기다려 주세요."

다른 직원의 안내를 받으며 아빠가 어색하게 예배당을 떠났다. 그 후 친척 소개가 아빠를 기다리고 있었다. 제발 무사히 끝나기를. 실패하면 안 돼요.

"신랑 신부님은 이쪽을 보고 나란히 서 주세요. 본식에서는 목사님이 지시하실 겁니다."

대강의 설명을 듣고 두 사람의 리허설도 끝났다. 나나미는 신부 도우미의 안내를 받으며 분장실로 향했다. 여기서 잠시 둘이서 본식을 기다렸다. 데쓰야가 지루했는지 스마트폰을 꺼내서 만지기 시작했다. 나나미는 거울을 봤다. 거울 속에는 웨딩드레스를 입은 자신이 있었다. 겨우 진정하고 그 모습을 바라볼 시간이 주어졌다. 하지만 그 기쁨을 음미할 마음이 좀처럼 들지 않았다. 긴장과 불안과 후회. 미소를 지어 봤다. 얼굴이 굳어져서 잘 웃을 수가 없었다. 데쓰야를 보니 스마트폰에 열중한 상태였다. 신부가 돌아봤는데도 반응조차 해주지 않기에 말을 걸어 봤다.

"왠지 긴장되네."

"그래."

데쓰야는 관심 없는 듯이 대답했다.

"괜찮아?"

"뭐가?"

"피곤하지 않아?"

"뭐, 괜찮아. 너는? 괜찮아? 드레스 안 무거워?"

"응. 생각보다 가벼워."

데쓰야는 잠시 뭔가 생각하는 모습이었지만, 갑자기 나직한 목소리로 이렇게 말했다.

"클램본이라고 알아?"

나나미는 깜짝 놀라 숨을 멈췄다. 데쓰야가 다시 물었다.

"클램본. 알아?"

"클램본?"

"몰라?"

"미야자와 겐지의 동화에 나오는 캐릭터?"

"미야자와 겐지의 동화에 나와?"

"《야마나시》라는 동화에 나오는데?"

"잘 아네."

"미야자와 겐지를 좋아하거든."

"그랬구나."

"그게 왜?"

"클램본이라는 계정을 가진 여자가 플래닛에 올린 글을 봐서. 이 여자도 곧 결혼하나 봐."

"그래?"

"너 아니지?"

"아니야."

"이런 글을 올렸더라고. '맞선 사이트에서 남자친구를 발견했다. 어쩐지 너무나도 쉽게 손에 넣었다. 인터넷 쇼핑을 하듯이 간단히 한 번의 클릭으로.'"

"나 아니라니까."

"아니면 됐어. 내 약혼녀가 이런 글을 썼다면 진심으로 그 자리에서 이혼할 거야. 이 결혼 상대가 정말로 불쌍해."

"어디서 봤어?"

"네 팔로워의 글을 읽다가 이 여자가 올린 글을 몇 번이나 봤어. 왠지 시기상으로도 우리와 많이 비슷하더라고."

"난 아니야."

"우리도 인터넷에서 만났잖아. 뭐, 그래도 행복하게 살자."

나나미는 머릿속이 새하얘졌다. 데쓰야에게 또 큰 거짓말을 하고 말았다. 이것만이라도 솔직하게 사과하는 게 좋을까? 그럴 수 없었다. '진심으로 그 자리에서 이혼할 거야'라고 말했으니까. 사과할 거라면 적어도 후일로 미루자. 지금 여기서 그가 화내면 결혼식을 망칠 것이다. 분장실은 긴 침묵으로 휩싸였다. 직원은 좀처럼 오질 않았다. 데쓰야가 화장실에 간 사이에 나나미는 화장대에 올려놓은 스마트폰을 들고 터치했다. 플래닛. 클램본의 낯익은 타임라인.

아, 이제 이 계정은 못 쓰겠구나.

애착이 가는 계정이었다. 지금까지 여기서 쌓은 인간관계도 있었고, 친구도 있었다. 그 모든 것이 오늘로 끝이라고 생각하니 안타까워서 참을 수가 없었다. SNS의 관계란 얼마나 덧없는 존재인가. 계정을 일부러 삭제하지 않아도 글을 입력하지 않으면 그 사람은 그곳에서 사라진다.

착신 음이 울리고 아무로에게서 메시지가 도착했다.

@AMURO_0079
이쪽은 완벽하게 준비가 끝났습니다!

이왕 할 바에는 철저히 하라는 서양 속담이 머릿속에 떠올랐다. 《울어 버린 빨간 도깨비》가 생각났다. 한바탕 연극을 한 빨간 도깨비와 파란 도깨비가 생각났다. 니타도리가 생각났다.

직원이 문을 열었다.

"오래 기다리셨습니다. 그러면 예배당으로 안내해 드리겠습니다."

데쓰야와 함께 예배당까지 이동하자 아빠와 가야코가 기다리고 있었다. 가야코는 데쓰야의 차림새를 꼼꼼히 확인했지만, 직원이 서둘러 자리에 착석하라고 재촉하자 당황해서 뒷문을 통해 예배당으로 이동했다. 오르간으로 찬송가가 연주되자 문이 열렸다. 데쓰야는 나나미의 아빠에게 가볍게 인사하고 한 발 먼저 입장했다. 문이 다시 닫혔다. 나나미는 아빠와 나갈 차례를 기다렸다.

"왜 그래? 괜찮은 거냐?"

아빠의 말에 문득 정신을 차렸다.

"괜찮다. 넌 행복하게 살 수 있어. 네 자신을 믿어라."

네가 불안해하는 걸 다 안다는 눈빛으로 아빠는 딸을 바라봤다. 그 작은 눈은 희미하게 눈물을 짓고 있었다.

"생각해 보면 눈 깜짝할 사이였구나. 그렇게 조그마한 갓난아기였던 네가 결혼하다니."

온갖 추억이 아빠의 뇌리를 스쳤다.

집중하지 않으면 안 되는데. 감동해야 하는데. 울어야 하는데. 밝은 인생의 출발 지점인데.

"다음은 신부 입장입니다. 괜찮으십니까?"

여직원이 말을 걸었다. 아빠는 엄지손가락으로 작은 눈을 닦으며 한쪽 팔을 구부렸다. 여직원이 나나미의 손을 잡고 아빠와 팔짱을 끼도록 거들었다. 드디어 문이 열렸다.

나나미에게 있어서 일생일대의 거짓으로 치장된 연극의 막이 올랐다.

아빠의 손에 이끌려 버진로드에 발을 내디뎠다. 예배당에 모인 사람들의 시선이 한 곳으로 쏠렸다. 나나미는 현기증이 났다. 다홍색 버진로드를 한 발씩 힘주어 내디뎠다. 바늘방석 위를 맨발로 걷는 마음이었다. 미안한 마음으로 가득했다. 웃으며 박수를 쳐주는 대부분의 사람들은 본 적도 없는 사람들이었다. 누가 진짜 초대 손님이고, 누가 대리 출석자인지 전혀 알 수 없었다. 자신이 한 거짓말, 죄책감과 답답한 마음이 사방팔방에 가득 찼다. 뒤쪽 좌석에 아무로의 모습이 보였다. 웃음을 띠며 박수를 쳤다. 그 후에 일어난 일은 별로 기억하지 못했다. 목사의 성경 낭독과 서약, 맹세의 키스, 반지 교환, 혼인증명서에 서명한 것도 기억이 단편적이라서 아무런 감동도 따르지 않았다. 그 정도로 나나미의 머릿속은 죄책감으로 포화 상태였다.

정신을 차리니 예식은 이미 끝난 상태였다. 다시 신부용 분장실로 이동했다. 직원들이 저마다 예뻤다고 칭찬해 줬지만, 나나미의 귀에는 들어오지 않았다.

"더우세요? 기분은 좋으십니까?"

직원은 나나미의 이마에 흐르는 식은땀을 닦아주고 목 근처에 부채질을 해 주었다. 옆에서 데쓰야는 스마트폰을 만졌다.

"뭐 좀 드시겠습니까? 피로연에서는 별로 드시지 못할 테니까요."

직원이 말했지만 뭔가를 목으로 넘길 기분이 아니었다. 입속에 넣으면 위장까지 통째로 토해낼 것 같았다.

피로연. 문이 열리고 신랑 신부 입장. 우레와 같은 박수. 조명에 눈이 부셨다.

데쓰야가 근무하는 학교의 교장선생님이 주례를 맡아 축사를 전했다. 나나미는 이따금 자신과 관계가 있는 사람들의 테이블을 확인했다. 자리 순서표는 머릿속에 들어 있었다. 어떤 사람들이 대리 출석인지 이번에는 쉽게 알 수 있었다. 아르바이트 학생으로 대충 채워 놨으면 어쩌나 싶었는데, 봤더니 연령이나 성별로도 균형 있게 캐스팅해서 가짜라고 알아채기가 어렵겠다는 마음이 들었다. 멋지게 연출한 아무로는 맥주병을 한 손에 들고 과감하게 신랑 관계자 테이블에서 술을 따르며 다니고 있었다.

하지만…….

이런 안타까운 광경이 또 있을까? 신랑 신부와 아무 인연도 없는 사람들이 테이블에 앉아 호화로운 풀코스 요리를 묵묵히 먹고 있었다. 나나미의 입에서 깊은 한숨이 새어 나왔다.

인생에서 가장 경사스러운 무대를 테러리스트들에게 빼앗긴 것 같았다. 싫어도 그들을 테러리스트로 보는 건 너무 심했다. 그들에게는 잘못이 없었다. 그들을 부른 사람은 나였으니까. 다시 한 번 연회장을 둘러보니 6인용 테이블이 꽉 들어차 있었다. 테이블을 조금 줄여도 전혀 문제가 없었다.

대리 출석 따위 그만둘 걸!

후회로 눈물이 흘렀다. 눈물을 닦는 모습이 예식장의 전속 사진 기사에게 포착되었다.

나나미는 아무로와 아무로를 소개해 준 람바랄이라는 이름의 본 적도 만난 적도 없는 SNS의 주인이 원망스러웠다. 그저 이 피로연이 아무 일도 없이 빨리 끝났으면 좋겠다고 빌기만 했다.

피로연의 마지막 클라이맥스는 아무로에게 의뢰한 여흥이었다. 메모리 플레이라는 회사의 서비스를 아무로는 완벽하게 흉내 내겠다고 큰소리를 쳤는데, 그 부분은 아무로의 천재성을 인정할 수밖에 없었다. 정말로 감동적인 여흥으로 완성되어 있었다.

"신랑 신부가 부모님께 꽃다발을 증정하겠습니다!"

사회자의 목소리가 피로연장에 울려 퍼지고 BGM이 흘렀다. 바흐의 〈G선상의 아리아〉였다.

나나미와 데쓰야가 직원에게 꽃다발을 받고 양가 부모님들이 피로연장의 한 구석에 정렬하자 갑자기 잠자리채를 들고 밀짚모자를 쓴 소년이 어둠 속에서 나타났다. 소년은 데쓰야의 부모님 앞에 섰다.

"아빠, 엄마. 저 데쓰야예요!"

갑작스런 사태에 피로연장이 술렁거렸다. 소년을 앞에 두고 부모님들도 당혹해하며 쓴웃음을 지었다.

"우리 집은 농가라서 날마다 밥이 정말로 맛있었죠! 여름이 되면 개구리나 가재가 엄청 많아서 그걸 잡아 집에 돌아가면 놔주고 오라며 엄마한테 혼났어요. 봄이 되면 아빠, 엄마, 할아버지, 할머니와 함께 모내기를 하는데 재미있었죠. 점심으로 먹은 주먹밥

이 얼마나 맛있었는데요!"

데쓰야의 부모님은 흐느껴 울었다. 소년은 표현력이 풍부한 연기를 마치고 발길을 돌려 그 뒤를 이어서 나타난 소녀와 손바닥을 마주쳤다. 여기서 배우가 교체되는데, 소녀는 나나미의 부모님 앞에 섰다.

"아빠, 엄마. 이웃에 사는 밋짱네 놀러 갔다 와도 돼요? 밋짱이랑 저랑 동갑에 외동딸이라 늘 함께 놀았어요. 둘 다 철봉 거꾸로 오르기를 못해서 아빠와 엄마, 그리고 밋짱의 부모님도 함께 응원해 줬어요. 쉬는 날에는 철봉을 대신해서 빨랫줄을 받치는 장대를 손으로 잡아 주셨어요. 장대가 잘 휘어져서 거꾸로 오르기를 하기 힘들었고, 손에 물집도 많이 생겼죠. 때로는 엄마 손이 미끄러져서 장대를 놓치는 바람에 제가 땅바닥으로 굴러떨어져 아팠던 적도 있었어요. 하지만 그 덕에 밋짱과 제가 거꾸로 오르기를 할 수 있게 되었답니다. 아빠, 엄마. 열심히 응원해 줘서 정말로 고마워요!"

부모님은 어떤 생각으로 이 이야기를 들었을까? 둘러보니 두 사람 모두 눈물을 글썽였다. 나나미는 눈을 의심했다. 말도 안 돼. 이런 추억이 두 사람한테 있을 리가 없는데!

소녀가 자리를 뜨자 그 뒤를 이어 중학교 시절의 데쓰야가 나타났다.

"중학교 때 저는 공부보다 야구에 목숨을 걸었어요. 야구부에서 투수이자 4번 타자였는데, 여학생들에게 꽤 인기가 있었죠. 어느 날 과도하게 슬라이딩을 하다가 다리가 부러졌어요. 구급차로 실려 갔나? 아무튼 어머니가 병원에서 우시고 정말 큰일이었습니다. 아버지가 차를 끌고 데리러 오셨는데, 아버지의 어깨를 빌리며 문득 아버지의 등이 어쩐지 조금 작아 보인다는 것을 깨달았습니다. 그때 아버지가 이렇게 말씀하셨죠. '우리 아들, 많이 컸구나.' 제 키가 자란 것이었습니다. 그 사실을 깨달았을 때는 이미 키가 180센티미터였어요."

〈G선상의 아리아〉의 효과도 있어서 피로연장이 감성적인 분위기로 가득 찼다. 곳곳에서 훌쩍이는 소리가 들렸다. 그다음에는 학창 시절의 나나미가 나타났다. 남색 블레이저에 빨간색 리본, 체크무늬 스커트에 남색 양말. 나나미가 고등학교에 다닐 때 입었던 교복을 완전히 재현했다. 도대체 어디서 조사했을까? 헤어스타일도 나나미의 고등학교 시절과 똑같았다. 하지만 말투나 표정은 나나미와 조금도 닮지 않은 전문가의 연기였다.

"중고등학교 내내 전 이도 저도 아닌 매우 평범한 학생이었어요. 성적표에는 거의 '미'나 '양'이 수두룩했죠. 인생의 목표도 못 찾고 멍하니 학교생활을 했는데, 그 모습을 보다 못한 부모님께서 어느 날 '그럼 대학에 안 보낸다'고 말씀하셨어요. 그 한마디에 눈이 떠졌어요. 열심히 공부해서 성적이 쑥쑥 올랐고, 운 좋게 지망하던 대학교에 합격했답니다. 더운 날도 추운 날도 엄마는 일찍 일어나 하루도 빠짐없이 도시락을 싸 주셨지요. 한 번도 제대로 인사를 못 드렸지만 감사하고 있어요. 정말로 고마웠어요!"

도시락 얘기도 거짓말이었다. 그런데 엄마는 마치 기억하고 있다는 듯이 몇 번이나 고개를 끄덕이며 흐느꼈다. 도대체 왜?

학창 시절의 나나미가 사라지자 드디어 본인들의 차례였다. 진짜 데쓰야와 나나미가 자신의 부모님 앞에 섰다. BGM이 〈G선상의 아리아〉에서 멘델스존의 〈노래의 날개 위에〉로 바뀌었다. 직원이 두 사람에게 마이크를 건넸다. 조명이 데쓰야를 비췄다.

"그리고 지금 전 이렇게 교사가 되었고, 나나미라는 여성을 만났습니다."

데쓰야가 뒤를 돌자 그 순간 조명이 나나미를 비췄다. 나나미는 자신의 대사를 말해야 했다. 뭐였더라? 아뿔싸. 대사를 완전히 잊어버렸다.

말문이 막힌 나나미가 우물거리자 데쓰야가 먼저 말했다.

"나나미도 교사입니다. 그리고 저를 만났죠."

그 말이 힌트였다. 바로 내 대사였다. 나나미는 당황해서 그대로 되풀이했다.

"저도 교사입니다. 그리고 데쓰야 씨를 만났어요."

"둘 다 아직 미숙하지만 따뜻하게 지켜봐 주십시오."

"아직 철이 없지만 아무쪼록 잘 부탁드립니다."

혀가 약간 굳었지만 그럭저럭 내 대사를 말했다. 피로연장은 우레와 같은 박수 소리로 휩싸였다. 나나미는 결혼식이 빨리 끝나기만을 계속 빌었지만, 피로연장의 분위기에 자신도 모르게 감격해서 눈물 지었다. 옆에 있는 데쓰야는 매정하게 쓴웃음을 지었다.

피로연은 감동적으로 끝났다.

8

초콜릿

피렌체로 허니문을 떠났지만, 그다지 멋진 여행이었다고는 할 수 없었다. 미술관에서 다비드상의 실물을 본 데쓰야는 "이 남자, 등 근육은 전혀 단련하지 않았네."라며 트집을 잡았다. 데쓰야가 가고 싶어 한 라 스페콜라라는 밀랍인형 박물관이 지나치게 사실적이고 징그러워서 나나미는 기분이 나빴다. 복부가 절개된 상태로 머리를 땋은 소녀의 모습이 일본에 돌아온 후에도 한동안 뇌리에서 사라지지 않았다.

신혼집 근처에는 고마자와 공원이 있었다. 주말에는 데쓰야와 함께 달렸다. 한 바퀴에 약 2킬로미터인데 데쓰야는 다섯 바퀴를 달렸지만, 나나미는 한 바퀴만 달려도 힘이 다 빠졌다.

데쓰야는 밤에도 강했다. 섹스에 관한 이야기다. 한 번으로는 결코 끝내려고 하지 않고 반드시 두 번은 했다. 그리고 정사가 끝나면 자기 전에 반드시 날달걀과 단백질 보충제를 마셨다.

"단백질이 부족해지니까 보충하는 거야."

마치 육상선수 같았다. 운동하듯이 섹스에 힘썼다. 주위 사람들에게 섹스에 대해 태연하게 말할 수 있는 것도 섹스란 단순히 번식 행동이기 때문이라는 게 그의 지론이었다. 오히려 숨기는 이유를 모르겠다고 했다.

"애를 낳을 목적으로 하는 섹스라면 원래 집 밖에서 했다고 해도 누군가에게 비난받는 건 이상하잖아. 비난하는 사람이 있다면 그 사람은 인류의 미래를 부정하는 것이나 다름없어. 도대체 왜 남의 눈을 피해서 하게 된 줄 알아? 분명히 옛날 사람들은 자신의 반려 이외의 상대와도 꽤 했을 거야. 바람을 피운다거나 밤중에 애인의 침소에 몰래 들어가는 식으로 말이지. 그런 일은 몰래 할 수밖에 없잖아. 그런 형편없는 남자와 여자가 너무 많아서 어느덧 그쪽이 표준이 된 거라고."

약간 충혈된 눈으로 잠자리에서 그런 얘기를 했다. 그의 주장이 옳다면 그쪽이 표준이 되기 전의 남자와 여자는 남 앞에서 섹스를 했다는 뜻인데, 그런 말은 들어본 적이 없었다. 그보다 조만간 나도 집 밖으로 끌려 나가 남 앞에서 그런 행위를 하게 되는 건 아닐까 생각하니 무서워서 견딜 수 없었다.

뭔가가 모자라는 것 같다. 애정이 부족하다.

클램본에 관한 이야기는 결혼식 날뿐이었지만, 그 일 때문인지 데쓰야가 계속 쌀쌀맞게 느껴졌다. 기분 탓일 수도 있다. 원래 붙임성이 좋은 사람은 아니었다. 자신이 떳떳하지 못해서 그가 쌀쌀맞아 보이는 걸지도 모른다. 나나미는 도무지 그 점을 이해할 수 없었다.

그런 일로 몇 달 동안 이래저래 고민하던 어느 날 오후, 청소기를 돌리는데 옷장 밑에서 본 적 없는 여성용 귀고리가 나왔다.

나나미의 온몸에 소름이 끼쳤다.

바람을 피우나? 하지만 도대체 언제? 내가 집을 비운 사이에?

데쓰야가 집에 없는 시간은 산더미 같이 많았지만, 자신이 집을 비우고 데쓰야가 집을 보는 시간이 있었나? 신혼집을 꾸린 후부터 이곳에 여성이 온 적은 한 번도 없었다. 데쓰야의 어머니조차 아직 한 번도 얼굴을 내민 적이 없는 집이었다. 짐작이 가질 않았다. 그렇다고 본인에게 캐물을 용기도 없었다.

이때 아무로가 생각났다.

시험 삼아 메시지를 보내 봤더니 즉시 연락이 왔다. 만날 장소를 추천하며 아오야마에 있는 어느 레스토랑의 링크를 보내 줬다. 장소는 어디든 상관없었다. 빨리 결판을 내고 싶다는 생각뿐이었다.

나나미는 약속 장소에 조금 일찍 도착했는데, 아무로가 이미 그곳에서 먼저 온 손님을 만나고 있었다. 나나미를 발견한 아무로는 미팅을 빨리 마무리하고 손님을 보냈다. 무슨 얘기를 했는지는 알 수 없었지만, 그 손님은 육십 대로 보이는 여성이었다. 그녀는 나나미에게 정중히 허리를 굽혀 인사한 후 자리를 떴다.

"제가 너무 일찍 도착해서 방해되었나 봐요."

"아뇨, 괜찮습니다."

"좀 전에 나가신 분과 상담하신 거 아닌가요?"

"그냥 세상 돌아가는 얘기를 했어요. 시간이 빌 때 전화하면 바로 오시거든요. 근데 지루한 얘기를 계속 들어야 해요. 그래서 확실히 다음 약속이 있는 시간에 만날 약속을 잡습니다. 그렇지 않으면 이야기가 끝나질 않아서요."

웨이터가 테이블을 정리했다. 아무로는 커피의 리필을, 나나미는 얼 그레이를 주문했다.

"다른 음식도 드시겠어요?"

"아, 네."

웨이터가 식사 메뉴를 내밀었다. 음료 페이지를 살짝 보니 커피와 홍차의 가격이 전부 천 엔이 넘는 가게였다.

"아무로 씨는 안 드세요?"

"저는 괜찮습니다."

"그럼 저도 안 먹을게요."

공복 상태는 아니었지만 굳이 이곳에서 먹지 않아도 될 것 같아 참기로 했다.

"그럼 케이크 세트는 어떠세요? 제가 사 드릴게요."

"어머, 아니에요."

"괜찮습니다. 사양하지 마세요. 아까 그 할머니에게 용돈을 받았거든요. 그러니 그 할머니에게 마음속으로 고맙다고 하시면 됩니다. 어떤 걸 좋아하세요?"

아무로가 억지로 권해서 1천 6백 엔짜리 몽블랑 케이크를 주문했다. 웨이터가 가격에 딱 어울리는 고급 몽블랑 케이크를 가져왔다. 아무로는 나나미가 케이크를 입에 넣은 순간에 지은 표정을 놓치지 않았다.

"그렇게 맛있습니까?"

"네. 이렇게 맛있는 케이크는 태어나서 처음 먹어 봐요."

"그 정도로 맛있어요? 하긴 이 집 음식이 진짜 맛있었어요. 저도 아까 그 할머니가 알려 줬거든요. 그분은 대기업 회장 사모님이세요. 뭐, 할머니 얘기는 그만하죠. 신혼 생활은 어떠세요?"

"글쎄요……."

나나미는 어두운 표정을 지으며 홍차를 찻잔에 따랐다.

"오, 향기 좋네요. 여기 홍차도 최고랍니다."

"그런가요?"

나나미는 홍차를 한 모금 마셔 봤다.

"아, 맛있어!"

"마침 달콤한 케이크를 먹은 후라서 더 맛있죠?"

"네. 정말 맛있네요."

홍차의 쓴맛이 몽블랑 케이크의 단맛과 함께 입속에 녹아들었다. 나나미는 잠시 동안 행복을 느끼지 않을 수 없었다.

"그 맛을 안다니 제법이시네요. 전 최근에 알았어요. 처음에는 뭐가 맛있다는 건지 모르겠더라고요."

"정말이요? 하지만 진짜 맛있어요."

나나미는 솔직히 그렇게 생각했다.

"최근에 글이 안 올라와서 걱정했습니다."

"계정을 바꿨어요. 아, 초대장 보낼게요."

나나미는 스마트폰을 꺼내서 아무로에게 자신의 계정이 담긴 초대장을 보냈다. 아무로는 스마트폰으로 초대장을 받아서 표시된 계정을 읽었다.

"캄파넬라?"

"동화《은하철도의 밤》에 나오는 캐릭터예요. 미야자와 겐지를 좋아하거든요. 클램본도 미야자와 겐지의 동화에서 이름을 딴 계정이었어요."

"흐음. 계정을 바꿨다는 건 무슨 실수라도 저지르셨나요?"

"아무 생각 없이 마음대로 글을 썼는데 남편이 그걸 읽었어요."

"인터넷에서는 마음대로 쓰고 싶죠."

"제가 아니라고 끝까지 우겼는데, 아직 의심하는 것 같아요. 왠지 계속 쌀쌀맞게 대해요."

"신혼 우울증이 아닐까요?"

"그렇다면 다행인데."

나나미는 가방에서 작게 접은 티슈를 꺼내서 펼쳤다. 집에서 발견한 귀고리였다.

"옷장 밑에서 나왔어요. 아무리 봐도 여성용 귀고리라서요."

아무로는 그 귀고리를 들고 바라봤다.

"귀고리군요."

"그래서 뵙자고……."

"알겠습니다. 남편 분이 바람이 났는지 조사해 달라는 거죠?"

"네. 그렇긴 한데, 가격을 먼저 알고 싶어요. 그런 일은 대략 얼마인가요?"

"보통은 하루에 3만 엔이고, 조사하는 기간에 따라 다르지만, 대략적인 평균으로는 50만 엔에서 1백만 엔 정도가 듭니다."

"1백만 엔이요? 꽤 비싸네요."

"그래도 람바랄의 친구 분이니까 싸게 해 드리죠. 총 30만 엔이면 어떠세요? 그 이상은 안 받을게요."

"30만 엔도 비싸요."

"할부도 가능합니다. 날짜를 정해서 조금씩 갚으세요. 람바랄의 친구 분이니까요."

할부라. 조금씩 내는 거라면 부담 없겠지? 나나미는 조사를 의뢰했다.

가게에서 나온 두 사람은 은행나무 길을 걸었다. 아무로는 하늘을 올려다봤다.

"해가 짧아졌네요."

"그러게요."

아무로는 갑자기 멈춰 서더니 뒤따라 걸어오던 나나미에게 빨간 상자를 내밀었다.

"초콜릿 좋아하세요?"

"네? 좋아해요."

"그럼 하나 드세요."

"네?"

나나미는 상자에 든 초콜릿 한 개를 집어서 입속에 넣었다. 아무로는 다시 천천히 걷기 시작했고, 나나미는 그 뒤를 따라갔다.

"근데 솔직히 말씀드리면 결혼했다고 사람의 인격이 완전히 바뀌는 않아요. 그러니 너무 큰 기대는 하지 마세요."

"그럼 남편이 바람을 피워도 참으라는 말인가요?"

"직설적으로 표현하면 그런 뜻일 수도 있지요. 남녀 사이의 문제는 영원한 골칫거리거든요."

"그럴지도 모르겠네요. 우리 엄마는 젊은 남자와 눈이 맞아서 집을 나갔어요."

"흔히 있는 일이죠. 엄마라고 해도 여자니까요. 제가 마음만 먹으면 미나가와 씨도 한 시간 안에 저한테 빠져들걸요?"

"자신감이 대단하시네요."

"자신감 같은 게 아니에요. 미나가와 씨가 저한테 빠진다면 그건 제 탓이 아닙니다. 당신 스스로 빠져든 거니까요."

"무슨 말이에요?"

"본인한테 그런 마음이 있으니까 빠지는 거라고요."

"당신한테 마음이 있다고요?"

"아니요. 저한테는 관심조차 없으시죠. 아, 초콜릿 하나 더 드세요."

아무로가 멈춰 서자, 옆에서 걷던 나나미도 멈춰 섰다.

"못 느끼세요? 이 거리를?"

아무로는 손가락으로 가리켰다. 어느샌가 두 사람의 거리가 서로 닿을 정도로 가까워져 있었다.

"이 거리는 당신이 좁힌 겁니다."

나나미는 그 순간 뒤로 물러났다.

"어쩐지 마음이 허전해서 누군가에게 기대고 싶지 않으세요?"

나나미는 자신도 깨닫지 못한 본심을 들킨 듯한 기분이 들어서 깜짝 놀랐다.

"조심하셔야 합니다."

나나미는 뭐라고 대답하면 좋을지 몰랐다.

"그럼 전 이만 실례하겠습니다."

아무로는 발길을 돌려서 왔던 길을 되돌아갔다. 나나미는 눈을 가늘게 뜨고 아무로의 뒷모습을 지켜봤다. 빌딩 사이로 비치는 태양이 눈부셨다.

9
외도

뜨거운 음식도 못 먹는 주제에 잘난 척은!

모처럼 만든 된장국에 그이가 물을 부었다.

남이 애써 만든 음식에 무슨 짓을 하는 거야?

이 남자는 음식이 순식간에 나오는 줄 안다.

음식 하나를 만드는 데 얼마나 시간이 걸리는지 전혀 개의치 않는다.

결혼이란 이런 불합리한 일도 참고 견뎌야 하는 걸까?

무엇을 위해 이런 사람과 한 집에서 지내야 하는지 모르겠다.

왜 이런 사람을 위해서 저녁밥을 준비해야 할까?

다들 결혼하려고 하겠지만, 진정한 행복을 찾을 수 있는 사람이 얼마나 있을까?

백마 탄 왕자님은 이제 필요 없으니 나만의 파랑새를 갖고 싶다!

여기까지 글자를 입력했지만 막상 송신하려니 기분이 내키지 않았다. 나나미는 애써 쓴 글을 삭제했다. 최근 들어 이런 경우가 많아졌다. 자신도 그 이유를 모르겠다. 남들이 하는 말을 듣거나 누군가가 내 글을 보는 것도 성가시다. 글을 올리지 않아도 글자를 입력하고 싶은 만큼 입력하는 것만으로 울분이 가실 때도 있었다. 그래서 캄파넬라라는 새로운 계정은 말수가 적고 사교성이 좋지 않은 캐릭터로 만족했다.

나나미는 빨래를 하면서 옛날 주부들은 분명히 집안일을 하며 우울함을 떨쳐냈을 거라고 생각했다.

아무로를 만난 지 한 달이 지났다. 그에게서는 아무런 연락도 없었다. 처음에는 언제까지 기다려야 하나 마음을 졸였지만, 요즘에는 귀고리의 존재도 깜박 잊어버릴 정도였다. 이대로 잊어버리는 게 편할지도 모르겠다고 생각할 때도 있었다.

오후가 되니 비가 내리기 시작했다. 서둘러 베란다에 널어놓은 빨래를 걷었다. 빗줄기가 거세지는 와중에 인터폰이 울렸다. 택배가 왔나 싶어서 모니터를 보니 슈트를 입은 젊은 남자가 보였다.

"누구세요?"

"실례합니다. 잠시 괜찮으십니까?"

"무슨 일이시죠?"

"남편 분에 관한 일인데요."

"뭐라고요?"

"남편 분 성함이 쓰루오카 데쓰야 맞죠?"

"네."

"제 애인과 바람이 났습니다."

그 순간 머릿속이 새하얘졌다. 온몸에 소름이 쫙 끼쳤다. 이 사람이 지금 무슨 말을 하는 거지? 나나미는 무심코 반문했다.

"네? 뭐라고요?"

"당신 남편이 제 애인과 바람이 났다고요. 알고 계셨습니까?"

"아니요."

"대화를 좀 하고 싶은데 들어가도 될까요? 비가 많이 와서요."

"네……? 아……."

"여보세요?"

"……."

"저기요!"

"……아, 네."

당황한 나나미는 자기도 모르게 열림 단추를 눌러서 공동 현관문을 열고 말았다.

"안에 들어가도 될까요? 직접 보고 얘기해도 됩니까?"

"아, 아니, 그게……."

화면에서 남자의 모습이 사라졌다. 잠시 후 이번에는 현관문의 초인종이 울렸다. 나나미는 체인을 건 상태로 문을 열었다. 당연히 남자는 그곳에 서 있었다.

"무슨 일이시죠?"

"무슨 일이라니 아까 설명했잖아요. 여기서 얘기할까요? 전 상관없지만 이웃집에 다 들릴 텐데요."

이젠 체인을 풀고 남자를 집 안으로 들일 수밖에 없었다. 손가락이 떨려서 체인이 부딪치는 소리가 났다. 남자는 벗기 힘들어 보이는 쇼트부츠를 신고 있었는데 좁은 현관에서 벗다가 균형을 잃어서 우산꽂이를 쓰러뜨렸다.

"죄송합니다!"

남자는 원래대로 하려고 무릎을 꿇었지만 검은색 남성용 우산을 보더니 갑자기 움직임을 멈췄다.

"그냥 두세요. 제가 치울게요."라고 나나미가 말하자,

"이거 남편 분 우산이죠? 만지고 싶지 않군요."

남자의 분노를 느끼고 나나미는 섬뜩한 기분이 들었다.

"아, 놔두세요. 제가 정리할게요."

남자는 우산을 방치한 채 신발을 벗고 거실로 들어왔다.

"어질러져 있어서 죄송해요. 차 한 잔 드릴까요? 아니면 커피가 좋으신지?"

"아무거나 상관없습니다. 오래 머물지는 않을 거니까 신경 쓰지 마세요."

남자는 집 안을 둘러봤다. 방에 있는 물건을 일일이 주의 깊게 관찰했다.

"집이 좋네요. 마치 이런 게 사랑의 보금자리라는 듯이 행복한 느낌이 넘치는군요."

뭐라고 대답할 수가 없었다. 이윽고 남자는 소파에 앉으며 말

했다.

"남편 분의 졸업 앨범이 있습니까?"

"졸업 앨범이요?"

"5, 6년 전쯤 찍은 건데 남편 분은 안 가지고 계신가요?"

"방에서 찾아볼게요."

나나미는 데쓰야의 방으로 가서 책장에 졸업 앨범이 꽂혀 있는 것을 발견하고, 해당될 만한 앨범 몇 권을 뽑아서 거실로 들고 갔다.

"이건가요?"

"찾으셨어요? 잠깐 보여 주세요."

남자는 한 권씩 페이지를 넘겼다.

"아, 여기 있네요. 이 학생이에요. 다바타 유카. 남편 분의 제자 였죠."

"이 학생이 여자친구세요?"

"맞습니다. 작년 동창회 때 남편 분과 재회했다더군요. 그 후로 메일을 주고받다가 관계가 점점 깊어진 모양입니다."

"어머."

"어머라니, 사모님. 지금 남 일 보듯 할 때가 아니죠! 남편 분 학교에 알려도 됩니까? 아니면 전단지라도 뿌려서 학생들한테 알 릴까요?"

"아니요, 그건 좀…… 잠깐만 기다리세요. 아, 차를, 아니 커피 라고 하셨나요?"

나나미는 부엌으로 갔다. 커피메이커에 원두를 넣으려고 했지만 잘못해서 바닥에 쏟고 말았다. 그걸 주우려고 바닥에 주저앉자 눈앞이 아득해지며 빈혈이 일었다.

남자가 다가와서 들여다봤다.

"사모님, 괜찮으세요?"

나나미는 고개를 들지 못하고 웅크린 자세로 겨우 끄덕였다.

"잠깐 누우시겠어요?"

남자는 나나미의 손을 잡고 소파로 데려갔다. 나나미는 소파에 몸을 깊숙이 묻었다. 빈혈은 나아졌지만 현기증이 남아 있었다. 너무 가까운 위치에서 지켜보는 남자를 감당하기 힘들어서 나나미는 양손으로 얼굴을 가렸다.

"괜찮아요. 이제 괜찮습니다."

"이해합니다. 그 심정, 잘 알아요."

남자는 가만히 나나미를 쳐다봤다. 그러더니 나나미의 어깨를 툭 치고는 "오늘은 이만 가 보겠습니다."라며 얌전히 돌아가려고 했다.

배웅을 안 할 수도 없는 노릇이었기에 나나미는 비틀거리며 일어섰다.

"아, 그냥 쉬세요."

"네, 죄송합니다. 깜짝 놀라서 아무것도 생각할 수 없어요. 제발 너무 일을 크게 만들지는 말아 주세요."

"생각해 보겠습니다."

남자는 주머니에서 명함을 꺼내어 스스럼없이 나나미의 앞치마 주머니에 넣었다.

"다카시마라고 합니다. 전화 주세요. 무시하면 또 날뛸 수 있으니 꼭 전화하세요. 기다리겠습니다. 그럼 실례했습니다."

남자가 현관문을 열자 굉장한 돌풍이 불었다. 눈을 깜박일 틈도 없이 남자는 문을 닫았다. 바람이 갑자기 딱 멈췄다. 나나미는 맹렬한 기세로 뛰어가서 문을 잠그고 체인을 다시 걸었다.

그리고 그 자리에 주저앉았다.

이게 지금 무슨 일이지? 내 인생에 무슨 일이 일어난 걸까? 나나미는 드라마에서 본 적이 있는 장면이 자신의 인생에 일어난 것을 도저히 인정할 수 없었다.

주위를 둘러보니 우산이 현관에 흩어져 있었다. 남자가 찾아왔을 때 쓰러뜨린 상태 그대로였다. 나나미는 우산을 주워서 우산꽂이에 다시 꽂았다. 데쓰야의 우산, 내 우산, 데쓰야의 우산, 비닐우산, 비닐우산…….

"다녀왔어."

평소와 다름없는 데쓰야의 목소리를 듣고 정신을 차렸을 때는 소파에 계속 앉아 있는 상태로 시간만 흘러 있었다. 나나미는 현관으로 나갔다.

"수고했어. 저녁은?"

"오늘은 먹고 온다고 말했잖아."

"응. 그냥 한 번 물어봤어."

나나미는 최대한 아무렇지 않은 척했다.

"이 원두 뭐야? 무슨 일 있었어?"

데쓰야는 바닥에 어질러진 원두를 보고 깜짝 놀랐다.

"아, 커피 끓이려고 했는데 갑자기 컨디션이 나빠져서 쏟았어."

"괜찮아?"

"괜찮아. 빈혈 때문에 그런 거야."

"아, 그래? 됐어. 내가 할게. 넌 앉아 있어."

데쓰야는 원두를 주우려고 하는 나나미를 소파에 앉혔다.

"말하는 걸 깜빡 잊고 있었는데, 다음 주에 우리 할아버지 3주기 추모 법회가 있어. 주말에 시간 있어?"

"응. 난 상관없어."

"시간 비워 놔."

"괜찮아. 어차피 집에 있을 텐데."

"지루해?"

"아니."

"재밌어?"

"응."

"행복해?"

"당연하지."

뭐였지? 정신을 차려 보니 지금 나눈 대화가 전부 날아가 버렸다. 지금 무슨 얘길 했더라? 그보다 지금 무슨 얘기를 해야 했지? 나나미의 의식은 착란 상태였다. 그래. 이상한 남자가 찾아왔어. 그 이야기를 해야 해. 아니, 안 하는 게 좋을까? 어떻게 해야 하지? 어떻게 하기로 했더라? 그 남자가 무슨 이야기를 하러 왔었지?

남편의 외도.

그 순간 다시 머릿속이 새하얘져서 몸을 움직일 수 없었다. 데쓰야를 보니 원두를 줍고 있었다.

이 남자는 바람을 피운 걸까? 어째서?

눈물이 흘러넘칠 것 같았다. 나나미는 그 눈물을 보이면 안 된다고 생각했다. 우는 이유를 물어봐도 아직은 대답할 용기가 없었다. 당신이 졸업생과 바람이 나서 그런다고 얼굴을 마주보며 말할 기분이 들지 않았다. 말하면 이 생활을 전부 잃어버릴 수도 있으니까. 나나미는 일어나서 데쓰야의 등을 피해 침실로 갔다.

"괜찮아?"

데쓰야의 손이 어깨에 닿은 순간, 오싹한 기분이 들었다.

"잠깐 누울게."

"그렇게 해."

침대 속으로 들어갔지만 온몸에 소름이 끼친 상태였다. 씁쓸한 한숨을 내쉬고 또 내쉬어도 멈추지 않았다. 무의식적으로 앞치마 주머니에 손을 찔러 넣었다. 정신을 차리고 보니 앞치마를 그대로 입고 있었다. 주머니 속에 딱딱한 물체가 들어 있었다. 꺼내 보니 그것은 그 남자의 명함이었다.

다카시마 유진.

유진은 왜 가타카나로 표기했을까? 하고 순간적으로 생각했지만, 그런 건 아무래도 상관없다고 생각을 가다듬었다. 나나미는 명함을 주머니에 넣고 천장을 올려다봤다.

불만스러운 점은 있었지만 일단은 평화로운 가정이었다. 이제 더 이상 그 일상으로는 되돌아갈 수 없는 걸까? 저절로 눈물이 흘렀다.

이런저런 생각 중에 어느샌가 시간이 흘러서 데쓰야가 잘 시간이 되었다.

"괜찮아?"

데쓰야는 침대 속으로 들어와 등 뒤에서 나나미를 껴안았다. 온몸에 닭살이 돋아서 토할 것 같았다. 데쓰야는 일단 섹스를 시작하면 두 번 사정하기 전까지는 끝내지 않았다.

"잠깐만, 오늘은 몸 상태가 안 좋으니까 하지 마."

"알았어."

데쓰야는 단념한 모습을 보였지만, 그의 손은 나나미의 가슴을 계속 만지작거렸다. 이 남자에게 나는 단순한 성욕 배출구가 아닐까? 그렇게 생각하니 몹시 역겨웠다. 어느덧 옆에서 코 고는 소리가 들렸다. 태평하기도 해라.

나나미는 잠이 올 기색조차 없었다. 창밖이 점점 환해지자 결국 잠자기를 포기했다. 일찍 일어나서 아침식사 준비를 시작했다. 허무했다. 왜 저런 남자를 위해서 이런 일을 해야 하지? 나나미는 힘껏 참았다. 데쓰야가 시끄럽다며 일어났다.

"미안해. 어제 빨리 잤더니 일찍 깼어."

"그렇다고 꼭두새벽부터 시끄럽게 해야겠어?"

"당신이 먹을 아침밥을 만드는 거잖아!"

뜻하지 않게 큰소리를 내고 말았다.

데쓰야는 놀라서 나나미를 쳐다봤다. 그도 그런 아내의 표정을 처음 봤을 것이다.

"뭐? 무슨 일 있어?"

"아무것도 아니야."

"왜 화내는데?"

"아무것도 아니라니까."

나나미는 고개를 숙이고 양상추를 찢었다. 데쓰야는 불만스러운 표정을 지으며 씻으러 갔다. 나도 모르게 화를 냈다. 어쩌지? 근데 나도 화를 낼 수 있잖아? 나나미는 조금은 용기가 솟았다.

데쓰야가 아침밥을 먹고 출근한 후, 오전 10시가 되자 나나미는 한참 망설인 끝에 다카시마에게 전화를 걸었다.

"어제는 집까지 찾아가서 대단히 죄송했습니다."

다카시마의 밝고 쾌활한 음성에 나나미는 어리둥절했다.

"아니에요. 근데 어떻게 하면 좋을까요?"

"일단 서로 침착하게 대화해야 할 듯한데 어떻게 생각하세요?"

"그러죠."

"이 휴대전화는 단문 메시지 기능을 쓸 수 있습니까?"

"네. 가능해요."

"그럼 약속 시간과 장소를 정해서 메시지를 보내 드리죠. 오늘은 시간 괜찮으신가요?"

"괜찮아요."

전화를 끊자 5분 후에 다카시마가 단문 메시지를 보냈다. 약속 시간은 오후 2시, 장소는 시나가와 구 다카나와에 있는 고급 호텔 룸이었다.

약속 시간까지 여유가 있었지만 도저히 마음이 진정되지 않아서 일찍 집을 나섰다. 시나가와 역에서 조금 이른 점심을 먹으려고 역 건물에 있는 레스토랑에 들어갔지만, 메뉴를 보는 것만으로도 역겨웠다. 홍차를 주문해 봤지만 그마저도 전혀 마실 수 없었다. 12시가 되니 런치타임 손님들이 점점 늘어났다. 남들의 시선을 피하고 싶어서 나나미는 가게를 나왔다.

역 앞 주변도 돌아다녀 봤지만 뭘 해도 울적한 마음이 사라지지 않았다. 하는 수 없이 약속한 호텔에 일찍 도착하여 1층 라운지에서 시간을 때웠다. 아름다운 정원을 바라봐도 쓸쓸한 한숨만 나왔다.

1시 50분. 조금 일렀지만 방으로 가 봤다. 문을 노크하자 다카시마가 얼굴을 내밀었다.

"들어오시죠."

"네."

나나미는 방으로 들어갔다. 큼직한 더블침대가 눈에 띄었다. 다카시마의 권유로 나나미는 창가에 있는 의자에 앉았다.

"이런 곳까지 불러내서 죄송합니다."

"아니에요."

눈앞의 테이블 위에는 마시던 와인 잔과 병, 재떨이에는 담배꽁초가 산더미처럼 쌓여 있었다.

"치우질 못해서 죄송합니다. 생각보다 빨리 오시는 바람에."

다카시마는 재떨이를 비우고 테이블 위에 흩어져 있던 담뱃재를 티슈로 닦아냈다. 나나미가 1층 라운지에서 시간을 때우는 동안 이 남자도 여기서 기다렸을까? 한 시간 전에 이곳을 방문했으

116

면 지금쯤 집으로 돌아가는 길일 수도 있겠다고 생각하니 조금 후회했다. 도대체 어떤 마음으로 집에 돌아가게 될까? 이 남자는 용서해 줄까? 나는 이혼하게 되는 걸까?

무의식중에 침을 삼킨 소리가 크게 들려서 나나미는 깜짝 놀랐다.

"마실 것 좀 드릴까요? 와인이 있는데."

"괜찮아요."

"저는 이미 마셨습니다. 안 마시고는 맨 정신에 못 할 것 같아서요."

그렇게 말하고 다카시마는 새 유리잔에 와인을 따라서 나나미 앞에 놓았다.

"유카와는 헤어졌습니다."

"네?"

"딴 남자 품에 안겼다고 생각하니 기분이 더러워서 더는 못 만나겠더군요. 발기도 안 되더라고요. 사모님도 남편이 용서가 안 되죠? 죽이고 싶지 않나요?"

"글쎄요."

"어라? 별로 그럴 마음도 없나 보죠?"

"그렇지 않아요."

"어쨌든 남편에게 확실히 보상을 받아야죠. 우리 둘 다 확실히 보상을 받아야 하지 않겠어요?"

"보상을 받다니 어떻게?"

"사모님은 어떤 보상을 원하세요?"

"잘 모르겠어요."

"전 생각해 봤는데 위자료를 청구하려고요."

"위자료?"

"5백만 엔 정도? 거부하면 학교에 전단지를 뿌리겠다고 협박하면 되죠. 어떻습니까?"

"그렇게 큰돈은 없어요."

"그래요? 사모님한테도 폐를 끼치겠군요. 남편에게 위자료를 받는다는 건 사모님에게서 받는 것과도 같으니까요."

나나미는 애매하게 고개를 끄덕였다. 두 손이 떨리는 것을 깨닫고 꼭 쥐었다.

"사실은 생각한 방법이 하나 더 있어요."

"무슨 방법이죠?"

"사모님 몸으로 보상을 받는 겁니다."

"뭐라고요?"

"전 그걸로 깔끔하게 다 잊을 겁니다. 이 원한을 사모님께 넘겨드리죠. 그런 다음에 당신이 남편을 삶아 먹든 구워 먹든 알아서 하세요. 어때요? 좋은 아이디어죠?"

"제정신이에요?"

일어나려고 하는 나나미의 양팔을 다카시마가 붙잡았다. 엄청난 힘이 느껴졌고 놓아 주지 않았다. 나나미는 도망칠 수 없었다.

"그럼 위자료 줄 겁니까?"

"못 줘요! 학교에 전단지를 뿌리세요. 난 그래도 상관없어요."

"그래요? 그렇게 하면 남편은 끝장인데?"

"난 상관없으니 마음대로 하세요."

"냉정하게 생각해 보시죠. 이렇게 일이 정리되면 사모님도 좋은 거 아닙니까? 일을 복잡하게 만들 생각은 없잖아요? 당연히 남편이 용서는 안 되겠지만, 가정의 평화가 깨지는 건 더 곤란하잖아요? 그게 진심 아닙니까?"

나나미는 떨림이 멈추질 않았다. 이 남자는 무슨 말을 하고 있는 거지? 반도 알아들을 수가 없었다. 일단 이곳에서 탈출할 방법을 찾아야 해.

"사모님도 남편을 배신해야 서로 비기지 않겠어요? 그렇게 화해하고 다시 같이 사는 것도 한 가지 방법이에요. 나쁜 짓은 안 한다니까요? 우리 둘 다 피해자잖아요."

이제는 무슨 말을 해도 거의 알아들을 수 없었다. 일단 어떻게든 해야 해.

"화장실 좀 써도 될까요?"

겨우 떠오른 묘책이 그 정도였다. 다카시마는 순간 어이없어하다 잠시 흥분을 가라앉히고, "얼마든지 쓰세요."라고 말하며 나나미를 화장실로 정중하게 안내했다. 그러면서 창문으로 도주할 수 있는지 확인하는 것도 잊지 않았다. 나나미는 문을 잠그자마자 창문 밖을 엿보지 않을 수 없었다. 이 방은 6층이었다. 창문 밖에는 지면까지 수직으로 된 벽만 있었다. 건너편 빌딩까지 건너뛸 수 있을 만한 거리도 아니었다.

어쩌지? 무슨 방법이 없을까?

나나미는 타일 위에 쭈그리고 앉았다. 더 이상 참지 못하고 얼굴이 엉망으로 일그러지며 눈물이 흘렀다.

울고 있을 때가 아닌데! 어떻게든 해야 해!

나나미는 스마트폰을 꺼내서 아무로를 찾았다.

@캄파넬라

    야아무로 ㅆ 지금 어디에 계세ㅇㅛ

    어디에요 도와주세요!

손가락이 떨려 오타가 계속 나왔지만 신경 쓸 겨를이 없었다.

@캄파넬라

    지금 다카나와에 있는 미카도호텔에 있어요.

    화장실에서 이 메시지를 쓰고 있어요.

@캄파넬라

    강간당할 것 같아요.

@캄파넬라

    남편과 바람을 피운 여자의 애인이 만나고 싶댔어요.

    그 남자가 할 말이 있다고 해서 이 호텔에서 만났어요.

@캄파넬라

    몸으로 해결하라기에 무서워서 일단 화장실

@캄파넬라

화장실에 있어요. 문을 잠가서 그 남자는 들어올 수 없어요.

나나미는 계속 메시지를 보냈다. 글자를 입력하면서 아무로의 답장이 오기를 기도하는 마음으로 기다렸다. 곧 자신이 보낸 메시지 끝에 읽음 표시가 뜨고, 마침내 아무로의 메시지가 도착했다.

@AMURO_0079

괜찮은 겁니까?

나나미는 숨을 들이쉬었다. 살았다!

@AMURO_0079

비교적 가까운 곳에 있습니다. 시간을 끌어 주세요.

@캄파넬라

시간을 끌다니 어떻게요?

@AMURO_0079

샤워라도 하세요.

샤워? 여기서? 이 타이밍에? 하지만 주저할 여유도 없었다. 나나미는 화장실 문을 조금 열고 얼굴을 내밀며 떨리는 목소리로 다카시마에게 말했다.

"저, 샤워 좀 해도 될까요?"

"아, 샤워하시게요? 편히 하세요."

다카시마는 태평스럽게 대답했다.

"인상 좀 푸세요. 이왕 할 거면 즐겨 보자고요."

나나미는 곧바로 문을 닫고 잠갔다. 그리고 샤워기의 물을 틀고 온수의 온도를 조절했다. 목욕용 수건은 있겠지?

"시간 벌기야, 시간 벌기……."

머리카락을 풀고 샤워용 헤어스타일로 둥글게 말아 올렸다. 점점 할 일이 줄어들었다.

"시간 벌기, 시간 벌기."

이제 옷을 벗는 수밖에 없었다.

"어떡하지?"

손잡이가 달칵 소리를 내며 움직였다. 다카시마가 문을 열려고 했다.

"뭐예요? 문 잠근 겁니까?"

나나미는 말을 할 수도 없고 숨도 쉴 수가 없었다.

"같이 씻는 건 어때요?"

달칵달칵 소리가 나는 손잡이를 그저 바라보는 수밖에 없었다. 곧 다카시마는 포기했는지 문에서 멀어진 듯했다. 누군가가 방문을 노크한 것 같기도 했다. 기분 탓일까? 나나미는 귀를 기울였지만 샤워기 소리에 잘 들리지 않았다. 밖의 상황을 알 수 없었다. 스마트폰을 봤지만 아무로에게서는 메시지가 두절된 상태였다.

아무튼 시간을 벌어야 해. 나나미는 옷을 하나씩 천천히 벗었다. 근데 시간을 얼마나 벌어야 하지? 비교적 가까운 곳에 있다고 해도 5분, 10분 만에 올 수 있을 정도로 가깝다고 단언할 수 없었다. 그렇게 생각하자 그때까지의 시간이 무한한 것처럼 느껴져서 현기증이 났다. 그러는 사이에 벗을 옷이 하나도 남지 않았다. 이 상황에서 알몸이라니. 더 큰 공포로 휩싸였다. 문을 차 부수고 들어오면 끝이잖아? 상상만으로 온몸의 털이 곤두섰다. 만일 아무로가 제때 오지 못하면 나는 이대로 강간당하는 걸까? 눈물이 계속 흘러넘쳤다. 이런 곳까지 태연하게 찾아온 어리석은 자신을 저주했다. 나나미는 샤워기 밑에 섰다. 뜨거운 물이 온몸에 흘러내렸다. 뜨겁거나 미지근하지도 않았다. 아무런 느낌도 없고 아무 것도 생각할 수 없었다. 나나미는 몇 번이고 아무로의 이름을 외웠다.

갑자기 스마트폰의 LED가 깜박거렸다. 나나미는 허둥대며 샤워기 밑에서 튀어나와 젖은 손으로 스마트폰을 확인했다.

@AMURO_0079
처리했습니다.

"뭐?" 순간 무슨 뜻인지 이해가 되질 않았다.

@AMURO_0079
나오세요.

나나미는 샤워기를 껐다. 그러자 주위가 조용해졌다. 나오라는 말은 이 화장실에서 나오라는 뜻인가? 아니면 이 호텔에서? 이것만으로는 뭐가 뭔지 알 수가 없었다. 일단 목욕 가운을 입었다. 물에 젖은 머리카락을 수건으로 감싸고, 문밖의 상황을 살피면서 잠금 장치를 풀고 문을 살짝 열어 봤다.

그곳에는 아무로가 서 있었다. 그리고 다카시마의 모습은 이미 어디에도 없었다.

"쫓아냈습니다. 이제 안심하세요."

"……."

도대체 무슨 마법이 일어난 거지? 나나미는 몸에서 힘이 쭉 빠져 그 자리에 쓰러졌다. 온몸이 떨리기 시작했다.

"집까지 모셔다 드리겠습니다. 밑에서 기다릴게요."

아무로는 그렇게 말하고 방에서 나갔다. 떨림이 멈추지 않았다. 목소리가 나오지 않았고, 눈물도 멈추지 않았다. 아무로를 기다리게 하면 안 된다고 생각했지만, 나나미는 잠시 그 자리에서 움직일 수 없었다. 몸단장을 마치고 방에서 나갔을 때는 이미 한 시간이 지나 있었지만 아무로는 웃는 얼굴로 기다려 주었다. 그 모습을 보고 안도한 나나미의 눈물샘이 터졌다. 그는 구세주였다. 너무나도 고마워서 눈물이 멈추지 않았다. 극도로 긴장한 상태에서 해방된 반동으로 경련하듯이 오열했다.

"나나미 씨, 진정하시고 이 봉투를 잡으세요. 그리고 천천히 심호흡하세요."

아무로는 나나미가 과호흡 상태에 빠지지 않도록 편의점 비닐

봉투를 입에 대고 심호흡을 하게 했다. 그렇게 해서 나나미는 조금 안정을 찾았다. 아무로는 자동판매기에서 차가운 미네랄워터를 사서 나나미에게 건네주었다.

"이걸 조금씩 천천히 마셔요."

차가운 물이 목을 타고 넘어가자 되살아난 기분이 들었다.

아무로는 자신의 차로 나나미를 후카자와에 있는 맨션까지 바래다주었다.

"정말로 고마웠어요."

차에서 내린 나나미는 정중히 고개를 숙였다. 뺨을 덮은 머리카락은 아직도 젖어 있었다.

"별말씀을요. 그러지 마세요. 나중에 청구서를 보내 드리죠. 급한 건이었으니까 조금 비싼데 괜찮으세요?"

"당연히 괜찮죠!"

"또 무슨 일이 생기면 언제든지 연락하세요. 람바랄의 친구 분이니까요."

늘 입버릇처럼 하는 말을 남기고 아무로는 떠나갔다.

그날 저녁, 아무로가 메일로 청구서를 보냈다. 소비세를 포함해서 20만 엔이었다. 강간의 위기에서 구해준 것 치고는 저렴했다. 하지만 만만치 않은 지출이기는 했다.

10
방황

주말은 데쓰야 할아버지의 3주기였다. 두 사람은 렌터카를 빌려서 도쿄만 아쿠아라인을 경유하여 기사라즈로 향했다. 아쿠아라인을 질주하면서 데쓰야가 말했다.

"이걸 사람이 만들었다니 믿을 수 없어."

긴 해저 터널을 빠져나오자 아쿠아브리지가 이어졌고, 시야에 갑자기 도쿄만이 펼쳐졌다.

"하늘에서 본 적 있어? 이건 정말 말도 안 되는 건축물이야. 바다에서 갑자기 나타나 실처럼 가는 도로가 기사라즈까지 쭉 이어져 있다고. 누가 이런 걸 만들었을까? 무서워. 도중에 갑자기 도로가 끝나면 어떡하나 상상하면 오싹하지 않아?"

"글쎄."

나나미는 냉담하게 대답하기만 했다. 호텔 사건이 있었던 날로부터 아직 3일밖에 지나지 않았다. 마음은 하나도 정리되지 않은 채로 쓰루오카의 친척과 대면할 처지에 놓였다. 며칠 동안 아내의 심상치 않은 모습을 보았다면 남편도 당연히 이변을 느낄 텐데. 하지만 이 데쓰야라는 남자는 아내를 배려하는 기색조차 없었다. 단순히 귀찮아서 무시하는 것일지도 모른다.

아쿠아라인 위를 달리면서 데쓰야는 태평하게 할아버지의 생전에 있었던 일이나 쓰루오카 집안의 역사에 대해 이야기했다.

"우리 일족은 옛날부터 쭉 그 지역에서 농가를 계승해왔어. 본가에서 갈라져서 분가가 된 집안이 모두 같은 곳에서 살고 있거든. 그래서 그 일대에 사는 사람들 모두가 친척이야. 다들 쓰루오카라는 성을 갖고 있지. 묘지에 가면 알겠지만 묘비명이 거의 다 쓰루오카라고."

이 경박함은 뭐지? 이런 남편의 태도에 나나미의 신경이 곤두섰다.

나나미는 창밖의 풍경을 바라보면서 크게 한숨을 쉬었다.

아쿠아브리지를 건너서 기사라즈로 진입했다. 조용한 거리를 잠시 달리자 광대한 전원지대가 펼쳐졌다. 도쿄에서 한 시간 거리 안에 이런 풍경이 있다니. 고향인 하나마키가 떠올랐다.

"우리 집은 본가라서 원래는 내가 뒤를 이어야 하는데, 어머니가 노후에는 도시에서 살고 싶으시대. 그래서 나를 도시에서 생활하게 하신 거지. 어머니가 노후에 생활할 장소를 확보하기 위해서 말이야. 농업에 흥미 있어?"

"뭐? 생각해 본 적도 없어."

"그렇겠지. 그래도 나중에 어떻게 될지 몰라."

나중에 어떻게 될지 모른다. 일단 오늘 하루를 참아야 한다. 나나미는 데쓰야의 친척 앞에서 오늘 하루만은 좋은 아내인 척 연기하기로 각오를 다졌다. 오늘 하루만? 지금도 이미 이렇게 연기하고 있잖아? 데쓰야의 앞에서. 그건 분명히 내일도, 모레도, 언제까지나 계속되겠지. 바람을 피운 사람은 그이인데 왜 내가……. 그렇게 생각하자 분해서 눈물이 날 것 같았다.

절에 도착하자 법요는 이미 시작된 상태였다. 데쓰야와 나나미는 맨 뒷줄에 살짝 무릎을 꿇고 앉았다. 데쓰야의 어머니 가야코가 슬쩍 뒤를 돌아봤다. 나나미는 당황해서 머리를 숙였다. 가야코는 온화하게 미소 지으며 가볍게 눈인사를 했다.

각각 분향이 끝나자 스님이 일어나 가볍게 인사하고 독경할 때의 쉰 목소리에서 돌변하여 소년처럼 맑은 목소리로 설법을 시작했다.

"여러분은 '유정천(有頂天)'이 무엇인지 아십니까?"

모든 사람이 끄덕였다.

"유정천이란 평소에 기쁜 일이 있을 때 하도 기뻐서 어찌할 바를 모른다는 뜻으로 사용합니다. 하지만 원래 불문에서는 삼계 중의 최상위인 하늘, 또는 형태가 있는 세계에서 가장 높은 장소를 의미합니다. 현세에서 힘들게 고생하여 덕을 착실히 쌓은 사람이 그 상을 받아 유정천이라는 낙원에 갈 수 있는 것입니다. 그곳은 어떤 곳일까요? 고통이 전혀 없고 참으로 즐거운 곳이라고 합니다. 그러나 이런 장소에 끌려가면 인간은 누구나 추락합니다. 아무리 덕을 쌓은 사람도 유정천에 갔다가 추락해서 지옥에 떨어집니다."

인간은 아무리 열심히 노력해서 훌륭한 사람이 되어도 유정천에 끌려갔다 추락해서 결국은 지옥에 떨어진다는 안타까운 결말을 스님은 상냥하게 말씀하셨다.

성묘를 하면서 쓰루오카 집안의 사람들은 이 이야기를 소재로 하여 계속 토론했다. 그러면 아무런 보람도 없는 게 아니냐는 의견, 아니다, 그래서 결국 인간은 평등하다는 의견 등. 쓰루오카 집안은 논의하기를 좋아하나? 아무튼 분향을 올릴 때도 모두 이 이야기만 계속했다. 화기애애한 것은 좋지만 성묘할 마음이 어느 누구에게도 없는 것처럼 보였다. 법회는 이런 건가? 나나미는 데쓰야와 함께 할아버지의 무덤에 분향을 올리고 합장했다. '부족한 사람이지만 부디 잘 부탁합니다'라고 마음속으로 중얼거렸다.

성묘가 끝나자 일행은 절을 뒤로 하고 차로 데쓰야의 본가로 이동했다. 잔치가 시작되고 여자들은 익숙한 발놀림으로 부엌에서 술과 요리를 날랐고, 이따금 남자들 사이에 섞여서 먹고 마신 후 또다시 부엌에 섰다. 나나미는 이 속도를 따라가기가 벅찼다. 친척들에게 술을 따르러 돌아다니는 사이에도 술잔을 돌려받아 억지로 술을 마셨다. 그리고 다시 부엌에 서서 설거지를 하거나 새 술통을 나르는 동안 완전히 술기운이 올랐다. 정신을 차려 보니 자신과 데쓰야를 함께 상석에 앉혀 놓고 신혼 생활을 꼬치꼬치 캐묻는 상황이 벌어졌지만, 둘 다 취해서 휘청거리며 서로에게 기대는 모습을 술 취한 사람들이 보고 재미있어하며 놀려댔다.

"데쓰야, 너 살 좀 쪘구나? 신혼 생활이 편해서 그런가?"

숙부 중 한 명이 데쓰야에게 말했다. 확실히 결혼한 후로 데쓰야는 살이 쪘다. 모두 마누라가 만들어 준 요리가 너무 맛있어서 그런 거라고 말했지만, 나나미는 외식을 너무 많이 한 것이 원인이라고 생각했다. 애써 요리를 만들어도 먹고 왔다고 할 때가 많다고 말했더니, 아내가 만든 요리를 먹지 않는다니 무슨 생각이냐며 친척들이 나나미를 대신해서 데쓰야를 혼내 주었다. 그러다 데쓰야가 본가를 이을 의지가 없다는 것이 문제가 되었다. 데쓰야 본인은 계속 실없이 웃으며 흘려 넘겼지만, 친척들은 확실히 가야코에게 불만을 품고 있었다. 도시 출신인 가야코를 신부로 맞은 탓에 본가가 망할 것이라는 말까지 하는 친척도 있었다. 나나미에게 젊을 때 농업을 공부하라는 사람도 있었다. 당황한 나나미를 보며 가야코가 말했다.

"그럴 때는 '네, 알겠습니다'라고 하면 돼."

이런 게 먼저 시집온 선배의 지혜라는 걸까? 하지만 그런 말을 해도…….

"다른 사람들 앞에서 그렇게 말하면, 정작 하고 싶어도 못 하잖아."

나나미의 마음을 친척 중 한 사람이 대변해 주었다.

밤이 깊어지자 대행업체 차량이 줄지어 찾아와 모두 삼삼오오 귀로에 올랐다. 2층에는 예전에 데쓰야가 쓰던 공부방이 있었다. 나나미는 그곳에 이불을 가져온 뒤 만취해서 널브러진 데쓰야를 침대에 눕혔다. 그리고 바닥에 자신이 쓸 이불 하나를 깔았다. 잘 준비를 하자 가야코가 방에 잠깐 들렀다.

"고생하셨어요."

"나나미, 잠시 나 좀 보자."

나나미는 당황해서 일어났다. 다리가 휘청거렸고 술기운이 돌았다. 가야코는 그런 나나미를 안쪽에 있는 다다미방으로 데리고 가서 일단 앉혔다. 그리고 자신은 테이블을 사이에 두고 맞은편에 무릎을 꿇고 앉더니 갑자기 이런 말을 꺼냈다.

"결혼식에 참석했던 친척들 가짜였니?"

나나미는 갑작스러운 공격에 말문이 막혔다. 순식간에 술이 깼다. 순식간에 술이 깨는 건 태어나서 처음이었다.

"역시 그랬구나."

"……."

"정말이었니? 깜짝 놀랄 일이네."

"죄송해요. 친척이 너무 적으면 볼품없어 보일 것 같아서……."

일단 변명하는 수밖에 없었다. 머리가 어지러워서 좋은 생각이 떠오르지 않았다.

"볼품이라니? 우리가 볼품이나 체면 같은 거 따지면서 남의 눈치를 보는 집안으로 보였니? 연고도 없는 가짜들을 불러 앉혀 놓다니. 상식이 있는 거니?"

"죄송합니다."

"그리고 네 부모님, 이혼하셨다며?"

"네? 아, 그게……."

"어머님은 지금 나가노에 사신다며?"

"네."

"젊은 직원과 눈이 맞아서 집을 나갔다지?"

"그건 확실히 잘 몰라요."

"왜 거짓말을 했니? 부모님까지 합세해서."

"저, 그게⋯⋯."

"누구나 허세를 부리고 거짓말을 할 때가 있어. 하지만 앞으로 가족의 일원이 될 생각으로 교제하는 상대에게 그런 거짓말을 하다니 최악이구나!"

"죄송해요. 어쩌다 보니 그렇게 됐어요. 부모님도 저 때문에⋯⋯ 나쁜 뜻은 없었어요. 죄송합니다."

"또 이건 무슨 일이니? 설명할 수 있어?"

가야코는 테이블 위에 자신의 스마트폰을 툭 던졌다. 어둑한 실내에 있어서 번쩍 번쩍 빛나는 디스플레이에 다카시마와 나나미가 찍힌 사진이 떠 있었다. 어느 틈에 찍은 건지, 다카나와의 호텔 실내에서 다카시마와 밀회하는 자신의 모습이 선명하게 찍혀 있었다.

"아, 이건⋯⋯."

"솔직하게 설명해 봐."

"이 사람은⋯⋯ 이 사람에 대해서는 나중에 말씀드리면 안 될까요? 데쓰야 씨에게도 아직 얘기를 안 해서⋯⋯."

"데쓰야한테 무슨 말을 해? 남자와 바람났다고?"

"바람나지 않았어요."

"증거가 있잖아!"

"바람을 피운 건 데쓰야 씨예요. 이 남자는 데쓰야 씨와 바람난 여자의 애인이에요."

"입만 열면 거짓말이구나. 그럼 이건 뭐니?"

이번에는 동영상이었다. 전부 도촬되어 있었다.

'뭐예요? 문 잠근 겁니까? 같이 씻는 건 어때요?'

다카시마의 목소리를 듣고 나나미는 구역질이 났다.

"이게 무슨 일이니?"

"그건…… 데쓰야 씨와 이야기하게 해 주세요. 내일 말씀드려도 될까요?"

"무슨 소리야? 지금 당장 설명해."

"제가 술도 마셔서 제대로 설명을 못 하겠어요."

"나나미. 이제 그만해."

"네?"

"도대체 널 뭘 보고 믿겠니? 나는 이제 네가 소름끼치고 추잡스러워서 정말 역겹구나."

나나미는 고개를 숙인 채 얼굴을 들 수가 없었다. 눈물이 뚝뚝 떨어졌다. 계속 흐느껴 울다가 딸꾹질이 튀어나와 멈추질 않았다. 그 모습이 가야코를 더욱 분노하게 만들었다.

"딸꾹질이나 하다니! 웃기지도 않네."

가야코는 일어나서 귀신의 형상으로 나나미를 매섭게 노려봤다.

"지금 택시 부를 테니 친정으로 돌아가. 두 번 다시 데쓰야는 만나지 마. 이혼 서류는 나중에 보낼 테니 도장을 찍어서 돌려보내도록 해."

더는 어쩔 수가 없었다. 나나미는 데쓰야의 공부방으로 다시 끌려가서 크게 코를 골며 자는 남편 옆에서 짐을 쌌다. 다리가 후들거려서 몇 번이나 엉덩방아를 찧었다. 짐을 다 싸자 가야코는 택시를 부른 뒤 밖으로 나가라고 명령했다. 무슨 일이 일어났는지, 무슨 일이 일어나고 있는지 아직 잘 이해가 되지 않았다. 앞으로 어떻게 될지 알 수 없었다. 하늘을 올려다보니 무수한 별들이 반짝거렸다.

"지금 별이나 볼 때니? 혹시 '시골 하늘에 뜬 별님이 예쁘구나' 이런 생각하는 거 아니겠지? 별님이 불쌍하니까 보지 마."

택시가 도착했다. 가야코가 택시 기사에게 봉투를 건넸다.

"기사님, 이 돈으로 이 애를 이와테 현까지 데려다 주세요."

"네? 이와테 현이요?"

"친정이 이와테 현 어디였지? 하나마키?"

"이와테까지는……."

"거스름돈은 괜찮으니 부탁드려요."

택시는 나나미를 태우고 출발했다. 나나미는 멍하니 밖을 바라보는 수밖에 없었지만, 밖은 어두워서 아무것도 보이지 않았다.

"이와테 어디로 가면 됩니까?"

"네? 저…… 세타가야까지 가 주세요."

"세타가야요? 도쿄 세타가야 말씀하시는 거죠?"

"네. 주소를 알려드릴까요?"

나나미는 동네 이름과 번지를 택시 기사에게 알려준 후 후회했다. 여기서 세타가야까지 도대체 얼마나 걸릴까? 아, 모르겠다. 돈 따위 신경 쓰지 말자. 그런 걸 생각하기도 귀찮았다. 아무래도 상관없어. 될 대로 되라지.

심야라서 택시는 기사라즈에서 세타가야의 집까지 한 시간도 안 걸려 도착했다. 동쪽 하늘이 주홍빛으로 물들었다.

"얼마예요?"

"아까 받은 돈으로 충분합니다. 여기 거스름돈이요."

"괜찮아요."

가야코가 낸 돈을 받을 마음이 없었다. 비틀거리며 택시에서 내린 나나미는 그대로 맨션 입구를 빠져나갔다. 집에 도착해서 문을 열자 익숙한 집의 냄새가 콧속으로 퍼졌다. 나나미는 거실의 소파에 푹 쓰러졌다. 커튼 사이로 아침 햇살이 나나미의 얼굴을 바로 비췄다. 눈이 부시다. 따뜻하다. 지쳤다. 일단 한숨 잘까? 하지만 몸이 허락하지 않았다. 가야코의 말이 머릿속을 맴돌았다. 생각하지 않으려고 하면 할수록 그녀의 목소리가 신경질적으로 울려 퍼졌다. 마치 고문하는 것처럼 기억이 되살아나서 온몸이 마비되어 세수를 해야겠다고 생각하면서도 일어날 수 없었다. 그대로 잠들 수도 없었다.

그 사진과 동영상은 분명히 다카시마가 도촬했을 것이다. 그런데 왜 그걸 가야코가 갖고 있지? 어떻게 손에 넣었을까? 다카시마가 가요코에게 넘겼다는 생각밖에 들지 않았다. 그럼 다카시마와 가야코의 관계는 어떻게 된 거지? 데쓰야는 다카시마의 애인과 불륜 관계고, 그 불륜 관계를 가진 남자의 어머니가 가야코이며,

가야코의 아들이 데쓰야고, 데쓰야가 불륜을 저지른 여자의 애인이 다카시마인데……. 모르겠다. 뭐가 어떻게 되면 이 다카시마와 가야코가 연결되는 걸까? 풀 수 없는 퍼즐을 이래저래 생각하는 동안에는 가야코의 목소리가 들리지 않았다. 사고가 흐릿해지자 다시 신경질적인 목소리가 엄습했다. 그런 상태를 반복하는 사이에 정신을 차려보니 아침 10시가 넘었다. 있는 힘을 다해 겨우 소파 위에서 몸을 뒤척일 수 있었다. 바닥에 찌부러져 있던 가방에서 스마트폰을 꺼냈지만 배터리가 다 떨어진 상태였다. 충전용 어댑터에 연결하고 잠시 기다리니 화면이 열렸다. 전화 이력을 확인했더니 쓰루오카 데쓰야로부터 온 착신 이력이 수십 통을 넘었다. 전화해야지. 데쓰야에게 뭐라고 말하면 좋을까? 어머니는 아들에게 어디까지 말했을까? 사고력이 떨어진 머리로 이것저것 생각하고 있는데 스마트폰이 울렸다. 데쓰야의 전화였다. 황급히 전화를 받으며 몸을 일으켜 바닥 위에 무릎을 꿇고 앉았다.

"여보세요."

긴장해서 목이 쉬었다.

"여보세요?"

"여보세요."

"듣고 있어?"

"응."

"괜찮아?"

"응. 괜찮아."

데쓰야의 목소리는 평소와 다름없었다. 그 목소리 덕에 잠시 안도했다. 그러나 데쓰야는 평소와 같은 목소리로 나나미에게 이렇게 알렸다.

"지금 우리 엄마한테 얘기 들었어. 사진도 봤어. 어쩔 거야? 이혼할래?"

'이혼'이라는 말에 숨이 멎는 듯했다. 목소리의 분위기만으로 사태가 해결되는 게 아닐까 어렴풋이 기대한 자신이 멍청했다는 것을 깨달았다. 그렇다 쳐도 데쓰야가 이혼 얘기를 꺼낼 줄은 몰랐다. 이러면 마치 내가 가해자 같잖아? 잠깐만. 나는 피해자였는데? 도대체 언제 어디서 뒤바뀐 거지?

"난 아무것도 안 했어."

"모텔에서 샤워까지 해놓고?"

"모텔 아니야. 근사한 호텔이었어."

"그걸 지금 자랑이라고 하는 거야?"

"아니야! 그런 말이 아니야. 난 아무것도 안 했어! 당신이야말로 바람을 피우고 있잖아? 그 남자는 당신이 바람을 피운 여자의 애인이라고."

"뭐? 내가? 너 지금 내 탓으로 돌릴 생각이야? 웃기지 마."

"다바타. 다바타 유카라는 애 알지? 당신 제자였잖아."

"다바타 유카? 모르는 이름이야."

"거짓말하지 마."

"다바타 유카…… 다바타 유카…… 기억나지 않아. 내 제자라면 잊을 리가 없지. 몇 년도 졸업생인데?"

"잠깐 기다려 봐."

나나미는 통화하면서 데쓰야의 방과 거실을 잰걸음으로 왕복하며 졸업 앨범을 바닥에 내던진 뒤 자신도 털썩 주저앉아서 페이지를 넘겼다.

"뭐해?"

"졸업 앨범을 확인 중이야."

"너 지금 이와테의 친정에 간 거 아니야?"

"도쿄야. 집에 돌아왔어."

나나미는 문제의 페이지를 펼쳤다. 그리고 자신의 눈을 의심했다.

"뭐지?"

그곳에 있어야 할 다바타 유카라는 학생의 사진이 보이지 않았다. 그곳에 있는 사람은 우스꽝스러운 얼굴의 남자였다.

"이상하다? 여기에 있었는데?"

다음 페이지를 넘겨 봤지만 없었다. 어느 페이지를 넘겨봐도 없었다. 그녀가 있던 페이지를 잘못 볼 리가 없었다. 그녀의 양옆에 있던 학생의 얼굴은 본 기억이 있었다. 그런데 그녀의 사진이 있던 곳에는 익살스러운 얼굴의 낯선 남자가 찍혀 있었다.

이런 일이 있을 수 있나?

"뭐? 다바타라는 애와 내가 바람을 피웠다고?"

"아……."

데쓰야가 물어봐도 목소리가 나오지 않았다.

"그래서 너도 그랬다는 거야?"

"아니야……."

망했다. 지금 무슨 질문을 해도 아무것도 생각할 수 없다.

"거짓말만은 하지 마. 네 부모님은 이혼했다며? 게다가 내가 바람을 피웠다고? 왜 그런 거짓말을 해?"

"아……."

"뭐, 어찌 됐든 이제 끝이야."

"……확실히 있었어."

"뭐가?"

"사진."

"몰라. 그런 얘기는 이제 그만해."

"정말이야."

"그만하라니까. 그래서 말인데, 여보세요? 듣고 있어?"

"응."

"듣고 있는 거야?"

"응."

"일단 네 계좌에 남아 있는 돈은 너 줄 테니까 그 돈으로 방이라도 얻어서 살아. 나머지는 혼자 알아서 해. 내가 집에 돌아가기 전까지 네 물건은 전부 처분해 놔. 남아 있는 물건은 죄다 버릴 테니까. 굳이 따지자면 위자료라도 청구해야 할 판이지만 뭐 그건됐어. 너도 그런 여유 없잖아. 이봐, 듣고 있는 거야? 이봐."

"응."

"난 오늘 밤에 집으로 돌아갈 거니까 그 전에 짐 싸서 나가. 열쇠는 우편함에 넣어 두고. 알았지?"

"……."

"알았냐고?"

"응."

"그럼 건강하고, 잘 살아. 안녕."

데쓰야는 전화를 끊었다. 나나미는 멍하니 허공에 시선을 보냈다. 커튼 사이로 새어 들어오는 햇볕에 작은 나뭇가지가 반짝반짝 빛났다. 잘 보니 나뭇가지가 아니었다. 방 안에 그런 게 있을 리가 없었다. 뭐지? 안구의 모세혈관인가? 뭔지는 잘 모르겠지만 아름다웠다. 그곳에 있을 리 없는 나뭇가지. 이건 정말로 일어나고 있는 일일까? 꿈은 아니겠지?

지금은 더 이상 아무것도 하고 싶지 않았다. 나나미는 지쳐서 바닥에 주저앉았다. 이대로 일어나지 못하면 어쩌지? 그러는 사이에 데쓰야가 돌아온다면? 거기에 가야코까지 함께 있다면? 그렇게 생각하자 공포에 휩싸여 몸이 멋대로 움직이기 시작했다.

이 집을 나가자.

나나미는 짐을 싸기 시작했다. 옷장에서 자신의 옷을 꺼내서 여행 가방에 넣을 수 있는 만큼 넣었다. 배낭에는 책이나 컴퓨터, 업무용 도구를 넣었다. 화장대 위에 화장품도 있었고, 화장실에도 이것저것 있었다. 아끼던 식기는 아깝지만 포기했다. 아직 많이 남아 있었지만 어쩔 수 없이 포기하고 집을 나왔다.

두 개의 여행 가방을 질질 끌며, 크고 무거운 배낭을 옆으로 짊어진 채, 도대체 어디를 어떻게 걸었는지 모르는 사이에 나나미는 본 적도 없는 장소에서 방황하고 있었다. 전봇대에 붙어 있는 동네 이름을 봤지만 조금도 짐작 가는 곳이 없었다. 여기는 어디지?

나는 어디로 가면 좋을까? 여긴 어디지? 나는 어디로 가면 좋을까? 여기는 어디지? 나는 어디로 가면 좋을까? 이렇게 또 망연자실하며 도대체 나한테 무슨 일이 일어난 건지 생각하기 시작했다. 생각하면서 계속 걷고, 어느새 걷고 있는 것도 의식에서 사라졌다. 수많은 부조리에 고민하고 괴로워하다 눈물이 흐르고 화가 치밀어 올랐다. 그러다 또 문득 여기는 어디인지 생각하는 상태가 계속 반복되었다. 언제부터 반복되었는지 확실하지 않았다. 어쩌면 집 주위를 빙글빙글 걸어 다니고 있을 뿐일지도 몰랐다.

그러나 주위를 둘러보니 본 적도 없는 강이 펼쳐졌다. 강 건너편에는 공장 지대도 있었다. 신혼집으로 이사한 지 석 달이 지났지만 이런 풍경은 전혀 본 기억이 없었다.

도대체 여기는 어디지? 그렇게 생각하면서 다시 아무 진전이 없는 생각을 반복했다.

스마트폰이 주머니 속에서 진동했다. 꺼내서 확인해 보니 아무로의 전화였다.

"여보세요?"

"아무로입니다."

"네."

"지금 통화하기 괜찮으세요?"

"네."

"지난번에 의뢰하신 건으로 조만간 만날 수 있을까요?"

"네."

"언제가 좋으세요?"

"네, 아, 그러니까."

"여보세요?"

"아, 네."

"괜찮으세요?"

"네. 어라? 여기가 어디지? 여기가 어디일까요?"

"네?"

"죄송해요. 제가 지금 어디에 있는지 모르겠어요."

주위를 둘러보니 아까 봤던 강은 이미 어디에도 없었고 낯선 공장과 수많은 파이프로 가득한 기괴스러운 건물이 눈앞에 있었다. 올려다보니 거대한 굴뚝이 하늘을 향해 뻗어 있었다.

"어떻게 하면 좋을까요?"

"어떻게 하냐고요? 아, 일단 스마트폰에 지도 앱 있죠? 그걸 보면 알 수 있지 않을까요?"

"아, 그렇구나!"

나나미는 아무로의 말대로 자신이 있는 곳을 확인했다.

"어딘지 확인하셨어요?"

"네. 제가 있는 곳은…… 근데 여기는 어딜까요?"

"동네 이름이 뭐예요? 주소를 알 수 있습니까?"

"아무로 씨, 저는 어디로 가야 할까요? 저는 어디로 가면 좋을까요?"

"무슨 말이세요? 괜찮으세요?"

"돌아갈 곳이 없어요."

나나미는 목소리를 높여 울기 시작했다.

"무슨 일이 생겼나요? 남편 분과 싸우기라도 했습니까? 지금 어디세요? 데리러 갈까요?"

"지금…… 그러니까……."

무정하게도 스마트폰의 배터리가 다 떨어졌다. 아무로와도 연락을 할 수 없게 되었다. 일단 사람이 사는 동네 쪽으로 가자. 사람이 살지 않는 쪽으로 가면 분명히 바다가 나올 거야. 바다 끝에는 아무것도 없어. 하지만 바다를 보는 것도 나쁘지는 않겠지. 정신이 몽롱해지면서 자신이 무슨 생각을 하는지 알 수 없었다.

곧 주위가 어두워졌다. 비도 내리기 시작했다. 자포자기의 심정으로 계속 걸었지만 비는 감당할 수 없었다. 눈 깜짝할 사이에 몸이 얼어서 움직일 수 없었다. 생각해 보면 지금은 11월이었고, 이미 겨울도 가까워졌다. 나나미는 일단 비를 피할 수 있을 만한 호텔을 발견하고 그곳으로 뛰어들어갔다. 체크인을 마치고 키를 받아서 엘리베이터를 탔다. 제대로 보지 않았지만 접수를 받은 여성이 분명히 자신을 매우 수상쩍게 바라봤을 것이다. 방에 들어가서 가방을 내려놓고 침대 위에 쓰러졌다.

빨간색과 녹색의 네온 불빛이 창밖에서 불투명 유리 너머로 어둑한 방 안을 비췄다.

왼손의 결혼반지가 그 빛을 반사하며 휘황찬란하게 빛났다. 나나미는 반지를 손가락에서 뺐다. 그리고 다시 바라봤다.

뭐였을까? 이 반지에 무슨 기대를 했던 걸까? 결국 아무것도 없었잖아?

이젠 한계였다. 나나미의 의식은 거기서 끊어졌다.

11
호텔 생활

청소기 소리에 눈을 뜬 나나미는 시계를 찾았다. 침대 옆에 낡은 알람시계가 있었다. 오후 1시 30분. 아침을 넘기고 오후가 되어 있었다. 스마트폰을 보니 배터리가 다 떨어진 상태였다. 아무로와 통화한 일이 생각났다. 맞아, 그때 배터리가 다 떨어졌어. 아무로 씨가 걱정하고 있을 텐데.

나나미는 가방에 충전기가 들어 있는지 찾아보았다. 코드를 발견하고는 그것을 스마트폰과 콘센트에 연결했다. 스마트폰 화면에 충전을 시작하는 표시가 떠서 일단 안심했다.

주위를 둘러봤다. 꽤 낡은 호텔이었다. 흰 벽이 더러워져서 얼룩으로 가득했다. 창문을 열어 보니 모텔 같은 건물 몇 채가 눈에 띄었다. 어젯밤에 요란하게 빛나던 네온은 이 호텔들의 간판이었다. 낮에는 초라하기 짝이 없는 외관에 햇빛이 비쳤다.

여기는 어딜까? 전혀 알 수가 없었다.

일어나서 세수를 하러 갔다. 얼마나 심한 꼴을 하고 있을까? 거울을 봤다. 어라? 어찌된 일이지? 의외로 얼굴의 혈색이 너무 좋아 보였다. 조금 힘이 났다. 호텔에 있는 비누로 세수를 하고 칫솔로 이를 닦았다. 공복감은 없었다. 하지만 뭔가 먹기는 해야 했다. 옷은 법회에 참석하기 위해 입었던 검은색 예복 차림 그대로였다. 검은색 스타킹에는 여기저기 구멍이 나 있었다. 넘어졌나? 넘어졌을지도 모른다. 여행 가방이 다리에 계속 부딪쳤기 때문일 수도 있다. 어쩐지 잘 기억이 나질 않았다. 어쨌든 스타킹을 벗은 뒤 구두를 신고 문을 열었다.

밖에 나와 보니 그곳은 적당히 혼잡스러움이 남아 있는 번화가였다. 스낵바와 모텔이 여기저기 흩어져 있었다. 편의점에서 주먹밥 두 개와 샐러드를 샀다. 물건을 산 봉투를 들고 호텔로 돌아왔다. 다시 한 번 호텔 이름을 확인했다. '에그제 가마타'. 드디어 자신이 있는 장소를 알았다. 가마타. 오타 구였다. 스마트폰의 지도 앱으로 검색해 보니 신혼집이 있었던 세타가야의 후카자와에서 직선거리로 약 10킬로미터 떨어진 곳이었다. 여기저기 길을 벗어나서 아마 그 거리보다 배 이상은 걸었을지도 모른다.

방으로 돌아와 배를 채운 뒤, 나나미는 아무로에게 전화를 걸었다.

"아무 일 없었나요? 걱정했습니다."

"죄송해요. 이성을 잃어서 추한 모습을 보이고 말았네요."

"지금은 괜찮으신가요?"

"괜찮지 않아요."

"저라도 괜찮으시면 말해 보세요."

"아니에요, 걱정하지 마세요."

"지금 어디에 계십니까? 저녁 무렵에 잠깐 만날까요?"

온몸에 안도감이 넘쳤다. 이 세상에 홀로 남겨진 기분이었는데 '만날까요?'라는 말이 특효약처럼 효과가 있었다.

"네. 꼭 만나야겠어요."

"아, 죄송합니다. 오늘은 볼일이 있었네요. 내일이라도 괜찮으신가요? 내일 저녁 어때요?"

"네. 내일이든 모레든 상관없어요."

"정말이세요? 그럼 모레로 약속을 잡아도 괜찮을까요?"

"네."

"그럼 모레 뵙기로 하죠."

"바쁘신데 죄송해요."

"제가 죄송하죠. 바쁘다기보다 바빠야 먹고 살 수 있으니까요."

아무로와 만날 약속을 했더니 마음에 여유도 생겼다. 나나미는 스마트폰으로 일자리를 찾기로 했다. 아무로가 말한 대로 가만히 있으면 살아갈 수 없었다.

'아르바이트'라는 키워드를 검색하자 키워드 몇 가지가 나타났다.

면접, 구인, 고수입.

고수입을 클릭해 봤다.

'당일 고수입 아르바이트. 30분에 2만 엔인 당일 단기 아르바이트 – ㈜크림'

그 사이트는 유흥업소나 성적인 일이 아니라고 했다. 페이지 디자인은 매우 세련되었고 거기에는 의심스러워 보이는 점도 없었다. 네일 아트나 피부 관리실에 가고 싶지만 그럴 돈이 없는 당신, 포기하기는 아직 이르다는 등의 서문이 나열되어 있었지만 유감스럽게도 구체적인 업무 내용이 전혀 쓰여 있지 않았다. 마침 신입생 지원 행사 중이었다. 면접을 보러 가기만 해도 3만 엔을 준다고 한다. 말도 안 돼. 신입생 지원이라고 해도 지금은 이미 가을이었다.

어쩐지 너무 위험했다. 다음 사이트를 클릭해 봤다.

'고수입 여성 한정 구인! 일당 지불 OK! – ㈜소프트터치'

상세 페이지로 들어가 보니 성인 비디오 회사였다. 나나미는 니타도리가 떠올랐다. 그녀는 지금 어떻게 지내고 있을까? 그때는 니타도리가 어딘지 다른 세계에 사는 사람처럼 느껴졌지만, 지금은 완전히 남의 일이 아니었다. 돈에 궁해서 일을 찾으면 최전선에서 대기하고 있는 회사는 다 이런 업종이다. 그 너머에는 학교에서 알려 주지도 않고 존재하지도 않는 또 다른 세계가 기다리고 있다.

노크 소리가 들렸다. 누군가 왔다. 문을 열어 보니 청소를 담당하는 여성이 서 있었다.

"방 청소를 안 했는데 어떻게 할까요?"

"죄송해요. 안 해도 괜찮아요."

"그럼 청소를 원하실 때는 프런트로 전화해 주세요."

"알겠습니다."

청소부 여성이 문을 닫았다. 나나미는 갑자기 생각이 나서 다시 문을 열었다.

"저…… 일자리를 찾는 중인데, 이 호텔에서는 사람을 구하지 않나요?"

"지금은 모르겠네요. 청소 쪽에서는 사람을 구하고 있는데, 아가씨는 청소 같은 건 싫죠?"

"청소도 좋아요!"

"그래요? 젊고 예쁜 아가씨가 그런 일을 하기에는 아까운데. 물어봐 줄까요?"

"네? 정말인가요?"

얼마 지나지 않아 청소 담당 여성은 지배인을 방으로 데리고 왔다.

"이 손님이 우리 호텔에서 일하고 싶대요. 이름이 뭔가요?"

"미나가와입니다."

"저는 지배인인 가와모토입니다. 잘 부탁합니다."

지배인은 담뱃진으로 누레진 치아를 보이며 웃었다.

"청소 업무를 희망하십니까?"

"네."

"이 아가씨가 프런트 쪽에서 일하면 분위기가 환해지지 않을까요?" 청소 담당 여성이 말했다.

"프런트는 지금 빈자리가 없어서 안 됩니다."

"아니요, 저는 청소가 좋은데요."

남들 앞에 나설 수 있는 정신 상태가 아니라고 나나미는 생각했다.

"그럼, 일단 이력서는 갖고 오셨습니까?"

"이력서요? 지금은 없는데요."

"나중에 내셔도 됩니다. 1층 사무실로 가져 오세요."

"네."

나나미는 일자리를 얻었다.

살았다!

예전에 일자리를 얻어서 이렇게 기뻤던 적이 있었나?

나나미는 바로 다음 날부터 근무하기 시작했다. 기본은 아침 10시부터 오후 3시. 시급 천 엔으로 5시간. 일당 오천 엔이다. 다른 직원이 쉴 때는 다른 시간으로 변경될 때도 있다. 변경 시간에 따라서는 야근도 있다고 한다. 호텔의 객실 청소는 체크인과 체크아웃 시간 사이의 낮 시간대에만 한다고 생각했는데, 장소가 장소인 만큼 모텔 대신 이용하는 손님도 많아서 그런 손님은 몇 시간 안에 돌아가므로 즉시 청소해서 새로운 손님에 대비한다고 한다.

어제 지배인에게 양해를 구해 준 청소 담당 여성은 다카다 가쓰코라고 하며, 그날부터 나나미에게 청소의 기초를 알려 주었다. 기본 2인 1조로 침대 시트를 벗겨낸 뒤 새 시트를 다시 깐다. 다카다는 이것을 '벗겨내기'와 '침대 편성'이라고 표현했다. 그 후에는 분담해서 욕실 청소와 방의 쓰레기 모으기와 시트 정리를 재

빨리 해치운다.

"육체노동이라서 몸이 망가지면 일을 할 수가 없어. 특히 허리를 다치면 그날로 끝이니까 조심해."

시트 교체나 화장실 청소도 허리에 영향을 줄 법한 동작을 하면 그 즉시 주의를 받았다.

"안 돼, 안 돼. 그렇게 하면 허리 다쳐. 서두르지 않아도 되니까 무리해서 등에 짊어지거나 들어 올리지 않도록 해."

다카다 가쓰코의 시트 처리는 훌륭했다. 호텔에서 자연스럽게 주름 하나 없이 침대에 깔려 있는 시트가 이런 직원의 정성스러운 손에서 탄생한다는 것은 감동적이었다.

호텔은 낮부터 손님의 출입이 잦았다. 낮에도 이용객이 있어서 빈 방 상황을 프런트에 확인하며 청소해야 한다. 손님이 있는 방을 노크하는 것은 엄격하게 금지한다고 한다.

"특히 낮에 오는 손님은 대체로 한창 그걸 하느라 바쁘거든."

"그거요?"

"섹스 말이야."

"아……."

"그러니까 절대로 노크하면 안 돼."

"그래도 다카다 씨, 어제는 제 방에 노트하셨잖아요?"

"그건 특별한 경우지. 여자 혼자서 오후까지 잠을 잔다고 하는데. 자살 같은 걸 하면 곤란하잖아. 그건 임기응변이었어."

"역시 그렇구나. 걱정해 주셔서 고맙습니다."

"걱정이라니. 죽거나 하면 곤란하다고. 경찰도 오고 손님도 떨어져."

"죄송합니다. 근데 죽을 생각은 없었어요."

하지만 다카다는 반신반의한 얼굴이었다. 그리고 나나미의 어깨를 두 번 쳤다. 힘내라는 듯이. 죽으면 재미없다고 하는 듯이.

그날 저녁에는 카논의 수업이 있었다.

"잠시 여행 중이라 호텔에서 수업해서 미안해."

"아니에요."

"자, 오늘은 영어지?"

"네."

"관계대명사 who부터 시작할게. who는 무슨 뜻이지?"

"누구."

"맞아. 그렇게 배웠지. 하지만 이번에는 용법이 조금 달라."

"선생님, 감기 걸렸어요?"

"응?"

"기운이 없어 보여요."

"그래? 그렇지 않아. 괜찮아. 선생님은 괜찮으니까 걱정하지 마."

"여행 중에 무리해서 수업하지 않아도 돼요. 수업 쉴까요?"

"뭐? 그런 건 신경 쓰지 않아도 돼. 오히려 시간이 남아돌아서 엄청 한가한 걸. 수업 시간 늘리고 싶으면 말해."

"네."

카논이 묘한 표정을 지었다. 주의에 정신이 미치자 옆방에서 행위 중인 소리가 새어 나오고 있었다.

"뭐가 울어요? 고양이?"

"아, 맞아. 고양이야 고양이!"

나나미는 식은땀이 났다.

다음 날 일을 마친 후 물건을 사려고 호텔을 나서자 너무 일찍 도착한 아무로가 밖에서 기다리고 있었다.

"오, 살아 있었네요!"

"걱정 끼쳐서 죄송해요."

"밥이라도 먹을까요? 제가 살게요."

"고맙습니다."

두 사람은 근처의 메밀국숫집으로 갔다.

오랜만에 아는 사람을 만나서 나나미는 기쁜 나머지 단숨에 자초지종을 말하고 또 말했다.

"그랬군요. 힘드셨겠네요."

"네. 정말 난처했어요. 일단 묵었던 호텔에서 청소 쪽 일자리가 있어서 살았어요. 5시간 일해서 일당 5천 엔씩 받지만 호텔비가 1박에 4천 2백 엔이잖아요? 나머지 8백 엔이 생활비예요. 하지만 일요일 파트에 빈자리가 없어서 안타깝게도 주 6일 근무해요."

"그럼 적자네요?"

"네. 그리고 인터넷으로 과외를 하는 학생이 한 명 있는데 한 달에 1만 엔을 받죠. 나머지는 저금을 깨서 근근이 버티고 있어요."

"험한 일을 겪으셨군요."

"네. 그건 그렇다 치더라도 이상하지 않아요? 왜 시어머니가 그 남자의 사진을 갖고 있었을까요? 왜 졸업 앨범에서 그 여자가 사라졌을까요? 지금 생각해 봐도 마치 여우한테 홀린 것 같아요."

"심령 현상이군요."

"뭐라고요?"

"농담입니다. 그다지 이상야릇한 얘기도 아니에요. 어떤 속임수였는지 쉽게 파악할 수 있습니다."

"그런가요?"

"일단 접근해 온 그 남자는 아마 이별 청부업자일 겁니다."

"이별 청부업자요?"

"네. 헤어지고 싶은 상대에게 이성 관계를 연출해서 말 그대로 헤어지게 만드는 거죠. 당신도 걸려든 겁니다."

"이별 청부업이라…… 그런 직업도 있나요?"

"요즘은 없는 게 없어요."

"하지만 그 졸업 앨범 사진은 어떻게 된 거죠?"

"앨범을 만드는 건 간단해요. 누가 어떻게 바꿔치기를 했느냐가 문제죠. 그 남자나 남편이 했을지도 모르고. 아, 시어머님도 수상해요."

"시어머니요?"

"시어머님이 이별 청부업자를 의뢰한 사람입니다."

"뭐라고요? 말도 안 돼!"

"처음에는 탐정을 고용해서 당신을 조사했겠죠. 뭐 이런저런 사실을 알고 시어머님이 당신에게 의심을 품은 걸 보자마자 탐정 쪽에서 이별 청부업자 서비스에 대한 얘기를 꺼냈을 겁니다."

"그럼 그 남자의 본업이 탐정이에요?"

"본업이랄까, 본업은 무슨 일이든지 하는 해결사입니다. 뭐든지

하니까 탐정도 하는 겁니다. 저처럼 말이죠. 그럼 이제 본론으로 들어가도 될까요?"

"네? 본론이요?"

"일전에 나나미 씨가 남편이 바람났는지 조사해 달라고 의뢰한 일이요."

"바람을 피웠나요?"

아무로는 태블릿을 나나미에게 건넸다. 거기에는 사진 한 장이 있었는데, 레스토랑의 간판인 듯했다. 아무로는 페이지를 넘겨 보라고 했다. 말한 대로 디스플레이를 손가락으로 넘기자 계속해서 사진이 나왔다. 레스토랑에서 식사를 하는 데쓰야와 가야코의 사진이었다.

"이게 뭔가요?"

"모자가 함께 식사를 하고 있죠?"

"그런데요?"

"시어머님이 일주일에 이틀은 도쿄에 오셨습니다. 시나가와나 다카나와에 있는 호텔에 묵으셨죠."

"무슨 일로? 일 때문에요?"

"단순히 아들을 만나러 오신 겁니다."

"뭐라고요?"

"대체로 일주일에 두 번은 저녁을 먹고 왔다고 하는 날이 있었죠?"

그의 말이 맞았다.

"전형적인 마마보이입니다. 바람난 게 아니라 다행인가요?"

나나미는 사진을 집어삼킬 듯이 뚫어지게 쳐다봤다. 또 다른 사진은 자택 맨션의 계단을 내려오는 가야코의 연속 사진이었다.

"나나미 씨가 없을 때 가끔은 집에도 가셨더군요. 뭘 했는지 모르겠지만, 졸업 앨범을 조작할 정도의 기회는 있었겠지요. 귀고리도 그렇고. 제가 할 말은 아니지만 이렇게 되어 차라리 잘 됐다고 생각하는 게 좋아요."

한 번도 느껴보지 못한 엄청난 분노가 터져 나왔다. 온몸이 부들부들 떨렸다.

"왜 이런 꼴을…… 이런 모자에게…… 제기랄…… 제기랄……."

상스러운 말이 계속 입 밖으로 튀어나왔지만 이걸로는 부족했다. 분해서 눈물도 멈추지 않았지만 그래도 부족했다.

"주문하신 음식 나왔습니다!"

나나미의 모습을 눈치채지 못한 점원이 웃으며 메밀국수를 가져 왔다.

"자, 드세요!"

아무로는 나나미에게 나무젓가락을 건넸다.

나나미는 울면서 메밀국수를 입속에 밀어 넣었다. 맛을 전혀 느낄 수 없었다.

헤어질 때 나나미는 조사비를 조금만 더 기다려 달라고 아무로에게 고개를 숙였다.

"당연하죠. 비용은 아무 때나 주셔도 됩니다. 람바랄의 친구 분이니까요. 또 어려운 일이 생기면 언제든지 연락하세요."

"고맙습니다."

"지금 묵고 있는 호텔 숙박비가 하루에 4천 2백 엔이라고 했죠? 생각해 보면 한 달에 12만 6천 엔이에요. 이 근처에 있는 공동주택이면 3만 엔짜리부터 구할 수 있어요. 바닥재가 깔려 있는 3평 짜리로. 알아봐 드릴까요?"

"그런가요?"

"그럼요."

"아, 비싼 거구나. 전혀 생각하지 못했어요. 어쩐지 제 자신이 폐인처럼 느껴지네요."

"전혀 그렇지 않아요. 폐인인 친구도 있는데, 그 정도는 약과입니다. 아직은 괜찮아요. 나나미 씨, 청소 일은 일요일에 쉬신댔죠? 이번 주는 어떠세요? 아르바이트가 있는데 하실래요?"

"고마워요. 시간이 비니까 할게요. 무슨 아르바이트인가요?"

"결혼식 대리 출석인데 나나미 씨는 이용해 보셨으니까 따로 설명할 필요가 없겠죠? 사람이 부족해요. 참석해 주시면 고맙겠어요. 일요일이 대길일이라서."

그 일인가? 나나미는 주저했지만 이렇게까지 신세를 지고 있는 아무로의 부탁을 거절할 수 없었다.

늦은 저녁, 아무로가 탐정 비용 청구서를 보내왔다. 20만 엔이었다. 약속했던 금액보다 10만 엔 적었다. 메시지에는 '비용은 아무 때나 주셔도 됩니다'라고 적혀 있었다. 나나미는 그의 배려에 감사했다. 메시지의 끝에는 대리 출석 아르바이트에 대한 자세한 내용도 첨부되어 있었다.

대리 출석. 의뢰하는 사람에서 의뢰받는 사람이 되었고, 고용하는 측에서 고용되는 측이 되었다. 기분이 묘했다.

12

아르바이트

아르바이트 집합 장소는 요쓰야에 있는 결혼식장의 어떤 방이었는데, 평소에는 친척 대기실 등으로 사용되는 곳이었다. 집합 시간은 오전 9시. 나나미는 20분 정도 일찍 도착했다. 아직 몇 명밖에 오지 않았지만 서로 시선이 마주치자 말없이 눈인사를 했다. 나나미는 일단 구석의 빈자리에 앉았다.

아르바이트에 참가하는 사람들이 계속해서 방에 들어왔다. 젊은 사람부터 70대가 넘는 고령자까지 그야말로 남녀노소가 골고루 모였다. 젊은 사람은 쉽게 모집할 수 있어도 고령자는 어떤 방법으로 동원하는 걸까? 모두 예복을 제대로 갖춰 입어서 진짜 초대 손님과 분간할 수 없었다. 역시 아무로 씨는 대단하다며 나나미는 새삼 감탄했다.

한 여성이 나를 계속 주시했다. 머리카락이 길고 까만 여성이었는데 살짝 눈인사를 하자 그녀도 미소를 지으며 인사했다. 나나미는 그녀가 아름답다고 생각했다. 요염한 매력이 있어서 여배우든 모델이든 뭐든지 할 수 있을 것처럼 보였다. 이런 사람도 아르바이트를 할 필요가 있을까? 하긴 아무로도 배우라고 했다. 여기에 온 다른 사람들도 배우 네트워크와 관련이 있을지도 모른다. 그렇게 생각하자 확실히 이런 호화로운 캐스팅이 이해됐다.

9시 5분 전에 아무로가 모습을 나타냈다. 인사하려고 했지만 다른 지인들이 잇따라 아무로에게 말을 걸어서 기회를 엿보는 사이에 인사할 타이밍을 놓쳤다.

9시 정각이 되자 아무로가 모인 사람들에게 큰 소리로 인사했다.

"여러분, 안녕하세요."

참가자들은 저마다 작은 목소리로 머뭇거리며 인사했다.

"목소리가 작네요. 안녕하세요!"

다시 한 번 큰 목소리로 인사하자, 이번에는 당당한 목소리로 대답했다. 아무로는 또 얼굴을 찌푸렸다.

"아, 너무 연기하는 티가 나네요. 아까가 오히려 자연스럽고 좋았습니다."

모두가 웃었다.

총인원이 50명 정도는 되는 듯했다. 아무로는 상대방을 확인하면서 엽서만 한 크기의 카드를 한 장씩 나눠 주었다. 곧 나나미에게도 똑같이 카드 한 장을 말없이 건넸다. 그러고는 나나미를 모르는 척 돌아서며 모인 사람들에게 큰 목소리로 설명하기 시작했다.

"자, 잘 들으세요! 지금 나눠드린 종이에 여러분이 각자 맡은 역할의 프로필이 적혀 있습니다. 그러니 완벽하게 외워 주세요."

나나미의 종이에는 이렇게 적혀 있었다.

깃카와 가스미
나이 : 실제 나이로 충분함.
주소 : 본인의 거주지로 충분함.
경력 : 본인의 경력으로 충분함.
신랑 깃카와 소타로와의 관계 : 사촌 남매.
소타로의 아버지 도미타로의 여동생인 가쓰요와 남편 겐지로의 딸.
언니 깃카와 기요미, 동생 유스케.
신랑 소타로와 그의 가족과는 깊은 교류는 없다.
신랑과 마지막으로 만난 날은 조부 아리쓰네의 장례식 때(2009년 8월 19일).

프로필 아래쪽에는 깃카와 집안의 가계도가 그려져 있었는데 아무로가 보충 설명을 했다.

"밑에 관계도를 보세요. 이 관계도에 있는 빨간 표시가 자신이 맡은 역할입니다. 확인하셨죠? 그럼 먼저 자신의 가족을 찾으세요. 가족 찾기 게임, 준비, 시작!"

저마다 서로 말을 걸며 관계도에 있는 동료를 찾아냈다.

누군가가 나나미의 어깨를 쳐서 돌아보니 아까 눈인사를 했던 까만 머리의 여성이었다.

"이름이 뭐예요?"

"미나가와 나나미예요."

하지만 그녀는 나나미의 말을 무시하듯이 나나미가 들고 있던 종이를 손가락으로 집어서 응시했다.

"깃카와 가스미 씨군요. 같은 그룹이에요. 전 깃카와 기요미거든요. 당신은 내 여동생이네요."

그렇게 말하면서 그녀는 이미 다른 동료를 찾고 있다.

"깃카와 기요미 씨 계십니까?"

중년 남성이 주위를 둘러보면서 소리쳤다.

"아, 저예요!"라며 기요미 역의 여성이 손을 흔들었다.

"이쪽으로 오세요!" 남자는 중년 여성과 젊은 남자를 이미 확보한 상태였다.

"이렇게 다섯 명이 다 모였네요."라고 중년 남성이 말했다. 거의 비슷한 타이밍에 다른 그룹도 완성되어 이 게임은 1분도 안 되어 끝났다.

"동료는 다 찾으셨습니까? 그럼 관계가 가까운 사람끼리 적극적으로 친분을 쌓으세요. 부부끼리, 형제끼리, 친구끼리, 남남처럼 서먹서먹하게 보이면 안 됩니다."

아무로의 지시에 따라 저마다 어색하게 대화를 나누기 시작했다. 경험의 차이인지 노련하게 대화를 주도하는 사람이 있는가 하면, 의심스러운 표정으로 주뼛거리는 사람도 있었다. 나나미는 물론 후자였다. 사람들 사이에 쉽게 끼어들지 못해서 대화도 여의치 않았다. 교사라는 사람이 이래서야. 한심하기 짝이 없어서 자기혐오에 빠졌다.

기요미가 아무로에게 뭔가를 질문했다. 그 질문에 아무로가 당황한 모습으로 나나미의 그룹으로 찾아왔다.

"아, 제가 실수했네요. 신랑 깃카와 소타로의 아버지인 도미타로의 여동생이 가쓰요 씨고 그 남편이 겐지로라는 설정이었는데, 성이 깃카와일 경우 겐지로 씨가 깃카와 집안에 데릴사위로 들어와야 조건이 성립한다고 기요미 씨가 지적하셨습니다. 그렇다면 성을 바꿔야겠군요."

"그럼 곤란할 텐데요. 피로연 테이블에는 이 이름으로 좌석이 정해지지 않았나요?"

"깜빡했군요."

"그러니까 아버지 겐지로가 데릴사위라고 설정하면 문제가 해결되지 않겠어요?"

"글쎄요. 음. 역시 그러는 게 좋겠군요. 괜찮죠?"

나나미는 아무로의 질문에 아무것도 모른 채 끄덕이고 말았다.

"여러분, 다시 자기소개를 할까요? 먼저 깃카와 겐지로 씨부터 시작해 주세요."

아무로의 지명을 받은 깃카와 겐지로 역의 중년 남성이 허둥거리며 자기소개를 했다.

"처음 뵙겠습니다. 깃카와 겐지로 역의 고초 가즈아키입니다. 고초(牛腸)는 한자로 쓰면 소 곱창이라는 뜻입니다."

그 말에 기요미 역의 여성이 끼어들었다.

"엄청난 이름이네요! 근데 본명까지 말하면 좀 복잡하니까 오늘은 역할 명으로만 소개하는 게 어때요?"

"맞아요. 복잡하죠." 아무로가 동의했다. "오늘은 역할 명으로만 합시다. 그럼 겐지로 씨부터 다시 시작해 주세요."

"처음 뵙겠습니다. 깃카와 겐지로입니다."

"안녕하세요. 깃카와 가쓰요입니다."

"그런 식으로 하면 됩니다." 아무로는 손에 든 명단과 비교하면서 끄덕였다.

"기요미예요. 잘 부탁드려요."

"여동생 역인 가스미입니다."

"유스케입니다. 잘 부탁드립니다."

"여러분은 오늘 하루 가족입니다. 사이좋게 지내세요. 서로 대화를 많이 나누세요. 잘 부탁드립니다."

이런 말을 남기고 아무로는 다른 그룹의 상황을 살피러 갔다. 남겨진 가짜 가족은 서로 어색해하며 얼굴을 마주보고 쓴웃음을 지었다. 이런 분위기 속에서 기요미는 혼자만 아무렇지 않은 듯이 막내 유스케 역에게 질문했다.

"넌 고등학생이니?"

"대학생이에요."

"대학에서는 뭘 하고 있어?"

"학부는 경제학부고 사진 동아리 활동을 하고 있어요."

"사진 동아리? 요즘에는 디지털카메라를 사용하지?"

"아니요. 우리 동아리는 필름을 고집해서 현상까지 제대로 하고 있죠."

"어머, 신기하네."

"머릿속이 복잡해지니까 지나치게 개인적인 정보는 말하지 않는 게 좋지 않을까요?"

아버지 역의 겐지로 씨가 이렇게 말하자 기요미가 그 즉시 대꾸했다.

"프로필에 나이나 주소, 경력 모두 본인 것을 그대로 사용해도 된다고 쓰여 있잖아요? 그러니까 서로 물어봐야죠. 그게 우리 가족의 유일한 기억이 될 테니까요."

"기요미 씨는 이 아르바이트를 해 본 적이 있나 보죠?"

어머니 가쓰요 역의 중년 여성이 물었다.

"저요? 처음인데, 그렇게 보여요?"

"아니, 이것저것 아는 게 많아서 처음 해 보는 사람 같지 않아서요."

"이 일을 수락하기 전에 연기할 때 어느 정도까지 시나리오가 준비되어 있고, 어디서 애드리브를 해도 되는지 안 물어보셨어요?"

"거기까지는 물어보지 않았어요."

"기본적으로는 말없이 있으면 된다고 하던데요? 너무 떠들다 보면 자기도 모르게 진실을 말해서 들통이 날 수 있으니까요."

"말없이 있으면 된다는 말은 들었어요."

어머니 가쓰요가 말했다.

"그래도 대화를 많이 나눠서 친해지는 게 중요하다고 했어요.

시선의 움직임이나 몸동작에서 차이가 난다고 하더라고요. 그러니까 기요미 씨라고 하지 말고 기요미라고 불러 주세요. 전 가쓰요 씨를 엄마라고 부를게요."

가쓰요는 무심코 쓴웃음을 지었다.

"엄마는 요즘 취미가 뭐예요?"

"나? 사실대로 말해야겠지?"

"그건 본인이 알아서 하면 되잖아요. 자세하게 물어봤을 때 들키지만 않으면 상관없죠."

"알았어. 내 취미는 걷기야."

"정말이에요?"

"거짓말이지."

"엄마, 평소에 걷기 정도는 하세요!"

기요미는 가쓰요의 볼록한 뱃살을 손으로 쥐었다. 가쓰요는 그 즉시 얼굴을 붉혔다.

"그 다음, 아빠의 직업은 뭐예요?"

기요미는 아빠 겐지로와 마주했다.

"나는 뭐가 좋으려나. 인기 없는 만화가로 할까?"

"정말로 만화를 그릴 수 있어요? 누가 그려 달라고 하면 곤란해지잖아요."

"그런가?"

"그럼 인기 없는 소설가는 어때요? 이 자리에서 당장 소설을 써 보라고 하지는 않으니까."

"근데 그렇게 눈에 띄는 직업은 까딱 잘못하면 상대방이 기억할 걸요?"

아들 유스케가 지적했다.

"그 정도의 위험은 감수해야지. 나중에 신랑한테 누가 진지하게 물어보지 않겠어? '친척 중에 소설가가 있었죠? 이름이 뭐였더라?' 그럼 신랑은 들킬까 봐 가슴이 조마조마해서 전전긍긍할 테고. 쌤통이지 뭐." 기요미가 말했다.

"그럼 나도 쟈니스에 소속된 아이돌이라고 해야지. 눈에 확 띌걸요?"

"그건 너무 튀잖아. 그 자리에서 들통나니까 절대로 안 돼."

나나미는 기요미가 꼼꼼하게 리드하는 모습에 감탄해서 쳐다보고만 있었다. 아니, 그보다 그녀의 목소리에 도취되었다. 말투도 그렇지만 타고난 목소리가 아름다웠다. 플루트의 음색처럼 마음이 치유되는 목소리였다. 그 자리에 있는 것만으로 남들의 시선을 끄는 사람, 영원히 잊을 수 없는 사람이 있다. 그와 반대로 전혀 기억에 남지 않는 사람도 있다. 나나미는 자신은 확실히 후자라고 생각했다. 도대체 이 차이는 무엇일까? 만일 그녀가 학교 선생님이라면 학생들에게 엄청난 인기를 끌겠지? 그렇게 생각하자또다시 자기혐오에 빠졌다.

"난 여배우로 할까?"

나나미는 그 순간 속마음을 들켰다는 생각에 동요했다.

"아니면 AV 여배우는 어때요?"

기요미가 나나미를 슬쩍 쳐다봤다.

"그건 좀 위험해요. 큰 소동이 일어날 걸요?"

"그럼 유스케, 네가 AV 남자 배우라고 할래?"

"전 AV 배우라고 하기 싫어요!"

AV 여배우…… 니타도리. 어두운 기억이 되살아났다.

"농담이야. 근데 어디까지 했더라? 아, 아빠의 직업을 물어보던 중이었지?"

기요미의 성격은 밝았다. AV 여배우라는 직업을 농담 삼아 말했지만, 이렇게 멋지고 당당한 사람은 평생 그런 세계와 관계없는 삶을 살겠지. 그런데 왜 이런 사람이 대리 출석 아르바이트를 할까?

쉬는 시간이 되자 기요미는 엄마의 손을 잡고 분장실로 향했다. 그 모습을 본 남성들도 화장실 쪽으로 갔다. 나나미가 창가에서 홀로 배회하고 있는데 아무로가 말을 걸었다.

"무슨 일 있으세요?"

"아니에요."

"혹시 불편하세요?"

"네? 아니에요. 의외로 괜찮아요."

"처음이 아니라서 그럴 겁니다. 무대 뒤에 숨겨진 모습을 본 건 처음이겠지만, 이 사람들이 연기하는 모습은 한 번 봤으니까요."

"확실히 그러네요."

"괜찮습니다. 앉아서 식사하다 보면 저녁에는 돌아갈 수 있을 거예요."

"고맙습니다. 참, 아까……."

"네?"

"저의 언니 역을 맡은 여성은 여배우 같아 보이네요."

"여배우 맞아요."

"어쩐지."

"인기 있는 배우는 아니에요."

"그래요?"

"뛰는 놈 위에 나는 놈이 있는 업계니까 일하기가 쉽지 않죠. 저도 그렇잖아요."

"얼굴도 예쁘지만 목소리가 너무 매력적이었어요."

나나미의 목소리가 무의식중에 들떴다.

"목소리가 매력적인 건 기본입니다. 솔직히 목소리가 예쁘면 얼굴은 신경 쓰지 않기도 하죠."

"그런가요?"

"그럼요."

아무로는 잠시 예식장 전체를 둘러보면서 나나미에게 말했다.

"설마 자신이 대리 출석 아르바이트를 하게 될 줄은 꿈에도 생각해 보지 못했죠?"

"맞아요."

"인생은 어떤 기상천외한 일이 펼쳐질지 모릅니다."

"너무 기상천외해도 곤란해요."

"그런가요? 날마다 예측할 수 없는 일이 일어나야 재미있지 않나요?"

"힘들다니까요."

"사람은 모두 안전하고 평화로운 장소를 바라죠. 하지만 기상천외한 일이 일어나기를 바라는 본능 또한 누구나 가지고 있습니다. 현대인은 그 충동을 가상의 존재로 치유한다고 할까요? 드라마나 뉴스, 스포츠, 게임도 다 자신들의 내면에서 적출해 접시 위에 올려놓은 기상천외 본능 세포라고 할 수 있어요."

"그 말도 일리가 있네요."

"사실은 어떤 연극에 나왔던 대사였어요. 애써 외웠는데 오디션에서 떨어지고 말았죠."

한 고령의 부인이 다가왔다. 아무로에게 볼일이 있는 듯한 얼굴이었다.

"제 딸 역을 맡은 사람이 너무 긴장했는지 몸 상태가 좋지 않네요."

"그것 참 큰일이네요."

아무로는 부인과 함께 자리를 떴다. 나나미는 한숨을 크게 쉬었다. 자신이 모르는 세계가 이곳에 있는 것 같았다. 이제껏 느껴본 적이 없는 생명력이 예식장을 가득 채우고 있는 듯한 기분이 들었다. 이것은 즉 학교라는 장소에 존재하지 않았던 생명력. 아니, 어쩌면 학교라는 장소에서는 가치를 부여받지 못한 생명력. 이 감촉과 냄새는 뭘까? 나나미는 자신의 몸속에 있는 세포가 기쁨에 떠는 듯한 착각마저 느꼈다.

그런 예감을 증명이라도 하듯 이 아르바이트는 실로 긴장감이 넘쳐서 즐거웠다. 신중하지 못한 태도라는 것을 알면서도.

13

가족

　리허설이 끝난 시각은 12시 반이었다. 대리 출석자들은 실제 대기실로 이동했다. 친척 역을 맡은 사람은 친척용 대기실, 친구 역을 맡은 사람은 친구용 대기실로, 누구 하나 망설임 없이 자연스럽게 행동하며 자신의 역할을 연기했다.

　나나미는 가짜 가족들과 행동을 함께했다. 친척용 대기실에 도착하자 아빠 겐지로가 한쪽 구석에 있는 소파에 떡하니 자리를 잡았고, 그 옆에 엄마 가쓰요가 등을 곧게 펴서 살짝 걸터앉았다. 기요미와 유스케는 벽에 기대어 섰다. 동작 하나하나가 전부 연기였다. 나나미는 엄마와 기요미 사이에 섰다. 여기서 그들은 가족 같은 분위기로 대화를 나눠야 했다. 그런데 기요미가 속삭이는 목소리로 연기가 아닌 진짜 대화를 시작했다.

"여기에 있는 사람 모두 친척 맞죠? 진짜 친척이 왜 한 사람도 없는 걸까요?"

그 말을 듣고 보니 이 방에 있는 사람들은 모두 리허설에 참가한 '동료'였다. 무슨 이유로 친척 전원이 대리 출석인 걸까?

"그야 각자 사정이라는 게 있으니까 그렇겠지."

아빠 겐지로가 조금 부자연스럽게 연기했다.

"아빠, 무슨 사정이요?"

"그건 말이다. 왜 그런 거 있잖아."

말이 도중에 끊겼다. 아빠 겐지로는 이 말을 한 것만으로도 땀을 뻘뻘 흘렸다. 그 모습을 본 기요미는 금방이라도 웃음이 터질 듯했다. 잠시 후 식장 직원이 그들을 부르러 왔다.

"친척 소개 시간이니 이쪽으로 모여 주십시오."

이제부터가 진짜였다.

제각각 줄지어 친척 대면용 방으로 이동했다. 식장 직원은 사람들을 두 줄로 세우고 눈앞에 있는 커튼을 열었다. 이곳에서 나나미를 비롯한 가짜 친척들은 처음으로 '진짜'와 만났다. 눈앞에 있는 사람은 '동료'가 아닌 '진짜' 친척들이었다. 긴장감이 몰려왔다.

오른쪽 끝에 있는 청년이 깃카와 집안의 친척을 한 명 한 명 소개했다. 신랑인 소타로의 남동생 에쓰시를 연기하는 청년이었다.

"다음은……."

긴장해서 몸이 떨렸다.

"아버지의 여동생인 가쓰요와 남편 겐지로, 장녀 기요미, 차녀

171

가스미, 장남 유스케입니다."

각자 신부 쪽의 친척을 향해 인사했다. 아마 신부 쪽의 친척들은 틀림없이 자신들을 진짜라고 믿을 것이다. 어쩐지 미안하기도 하고 불쌍하기도 했다. 불쾌해 보일 수 있었지만, 나나미는 웃음이 터질 것 같아서 필사적으로 참았다. 사람을 속이고 거짓말을 했다. 비난받아 마땅한 상황이다. 그런데 이 흥분은 뭐지? 원래는 이 자리에 없어야 할 내가 아무런 인연이나 연고도 없는 장소에 서 있다니 신기했다. 마치 타임 슬립을 한 것 같았다. 너무나도 기상천외해서 피가 끓고 힘이 넘쳤다. 온몸의 떨림이 멈추지 않았다.

나나미는 문득 생각했다. 이 세상이 옳다고 하는 정의나 선한 세계에는 사실 큰 결함이 있는 게 아닐까? 아무로가 말한 대로 현대인은 이 충동을 모조리 봉인해서 정의롭기 위해 노력하고, 착한 사람이 되기 위해 지나치게 애쓰는 것일지도 모른다. 정의나 선이라는 이름의 아스팔트를 모든 장소에 깔아 버린 탓에 흙이 사라지고 풀과 꽃도 살아갈 터전을 빼앗겼다. 그런 상태로 변한 게 아닐까?

데쓰야가 나를 신혼집에서 쫓아낸 그날, 나는 마음 한구석에서 기뻐했을지도 모른다. 아니, 나라는 사람은 초췌한 상태였다. 하지만 내 속의 세포들은 그렇지 않았다. 다음 날 호텔의 세면대에서 본, 그 거울에 비친 혈색이 좋은 얼굴은 무엇이었을까?

나는 아직 세상의 진정한 원리를 하나도 모르는 것일지도 모른다.

이런 식으로 생각하니 이상하게 힘이 솟았다. 그 순간 누군가

가 나나미의 손을 잡았다. 놀라서 뒤돌아보니 기요미였다. 기요미
는 나나미에게 의미심장한 윙크를 보내왔다. 나나미는 엉겁결에
기요미의 손을 꽉 붙잡았다. 흥분으로 몸이 떨리며 가슴이 두근거
렸다.

친척 소개가 끝난 후 사진 촬영이 진행되었다. 사진 촬영이 끝
나고 모두 예배당으로 이동했다. 기요미는 나나미의 손을 잡은 채
나란히 걸었다. 그녀는 기쁜 듯이 〈결혼행진곡〉을 흥얼거렸다.

예배당 안에는 이미 신랑 신부의 친구와 직장 관계자들이 자리
에 앉아서 담소를 나누고 있었다. 나나미와 그녀의 '가족'들에게
는 앞줄의 좋은 좌석이 마련되어 있었다. 유스케는 계속 고개를
숙인 채였는데 눈이 충혈되어 있었다. 우는 것처럼 보였지만 사실
은 웃음을 꾹 참고 있었다.

"그만해. 나까지 웃음이 나오려고 하잖아!"

기요미가 유스케를 손가락으로 쿡 찔렀다. 엄마 가쓰요는 안절
부절못했고, 아빠 겐지로는 십자가를 뚫어지게 바라보며 중얼중
얼 혼잣말을 했다. 기요미가 나나미의 무릎을 찌르며 한 곳을 가
리켰다. 쳐다보니 아무로가 가짜 친척과 즐거운 듯 이야기하고 있
었다.

"아무로 혼자서 연기하는 거야."

잘 보니 확실히 두 사람은 대화를 나누는 것처럼 보였지만, 상
대방은 한마디도 안 하는데 아무로는 고개를 끄덕이거나 웃고 있
었다.

"지루해서 놀고 있는 거지. 위험하게. 저러다 들키면 어쩌려고."

오르간 연주를 시작으로 드디어 예식이 시작되었다.

신랑이 천천히 입장했다. 나나미는 신랑의 이름을 외우고 말았다. 깃카와 소타로. 이번에 우리에게 일을 의뢰한 사람이었다. 그렇게 생각하니 그가 대단한 사람처럼 느껴졌지만, 자신도 그와 같은 입장이었던 기억이 떠오르자 가슴이 답답해졌다.

분명히 바늘방석 위를 걷는 기분이겠지? 동정을 금치 못했다.

다음으로 신부가 아버지의 팔짱을 끼고 입장했다. 결혼 서약과 반지 교환, 그리고 신부에게 키스. 예식이 끝나고 꽃가루와 샴페인 세례를 받으며 신랑 신부가 퇴장했다. 예배당의 문 앞에서 신부가 부케를 던졌다. 여성들이 손을 뻗어 잡으려고 했지만 정작 그 부케를 받은 사람은 대리 출석한 여성이었다. 매우 기뻐하는 그 여성에게 진짜 출석자들이 웃으며 박수를 쳐 줬다.

신성모독.

나나미에게는 종교가 없었지만 예배당의 가운데에 놓인 십자가를 돌아보지 않을 수 없었다.

하느님, 모든 것을 보고 계시다면 이 어리석고 불쌍한 자들을 부디 불쌍히 여기시고 용서해 주세요. 그냥 웃어 주세요.

"소타로 군과 마이 양의 결혼을 축하드립니다! 오늘 깃카와 집안과 요시카와 집안의 경사스러운 결혼식에 참석해 주셔서 대단히 감사합니다. 또한 양가 친척 여러분들, 진심으로 축하드립니다. 좀 전에 소개드렸는데, 저는 소타로 군이 근무하는 주식회사 가에키 엔지니어링의 영업부 부장인 하세가와 쇼조라고 합니다.

내빈 여러분을 제쳐두고 심히 외람되오나 축사 한마디를 올리겠습니다."

피로연에서 가장 먼저 축사에 나선 이 하세가와 쇼조라는 상사도 아침부터 줄곧 함께 있던 대리 출석자였다. 언뜻 보면 수수한 남성이었지만, 말을 시작하자 마치 아나운서처럼 쩌렁쩌렁하고 시원한 미성을 지닌 사람이었다.

"소타로 군은 아직 스물여덟 살이지만, 이례적으로 영업부 제3영업과의 과장 자리에 초고속 승진을 이룬 최고의 젊은 기대주입니다. 소타로 군은 영어는 말할 것도 없고, 중국어, 말레이어 등 탁월한 어학 실력을 살려 해외 사업의 기둥으로서 영업 실력을 유감없이 발휘하여 이제는 우리 회사에 없어서는 안 될 인재가 되었습니다. 그 뛰어난 능력뿐만 아니라 소타로 군의 가장 큰 무기는 한 번 결정하면 끝까지 처리하는 실행력입니다."

기요미가 나나미의 귀에 속삭였다.

"신랑 쪽 사람들, 본인 빼고 다 가짜야."

나나미는 깜짝 놀라서 주위를 둘러봤다. 자리에 놓여 있는 좌석표와 조합해 보니 확실히 신랑 쪽은 아침부터 계속 함께 있었던 '동료'로 채워져 있었다. 낯선 사람이 한 명도 없었다.

"이 신랑은 어떤 사람일까?"라고 기요미가 말했다.

"누가 알겠어요?" 나나미도 귓속말을 했다.

하세가와 쇼조의 축사가 이어졌다.

"인도네시아 칼리만탄에 LNG 브랜드를 설립했을 때, 이 어려운 사업을 그토록 짧은 기간에 달성할 줄은 아무도 예상하지 못했습니다. 정말로 믿음직스러운 부하 직원을 얻어서 자랑스럽게 생각합니다."

"이 남자, 인도네시아에 현지처라도 있는 거 아냐?"

기요미가 중얼거렸다. 주위에 들리지 않을까 나나미는 조마조마했다. 축사는 계속되었다.

"신부 마이 양은 오늘 처음 뵈었는데, 매우 친절하고 성실한 분으로 보였습니다. 일의 성격상 일 년에 반 이상은 해외로 출장을 가야 해서 마이 양과 함께 지내는 시간이 한정적일 수도 있지만, 그만큼 영원히 신선하고 새로운 가정을 꾸릴 수 있을 거라 생각합니다."

"내가 뭐랬어. 신혼인데 일 년에 반은 별거 생활한다잖아."

기요미의 해설을 들으며 축사를 들었더니 그런 식으로 생각할 수밖에 없었다.

"마이 양이라는 좋은 반려를 얻은 소타로 군이 앞으로도 활약하는 모습을 기대합니다. 두 사람의 앞날에 밝은 미래가 있기를 바라며 축사를 마치겠습니다. 소타로 군, 마이 양, 결혼을 진심으로 축하합니다!"

"밝은 미래는 무슨, 그런 게 있겠냐!"

"기요미 씨, 그만해요. 이제 그만하세요."

신랑 신부가 옷을 갈아입으러 퇴장하자 피로연장이 갑자기 웅성거리기 시작했다. 환담을 나누는 시간이다. 아무로도 맥주와 와인 병을 양손에 들고 각 테이블을 돌다가 나나미 쪽으로 찾아왔다.

"맥주 드릴까요? 와인도 있습니다."

"고마워요. 그럼 와인 주세요."

"부동산에는 가 보셨어요?"

"아니요, 아직 안 가 봤어요."

"같이 가 드릴까요? 부동산 중개업을 하는 지인이 그 근처에 있
거든요. 그 동네 근처면 된다고 했죠?"

"네. 근데 딱히 그 동네가 좋아서 있는 건 아니에요."

"멍하니 걷다 보니 그곳에 다다른 거군요?"

"네."

"운명일 수도 있어요. 나중에 다시 얘기하죠."

아무로는 기요미의 곁으로 갔다. 그러자 기요미는 아무로에게
귓속말을 했다. 질문하는 건가? 아무로는 스마트폰을 꺼내서 뭔
가를 확인한 다음, 피로연장을 둘러보더니 기요미에게 뭐라고 대
답했다. 마지막에는 기요미에게 사과라도 하는 태도로 자기 자리
로 돌아갔다. 기요미가 웃으면서 나나미의 옆에 바짝 다가왔다.

"저 녀석은 말하는 내용과 행동이 너무 차이가 나서 웃겨 죽겠
어! 페이크 기술도 정도껏 써야지! 그보다 저 신랑, 역시 엄청나.
부인이 있는 사람이래."

"네? 무슨 말이에요?"

"따로 가족이 있다나 봐. 중혼이라는 거지. 진짜 부인이랑 가족,
친척, 친구, 직장 사람들이 이 남자가 여기서 결혼식 올리는 걸 아
무도 모른대."

"그런 건 범죄 아니에요?"

"범죄지."

"말도 안 돼!"

"당연히 안 되지!"

두 사람은 무심코 소리 높여 웃었지만, 환담을 나누는 목소리에 감쪽같이 묻혀서 돌아보는 사람은 아무도 없었다.

잠시 후 신랑 신부가 옷을 갈아입고 돌아왔다. 피로연장은 기무라 가에라의 〈Butterfly〉와 박수 소리로 가득 찼다.

기요미가 나나미의 귀에 얼굴을 가까이 가져갔다.

"근데 어찌 보면 훌륭한 남자네. 진짜 가족도 버릴 생각이 없는데다 이 가족까지 책임지겠다는 거니까. 오늘부터 이중 생활해야하잖아. 몸이 버텨낼까? 돈도 많이 들 텐데 생활이 되려나?"

"글쎄요. 모르죠."

기요미는 갑자기 자리를 뜨더니 옆 테이블에 앉아 있는 아무로에게 달려가서 뭔가를 물어본 후 다시 돌아왔다. 그리고 또 나나미에게 귓속말을 했다.

"장난 아니야. 신부도 아무것도 모른대."

"정말이요?"

"역시 대단한 남자야."

"그렇게 생각해요? 전 형편없어 보이는데요."

"물론 형편없는 남자지."

"진실을 털어놓지 못해서 이 상황까지 온 걸 수도 있죠."

기요미는 갑자기 웃기 시작하더니 그칠 줄 몰랐다. 당연히 주위 사람들이 뒤돌아봐서 나나미는 그만 고개를 숙이고 말았다.

"그럼 저 남자가 지금 엄청나게 곤란하다는 거야? 너무 웃겨!"

"제가 이상한 소리를 했나요?"

아무것도 모르는 신부는 시종일관 친절한 미소를 띠고 있어서 나나미는 그 모습을 차마 볼 수 없었다. 이 두 사람에게 과연 멋진 미래가 기다리고 있을까? 그렇게 생각하니 자신의 불행도 겹쳐져서 나나미는 이 신부의 행복을 간절히 빌었다.

14

립반윙클

피로연이 끝나자 나나미를 비롯한 가짜 하객들은 줄을 서서 신랑 신부에게 인사하고 답례품을 받은 후 결혼식장에서 나왔다. 이것으로 오늘의 아르바이트는 끝이었다. 로비에서 아무로가 신랑 측의 친척들에게 뒤풀이 장소를 안내했다. 실제로는 존재하지 않는 뒤풀이였다. 나나미를 비롯한 사람들은 가는 척만 하면 됐다. 한쪽에서 신랑 신부가 함께 참석하는 파티는 실제로 존재했다. 친구 관계를 연기한 대리 출석자는 그 파티에도 참석해야 했다. 오히려 그 자리가 더 중요했다. 신부 측 하객과 직접 대화를 나눌 기회가 단번에 늘어나기 때문이다. 그 파티는 새로운 사랑이 싹트는 자리기도 했다. 그래서 친구 관계자에는 연기력이 뛰어난 사람들이 기용된다고 기요미가 알려 주었다.

　다섯 명의 가짜 가족은 끝까지 가족답게 행동하며 함께 결혼식장에서 나왔다. 유스케가 뒤를 몇 번씩 돌아보며 아무도 따라오지 않는 것을 확인한 후, 더 이상 참지 못하고 턱이 빠질 듯한 기세로 폭소를 터뜨렸다.

　"아하하하하하하하. 숨을 못 쉬겠어!"

　"수명이 줄어드는 줄 알았네. 넌 어찌 그리 웃을 수 있는 거야?" 아빠 겐지로가 말했다.

　"긴장이 풀려 그래요."라고 말하는 엄마 가쓰요였다.

　"다 같이 맥주라도 한 잔씩 마시고 돌아가는 건 어때요?"

　기요미의 제안에 모두가 찬성했다. 일행은 요쓰야에 있는 고깃집으로 향했다. 답례품이 든 흰 종이봉투를 의자 옆에 각각 놓고, 예복 차림으로 테이블에 둘러앉은 모습은 결혼식에 다녀오는 가족처럼 보였다.

　"우와, 게이오? 좋은 대학교에 다니고 있군요." 아빠가 아들에게 말했다.

　"별말씀을요."라며 쓴웃음을 짓는 아들.

　"사진 동아리라고 했죠?"라는 엄마.

　"네."라는 아들.

　"그럼 다음에 내 사진 좀 찍어 줘요!"라는 언니.

　"죄송해요. 저는 풍경 사진을 전문으로 찍거든요."라는 아들.

　"아직 새파랗게 젊은데 풍경 사진으로 성이 차요?"라는 엄마.

　"어머니, 그게 무슨 뜻이에요?"라는 아들.

엄마는 얼굴이 빨개져서는

"미안해요. 벌건 대낮에 내가 무슨 말을 한 건지."

"뭐 어떻습니까? 뒤풀이잖아요. 마음 놓고 즐기자고요!"라고 말하는 아빠에게

"아버지, 진짜 가족은요?"라고 아들이 묻자,

"실은 독신입니다."라고 아빠가 대답했다.

"말도 안 돼! 이혼했어요?"라는 장녀.

"아니요, 미혼입니다."라는 아빠.

"어머, 저도 미혼이에요."라는 엄마.

"세상에! 두 분 다 여태껏 뭘 하셨어요?"라는 장녀.

"이것도 인연인데 어떻습니까? 결혼할까요?"라고 남편이 아내에게 말했다.

"어우, 됐어요. 결혼이라니 무리예요."라고 아내가 남편에게 말했다.

"그렇습니까? 그래도 노력해 보는 건 어떻습니까? 아하하하하!"라고 남편이 아내에게 말했다.

결혼식에 다녀온 것처럼 보이는 가족이 경어로 대화를 나누며 서로의 신상을 물어보고 있다. 이 이상한 광경을 보고 옆 테이블에 있던 커플도 의아하다는 듯한 표정을 지었다.

"기요미 씨는 무슨 일을 하시나요?" 유스케가 물었다.

"저요? 저는 진짜 여배우예요. 배우 생활한 지 10년쯤 됐는데 아직도 무명 배우죠."

"어떤 작품에 출연했는데요?"

"연극이 많은 편이죠. 나머지는 다 시시한 일뿐이고. 가스미는?"

"저요? 지금은 아르바이트를 하면서 근근이 살아요."

가스미를 연기한 나나미는 망설이며 대답했다.

"그래도 신기하지 않아요? 왠지 모르게 진짜 가족 같은 기분이 들어요." 유스케가 진지하게 말했다.

"맞아요! 어쩐지 신기하네요."라는 아빠.

"오래 기다리셨습니다!"

점원이 나나미의 레몬맛 탄산주를 가져왔다. 모두 이 술이 나오기를 기다리고 있었다. 각자 거품이 조금 줄어든 맥주잔을 들었고, 나나미는 레몬맛 탄산주를 손에 들었다.

"건배!"

극도로 긴장한 후인 만큼 알코올이 온몸에 스며들었다. 가짜 가족은 신기한 행복감에 사로잡혔다.

술집을 나오니 해는 이미 졌지만 하늘은 아직 밝았다. 노을빛으로 물든 요쓰야 역에서 가짜 가족은 해산했다. 헤어지기가 서운해서 서로 껴안기를 반복했다. 옆에서 보면 엄청 사이가 좋은 가족이나 해외에서 오래 생활한 가족 같았다. 그들과 헤어진 나나미는 신주쿠 역으로 향했다. 조금 걷고 싶었다. 이대로 돌아가기가 조금 아쉬웠다. 술을 조금 마신 탓도 있지만 오랜만에 발걸음이 가벼웠다. 별난 아르바이트이기는 했지만 마음이 후련해져서 다행이었다. 아무로에게 고맙다고 해야겠다. 육교를 홀로 건너는데 갑자기 기요미가 나나미의 팔에 매달렸다.

"같은 방향이네?"

"그렇군요. 기요미 씨는 집이 어디에요?"

"그 이름은 그만 불러 줄래? 일 끝났잖아."

"하긴 그렇네요. 진짜 이름은 뭔가요?"

"난 사토나카 마시로야."

"사토나카 씨라고 부를까요, 아니면 마시로 씨?"

"마시로라고 불러."

"전 나나미예요. 미나가와 나나미."

"미나가와 씨는 뭐라고 불러 줄까?"

"미나가와든 나나미든 상관없어요."

"그럼 미나가와라고 부를게. 아니야, 역시 나나미가 좋겠어! 트위터 계정 있어? 아, 라인은?"

"전 플래닛을 이용해요."

"우와, 마이너 취향이네. 나도 계정 갖고 있으니까 친구 맺자."

"네."

두 사람은 서로 QR 코드를 스캔한 뒤, 전송된 계정을 승인했다. 마시로는 자신의 스마트폰을 노려보며 화면에 보이는 나나미의 계정을 읽었다.

"캄파……넬……라. 캄파넬라 님, 어디서 술 한 잔 더 할까?"

"좋아요!"

"가자! 캄파넬라 님!"

"그냥 나나미가 좋아요. 나나미라고 부르세요."

마시로는 택시를 잡고 먼저 올라탔다. 뒤이어 타는 나나미에게

"나나미는 집이 어디야?"

"저는 오타 구 가마타에서 지내요."

"그럼 그 근처가 좋아?"

"아무데나 괜찮아요."

"시부야는 어때?"

"좋아요!"

"도요코 선 이용해?"

"도요코 선을 이용하지는 않지만 괜찮아요."

두 사람을 태운 택시는 시부야로 향했다. 도겐자카의 파출소 앞에서 내린 두 사람은 꽤 오래된 재즈 바를 발견하자 무작정 들어가 봤다. 가게는 협소했는데 그랜드피아노만 유난히 근사해 보였다. 수수해 보이는 초로의 남성 피아니스트가 케케묵은 재즈를 연주했다. 두 사람은 카운터 구석에 앉았다.

"모히토 좋아해?"

"뭔지 몰라요."

"맛있어. 한 번 마셔 볼래?"

"네."

마시로는 점원에게 모히토 두 잔을 주문했다.

"여자 친구와 술을 마시는 건 오랜만이에요."

"그래?"

나나미는 친구를 떠올려 봤다. 그 애의 이름이 뭐였더라? 술이 취해서 잘 생각나지 않았다.

"아, 니타도리였지. 니타도리."

"니타도리?"

"같은 대학교에 다녔던 친구예요. 마지막으로 함께 술을 마신 여자 친구죠."

"친했구나?"

"별로 안 친했어요."

"그렇구나."

"니타도리는 잘 지내려나. 지금은 무슨 일을 하고 있을까? 여자 둘이서 마시는 건 그 애와 마신 이후로 처음이에요. 결혼한 후에는 좀처럼 그럴 기회도 없었고."

"어머? 결혼했어?"

"아니요, 이혼했어요. 지금은 혼자예요."

"뭐? 왜 이혼했어?"

"묻지 마세요. 아직 상처가 하나도 아물지 않았거든요."

"그런 거야?"

"네."

"그래도 뭐 실컷 놀 수 있잖아?"

"아니, 그렇지도 않아요."

점원이 두 사람에게 "노래하시겠어요?"라며 말을 걸었다. 주위를 둘러보니 가게에 손님이 두 사람뿐이었다.

"재즈 같은 건 못 불러요."라고 마시로가 불평하자,

"재즈가 아니라도 괜찮습니다. 록이든 트로트든 좋아하는 노래를 부르세요."

점원은 태블릿을 터치해서 건네줬다. 그것으로 노래를 검색하라는 뜻이었다.

"요즘은 뭐든지 스마트폰이나 컴퓨터로 다 되는구나."라는 마시로.

"10년이 지나면 또 전혀 본 적도 없는 물건을 사용하지 않을까요?"라는 나나미.

"과연 어떻게 될까?"

마시로는 짓궂게 "점원 아저씨가 절대로 알 수 없는 노래를 골라야지!"라며 나나미가 들어도 가수와 제목을 전혀 알 수 없는 노래를 주문했다. 점원은 "그 노래가 있을지 모르겠네요."라고 난처한 표정을 지으면서 곡명을 태블릿에 입력했다.

"아, 있네요!"

점원은 그 태블릿을 피아니스트에게 들고 갔다. 피아니스트는 태블릿을 악보대 위에 올려놓고 연주를 시작했다.

점원이 마이크를 마시로에게 건넸다.

"말도 안 돼! 진짜 인기 없는 노래였는데."

피아노에 맞춰서 마시로가 노래를 불렀다. 태블릿에는 가사와 악보가 보였다. 피아니스트는 그걸 보면서 능숙하게 연주했다.

"노래가 사이트에 있기만 하면 피아니스트 본인이 그 노래를 몰라도 연주할 수 있다더군요."

점원이 설명했지만 마시로는 그 구조를 이해하지 못해서 계속 신기하게 생각했다.

나나미도 한 곡 부르라고 해서 모리타 도지의 〈우리의 실패〉를 불렀다.

봄날의 나뭇잎 사이로 비치는 햇살 속에서 너의 다정함에
묻혀 있던 나는 겁쟁이였어
너와 이야기를 나누다 지쳐서 어느새 입을 다물었지
스토브 대신 전열기가 빨갛게 타오르고 있었어
지하의 재즈카페 변하지 않은 우리가 있었지
악몽처럼 시간이 나를 스치며 지나가네
나 홀로 남은 방 안에서 네가 좋아하던
찰리 파커를 발견했지 너는 나를 잊었을까
망가진 나를 보면 너도 깜짝 놀라겠지
그 애는 여전히 잘 지내고 있을까 이미 다 지난 일이지만
봄날의 나뭇잎 사이로 비치는 햇살 속에서 너의 다정함에
묻혀 있던 나는 겁쟁이였어

분위기가 완전히 숙연해졌다. 그래도 이런 고요함이 나쁘지 않았다. 기상천외했던 오늘 하루의 피로가 풀렸다. 그 분위기를 깨지 않으려는 듯이 마시로는 〈아무것도 없었던 것처럼〉이라는 노래를 선택했다.

어제의 눈보라는 춤추다 지쳐
정원을 덮고 조용히 빛나고 있네
늙은 셰퍼드가 멀리 떠나는 날
마른 몸을 바람이 떨게 만들었지
사람은 잃어버린 것을

가슴속에 아름답게 새길 수 있기에
언제나 언제나
아무것도 없었던 것처럼 내일을 맞이하지

참된 빛으로 가득 찼을 때가
언제인지는 지나간 후에야 알 수 있어
누군가가 문 앞에서 위로해도
다 잊었다고 대답할 수 있겠지
사람은 잃어버린 것을
가슴속에 아름답게 새길 수 있기에
언제나 언제나
아무것도 없었던 것처럼 내일을 맞이하지

마시로의 노래 실력은 평범했지만 사람을 끌어당기는 매력이 있었다. 노래를 마친 마시로에게 나나미는 박수를 보냈다.

"멋진 노래네요."

"전에 누가 이 노래의 링크 주소를 보내줬어. 여러 번 들었더니 노래를 외웠지."

"이건 마쓰토야 유미가 결혼 전 아라이 유미로 활동했을 때 발표한 곡인데, 네 번째 앨범인 《14번째 달》에 수록된 노래입니다."

피아니스트가 알려 주었다.

"《14번째 달》이라……." 나나미가 물었다. "12월의 다다음 달을 말하는 건가요? 2월?"

"아니요, 보름달에서 14번째에 오는 달이라는 의미입니다. 신월이라는 뜻이죠."

"신월? 신월이 뭐야?" 마시로가 말했다.

"초승달도 아닌 새카만 달을 말하는 거죠?" 나나미가 물었다. 피아니스트는 고개를 끄덕이며 말했다.

"다음 날 밤부터 이지러져 가는, 다시 말해 사라져 가는 보름달보다 앞으로 점점 커질 신월이 좋다는 노래입니다."

"오래된 노래였군요."라는 마시로. "최근에 나온 노래인 줄 알았어요."

"아, 그럴 때가 있죠."

"맞아요."

가게에서 나올 때, 마시로가 계산하려고 했지만 나나미는 각자 부담하자며 한 치도 양보하지 않았다. 처음 만난 사람에게 얻어먹을 수 없었다.

재즈 바에서 나온 두 사람은 시부야역을 향해 걸었다. 모처럼 아르바이트를 했는데 술집과 재즈 바에서 생긴 지출로 오늘은 적자였다. 아무렴 어때. 이런 날도 있어야지.

술에 취해 비틀거리며 걷던 마시로가 뒤를 돌아봤다.

"어라? 답례품이 어디 갔지?"

확실히 둘 다 답례품이 든 흰 봉투를 들고 있지 않았다.

"어디에서 잃어버렸지? 아까 갔던 바에 놓고 왔나?"

"찾으러 갈까요?"

"됐어, 됐어. 버리는 신이 있으면 줍는 신도 있다고 하잖아."

마시로는 계속 앞으로 걸어갔다. 따라가지 않으면 놓칠 듯했다.

"사람들 정말 많네." 마시로가 말했다.

"여긴 도쿄니까 더 그렇죠."

나나미는 비틀거리며 어떻게든 마시로를 쫓아갔다.

"여기서 한두 명쯤 사라져도 모를 거야."

"맞아요."

"집이 어디였지? 가마타였나? 바래다줄까?"

"어떻게 바래다주려고요?"

"택시가 있잖아."

"안 돼요. 돈 아까워요."

"괜찮아. 그 정도쯤이야."

마시로는 택시를 잡으려고 사거리에서 차도로 몸을 쑥 내밀었다. 나나미의 뒤에서 누군가 갑자기 어깨를 두드렸다.

"손님! 이걸 두고 가셨어요!"

뒤를 돌아보니 재즈 바의 점원이 흰 답례품 봉투를 양손으로 안고 있었다.

"정말 고맙습니다!"

봉투를 받고 인사를 하는 사이에 나나미는 마시로를 놓쳤다.

"어? 어디로 갔지? 마시로 씨, 어디에 있어요? 답례품 가지고 가셔야죠!"

사방을 둘러봐도 마시로의 모습은 보이지 않았다. 나나미는 스마트폰을 꺼내서 아까 등록한 계정으로 메시지를 보냈다.

@캄파넬라

　마시로 씨, 지금 어디에 있어요?

　나나미는 다시 한 번 주위를 둘러봤지만, 역으로 향하는 사람들이 너무 많아서 역시 찾기 힘들어 보였다. 나나미는 다시 스마트폰을 확인했다. 그리고 다시 한 번 마시로의 계정을 읽었다.

　"립……반……윙클…….."

　'립반윙클'은 미국의 소설가 워싱턴 어빙의 단편소설이었다. 립반윙클이라는 남자가 어느 날 숲 속에서 길을 잃고 헤매다 낯선 사람들과 술을 나눠 마시는 사이에 잠이 들었는데, 잠에서 깨어 보니 주위에는 아무도 없었다. 집에 돌아왔더니 미국이 영국으로부터 독립했고 아내는 이미 죽었으며 자식들은 어른이 되어 있었다. 그가 잠들어 있는 동안 20년의 세월이 지났다고 하는, 우라시마 다로(거북을 구해준 어부가 용궁에서 환대를 받고 3일 후에 집에 돌아와 보니 지상에서는 300년의 세월이 지나가 있었다는 일본 전래 동화-옮긴이)와 비슷한 내용의 이야기다.

　"립반윙클."

　나나미는 다시 한 번 읊조렸다.

　그러고 보니 오늘은 마치 립반윙클과 같은 하루였다. 낯선 결혼식에 참석해서 처음 보는 사람들과 술잔을 나눴다. 내일 잠에서 깼을 때 20년이 지난 후의 세상이면 어떡하지? 과연 어떤 세상일까? 이 스마트폰은 계속 쓸 수 있을까?

　나나미는 일단 마시로에게 메시지를 보냈다.

@캄파넬라

고마웠어요. 잘 자요. 립반윙클 님.

    다음 날 아침, 다시 한 번 플래닛을 확인해 봤지만 립반윙클에게서 답장은 없었다. 나나미가 보낸 메시지도 읽지 않음 상태였다. 플래닛이 마이너 취향의 SNS라는 점을 새삼 깨달았다. 플래닛 자체를 실행하지 않으면 어제 보낸 메시지는 영원히 도착하지 않는 걸까? 플래닛 이용자로서는 외로울 뿐이었다.

15
가정부

아르바이트를 시작한 지 보름 정도 지나자 호텔 청소도 꽤 익숙해졌다. 나나미는 몸을 움직이는 일이라서 다행이라고 생각했다. 방에 틀어박혀 우울하게 지냈으면 어떻게 됐을까?

손님이 드나드는 모습을 보고 있으면 때때로 이상한 경우가 있었다. 어떤 방에 직장인으로 보이는 남성이 들어간다. 잠시 후 애인인 듯한 여성이 찾아와서 방에 들어가려고 하지만 그냥 돌아갔다. 그러자 또 다른 여성이 그 방에 노크를 하는데, 이번에는 방으로 들어간다. 이 광경을 이상하다는 듯이 보는 나나미에게 다카다 가쓰코가 설명해 줬다.

"그건 출장 접대야."

"출장 접대요?"

"유흥업소에서 보내는 거야. 첫 번째는 못생겨서 퇴짜를 놓았나 보네. 사람 바꾸라고. 그래서 이번에는 좀 더 괜찮은 여자를 보낸 거지."

출장 접대라는 말을 들어본 적은 있지만 구체적으로 방 안에서 무슨 일을 하는 걸까? 나나미는 그런 지식이 전혀 없었다. 잠시 후 그 방에서 이상한 소리가 들려왔다.

"매춘이에요?"

"표현이 좀 그렇지만 맞아."

가끔은 나이가 많은 여성이 방에 들어가는 경우도 있었다.

"그 분은 아니죠?"

"그 사람도 맞아."

"거짓말 아니에요? 그런 나이 많은 분도 매춘을 해요?"

"나이가 많으니까 매춘이라기보다 매추(賣秋)라고 해야겠지. 전화 한 통으로 모르는 상대를 찾아가야 하니까 강단이 엄청 셀 거야. 난 절대로 못해."

다카다 가쓰코는 쓴웃음을 지었다.

그러나 그렇게 말하는 다카다도 밤이 되면 다른 동네에서 매춘을 한다고 호텔 직원인 하타노 씨가 말했다. 나이가 나이인 만큼 미팅 사이트에 직접 글을 올려 패밀리 레스토랑에서 만나기로 해도 거의 바람을 맞아서 그녀의 경우에는 한 달에 한 명이라도 건지면 다행이라고 했다. 아르바이트로는 적합하지 않았다.

"다카다 씨 본인은 애인 찾기라고 큰소리를 치는데, 애인이면 애인, 일이면 일, 명확하게 구분하지 않는 점이 가장 나빠."라고 하타노 씨가 말했다. 이런 하타노 씨도 사실은 원조교제를 한다며 또 다른 직원인 고타니 씨가 말했다. 원조교제는 미팅 사이트에서 연애 상대보다는 성매매만을 목적으로 하는 만남을 뜻한다고 한다. 하타노 씨의 원조교제 경력은 10년 이상으로 이 호텔에서 모르는 사람이 없다고 했다. 하타노 씨는 이 사람 저 사람 할 것 없이 나쁜 소문을 퍼뜨리는 버릇이 있었는데, 아마 전부 자신의 경험담이고 기계 조작이 서투른 다카다 씨는 애초에 미팅 사이트를 이용하는 법조차 모를 거라는 게 고타니 씨의 의견이었다.

"너도 조만간 하타노 씨가 이상한 소문낼 수 있어."

얼마 후, 고타니 씨의 충고보다 더 심각한 사건이 일어났다. 어느 날 밤, 누가 나나미의 방문을 노크해서 문을 열자 낯선 남성이 서 있었다. 그리고 느닷없이 이렇게 말했다.

"괜찮아? 들어가도 돼?"

"네?"

"얼마야?"

"뭐라고요?"

나나미는 당황해서 문을 닫았다. 문의 렌즈 구멍으로 엿보니 기분 나쁜 듯이 떠나가는 남자의 뒷모습이 보였다.

다음 날 아침, 나나미는 지배인에게 지난밤에 일어난 일에 대해 이야기했다.

"아마 하타노 씨가 그런 게 아닐까?"

"하타노 씨가 뭔데요?"

"아니, 손님을 보냈잖아."

"손님……."

"괴롭히는 거겠지."

"괴롭히는 거라니요? 왜요?"

"모르지. 아무한테나 다 그러는 걸. 특히 너는 여기서 숙박하고 있으니까. 조심하는 게 좋아."

아직 이곳에 온 지 한 달도 지나지 않았는데 성가신 일이 생겨서 나나미는 우울해졌다.

"시간제 아르바이트고 단순한 일이니까. 평범하게 열심히 일하고 집에 돌아가면 좋잖아. 그런데 종종 일부러 인간관계를 복잡하게 만드는 사람이 있어. 질투나 애증 같은 걸로 시끄럽게 만든다고. 동업자한테 물어보면 자기네는 전혀 그런 일이 없다고 하는 곳도 있다고. 우리 호텔의 풍수지리가 나쁜 걸까? 하타노 씨는 약과야. 전에는 더 지독한 사람이 있었어. 지금은 관뒀지만."

"그런가요?"

"관두고 싶어졌어?"

"아니요. 애써 얻은 일자린데 열심히 하겠습니다! 잘 부탁드려요."

"뭐든지 나한테 말해. 나쁘게는 하지 않을 테니."

그러자 뒤에서 다카다 가쓰코가 나타났다.

"지배인이 그런 식으로 젊은 애들한테 사족을 못 쓰니까 원조교제녀한테 당하는 거라고요."

"원조교제녀라니 종업원끼리 그렇게 부르지 마."

"다카다 씨도 하타노 씨한테 미움을 샀나요?"

"너도 참 직설적으로 말하는구나."

"죄송해요."

그러나 이런 두서없는 대화를 나눌 때마다 나나미는 어딘지 이 직장의 일원이 된 듯했다. 그리고 그 느낌을 소소한 행복이라고 여겼다.

저녁 무렵, 편의점에 갔다가 돌아온 나나미를 아무로가 기다리고 있었다.

"나나미 씨! 장을 보고 오셨군요. 저녁밥인가요?"

아무로는 나나미가 들고 있는 봉투를 가리켰다.

"네. 지난번에는 정말로 고마웠어요. 또 일이 생기면 불러 주세요."

"별말씀을. 그 아르바이트가 마음에 드셨나요?"

"글쎄요. 충격은 있었어요. 그래도 일을 고를 처지가 아니라서. 아무튼 앞으로도 잘 부탁드려요."

"그렇습니까? 다행일지도 모르겠네요. 부동산에는 가 보셨나요?"

"아니요, 아직 안 갔는데. 지금이라면 시간 있어요."

"마침 잘됐네요."

"네?"

"다른 아르바이트가 있어요."

"무슨 아르바이트죠? 제가 할 수 있는 일인가요?"

"가정부예요. 입주 가정부."

"가정부?"

"입주니까 집세도 필요 없고 여기보다 보수도 훨씬 좋아요. 한 달에 백만 엔입니다."

"배, 백만 엔이요?"

나나미의 목소리가 높아졌다.

"어떠세요?"

"근데 뭘 하면 되나요?"

"가정부니까 집안일 전반이죠. 청소나 빨래 같은 일이요."

백만 엔짜리 가정부. 전혀 이미지가 떠오르지 않았다.

"〈밀리언 달러 베이비〉라는 영화가 있었죠?"

"그게 왜요?"

"백만 엔이라고 하면 그 정도밖에 떠오르지 않아서."

"밀리언 달러는 1억 엔이에요. 그렇게 많은 돈은 벌 수 없다고
요. 일단 그 집에 가 보실래요?"

"글쎄요."

"차로 모셔다 드릴게요."

"그런데 지금 하는 일을 당장은 관둘 수가 없어요. 지난주에도
한 사람이 관둬서 교대 인원이 부족하거든요."

"호텔 일은 제가 정리해 놓겠습니다."

"그래도."

평소에는 미련이 없는 듯한 아무로가 이날은 무슨 일인지 여느
때와는 다르게 강압적이었다. 실랑이를 하며 두 사람은 호텔 입구
를 통과했다. 프런트의 여성이 고개를 들었다.

"어서 오세요."

아무로는 갑자기 빠른 걸음으로 나나미를 앞질러서 바닥에 쭈
그리고 앉았다. 뭔가 했더니 무릎을 꿇고 용서를 비는 자세를 취

했다.

"나나미, 이렇게 빌게. 내가 잘못했어! 집으로 돌아와!"

"뭐하는 거예요?"

안에서 지배인이 나왔다. 아무로는 일어나서 지배인의 어깨에 매달렸다.

"집사람이 신세를 많이 졌습니다. 지금 당장 체크아웃 부탁드립니다. 아르바이트 직원은 다른 사람을 보내 드릴 테니 오늘로 정리해 주세요."

아무로는 지갑을 열어서 카운터의 트레이 위에 만 엔짜리 지폐를 한 장씩 쌓아갔다.

"거스름돈은 신경 쓰지 마세요."

"이걸로 충분하니 그만하세요."

지배인은 양손을 머리 위로 들고 정중히 고개를 숙였다. 이런 강제적인 방법으로 아무로는 나나미의 신병을 인수했다. 나나미는 그저 멍하니 보는 수밖에 없었다. 이렇게 된 이상 나가는 것 외에는 방법이 없었다. 아무로는 나나미에게 짐을 꾸리게 했다.

"아무로 씨! 이건 너무 강제적이에요!"

"죄송합니다. 시간이 걸릴 것 같아서요. 하지만 가정부 일을 안하겠다고 하셔도 곤란하고."

"그렇긴 하지만 아직 하겠다고 결정하지도 않았잖아요."

"그래도 이미 이곳에 일자리는 없어요. 방도 체크아웃했는 걸요."

"억지가 너무 심해요!"

"인생은 기상천외한 일이 일어나야 재밌다니까요."

"아무로 씨, 지나치게 기상천외하잖아요."

아무로는 두 개의 큰 여행 가방을 가볍게 옮겨서 자신의 차 트렁크에 실었다. 나나미는 다카다와 지배인, 남아 있던 직원들에게 작별인사를 했다.

"여러모로 신세를 많이 졌습니다."

"또 언제든지 와."

지배인이 친절하게 말했다.

"네! 고맙습니다!"

"행복하게 잘 살아!"

그렇게 말하는 다카다 씨는 눈물을 글썽였다.

"네!"

나나미도 눈물 지었다. 참으로 좋은 사람들이었다. 나나미는 태평하게 생각했지만, 지배인이나 다카다 씨는 나나미를 애처로운 눈으로 바라봤다. 나나미는 남편으로부터 도망친 여자로, 그 남편이라는 사람은 건실해 보이지 않았다. 애써 도망쳤는데 붙잡혀서 앞으로 어떤 벌이 기다리고 있을까? 지배인과 다카다 씨를 비롯한 직원들의 머릿속에는 이런 스토리가 펼쳐졌을 것이다. 무리도 아니다. 유흥업소가 즐비한 이 동네에서는 이런 상황이 흔했다.

아무로의 차는 환상 8호선을 타고 북쪽으로 달려 요가에서 수도 고속도로로 진입했다.

"아무로 씨, 보이스피싱 하면 잘할 것 같아요."

"하하하, 제 생각도 그래요. 이번에는 거액의 일자리라서 어쩔 수 없었습니다. 이 일을 놓치면 저도 솔직히 손실이 커서 필사적이었어요."

"제가 일을 맡으면 아무로 씨도 돈을 버나요?"

"당연하죠. 그런 일이니까요."

"그럼 조금이나마 은혜를 갚는 거네요. 근데 제가 도움이 될까요?"

"걱정하지 마세요."

"한 달에 백만 엔이라니. 어떤 식으로 청소를 해야 할까요?"

나나미는 한숨을 쉬었다.

"근데 어디까지 가는 거예요?"

"조금 멀어요. 한 시간 정도 걸릴 겁니다."

"어딘데요?"

"하코네요."

"하코네요? 그렇게 먼가요?"

"멀지 않아요. 하코네 에키덴 마라톤 대회도 있잖아요? 인간이 달릴 수 있는 거리랍니다."

"그 말을 들으니 의외로 가깝게 느껴지네요."

"가까워요."

차는 하코네구치 인터체인지에서 고속도로를 빠져나왔다. 나선 모양의 산길을 20분 정도 달렸다. 커브와 숲의 틈새로 이따금 크고 아름다운 산이 보였다.

"와, 산이 참 예뻐요! 무슨 산이에요?"

"네? 후지산입니다."

"뭐라고요? 후지산이 이렇게나 가까이에 있어요?"

"가깝다기보다 크죠. 엄청나게 큽니다. 여기에서 산기슭까지 도쿄에서 가와사키까지의 거리와 비슷해요. 정상까지는 요코하마 정도가 되니까요."

"흔히 보는 후지산과 꽤 다른가요?"

"각도의 차이죠. 조금 비스듬히 보고 있으니까요."

익숙하지 않은 각도에서 보이는 후지산에는 독특한 용맹스러움과 생생함이 느껴졌다.

"이렇게 보면 후지산이 화산처럼 보이네요."

"화산입니다. 위험하죠. 언제 분화할지 모른다고요."

대화를 나누는 사이에 깊은 숲으로 들어가 후지산은 더 이상 보이지 않았다. 숲 사이사이에 때때로 별장 같은 건물의 울타리가 보였다. 이윽고 내비게이션이 '목적지 주변입니다'라고 알렸다.

"여기네요. 도착했습니다!"

녹슨 문은 열려 있는 상태로 있었다. 아무로는 그 문을 통과해서 차를 빈 공간에 주차했다. 두 사람은 차에서 내렸다.

"여기인가요?"

"네."

건물은 낡은 서양식 저택이었다. 현관까지 10단이 넘는 계단이 있었다. 두 사람은 그 계단을 올라갔다.

"여긴 뭐하는 곳이죠?"

"원래 레스토랑이었던 건물을 지금의 집주인이 사들였는데 거의 해외에서 지내는 데다 도내에도 집이 있어서 결국 쓰질 않아 계속 빈집이었다고 해요. 다시 말해 이 빈집에 그저 살아주는 게 일이에요. 좋은 아르바이트죠?"

"그렇게 조건에 딱 맞는 일이 있을 수 있나요?"

"조건에 딱 맞는 일을 찾아내는 게 제 직업이에요."

아무로가 커다란 현관문 앞에 서서 자물쇠를 열었다.

"가정부가 한 명 더 살고 있다고 들었는데. 실례합니다!"

대답이 없었다.

"없나? 들어가시죠."

그렇게 말하면서 아무로는 먼저 안으로 들어갔다. 나나미가 쭈뼛거리며 따라갔다. 집 안은 있는 대로 어질러져 있었다. 사람이 산다고는 생각할 수 없을 정도였다.

"실례합니다! 아무도 안 계십니까?"

"꽤나 어질러져 있네요."

"다른 가정부가 지금은 자리를 비운 모양이군요. 근데 이렇게 어질러져 있다니…… 어지간히 쓸모없는 가정부네요."

메인 플로어는 상태가 더욱 심각했다. 파티의 잔해와 생활 쓰레기가 몇 겹으로 쌓여 있는 모습이었다.

"아무튼 이걸 치우는 게 좋을까요?"

"그렇겠죠."

나나미는 주위를 둘러보며 어찌해야 할지 몰랐다.

"도대체 어디에서 지내면 되는 건가요?"

"아무데나 상관없어요. 아, 여기에 침실이 있네요. 이게 침실이 맞는 건가?"

메인 플로어의 한구석에 칸막이로 공간을 나눠 놓은 곳이 있었는데, 큰 소파와 침대에 비교적 사용한 흔적이 있었다. 베개와 담요가 사람이 일어난 상태 그대로였다. 옷과 화장품도 어질러져 있는 상태였다.

"여기는 누가 이미 살고 있네요. 다른 가정부인가 봐요."라고 아무로가 말했다.

2층으로 올라가 보니 침실이 두 개 있었는데, 하나는 의상실로 쓰이고 있었다. 여러 벌의 가정부 의상이 옷걸이에 걸려 있었다.

"이런 옷을 입어야 하나요?"

"글쎄요. 아무래도 상관없지 않을까요?"

가정부 의상 외에도 고급스러운 코트와 드레스를 올려놓은 선반 여러 개가 줄지어 있었다. 다 진열하지 못한 옷이 방 한구석에 산더미처럼 쌓여 있고 그 사이에 침대가 있었다. 침대 주위만은 최소한 정리해 놓은 흔적이 있었다.

"여기서 주무시라고 치워 놓은 것 같네요."라고 아무로가 말했다.

다른 침실은 기묘한 방이었다. 방의 한가운데에 침대가 놓여 있었고, 그 주위에는 모양이 다른 크고 작은 수조가 오각형 모양으로 배치되어 있었다. 몇몇 수조에는 크고 흰 해파리가 헤엄치고 있었다. 본 적 없는 물고기가 헤엄치는 수조도 있었고, 아무것도 없는 수조도 있었다. 이 방은 쓰레기가 하나도 없었다. 창문 셔터는 전부 닫혀 있었고, 수조의 조명이 묘하게 장엄하고 신성한 분위기를 감돌게 했다.

"이 해파리에게 먹이를 주는 것도 일인가?"

"그렇겠죠."

"이런 건 어떻게 해야 하나요? 누구한테 물어봐야 하죠?"

"다른 가정부가 있을 테니 자세한 사항은 그 분에게 물어보세요."

"할 일이 엄청 많네요!"

"꽤 바빠지겠군요."

"네!"

나나미는 이상하게 힘이 솟았다. 열심히 하자는 기분이 들었다.

일단 밖으로 나가서 두 사람은 차에서 여행 가방과 배낭을 꺼내 침실로 옮겼다.

"전 이제 슬슬 가 봐야겠습니다. 이건 이 근처에 있는 가게의 지도를 그려 놓은 겁니다. 걸어가면 20분에서 30분 정도 걸리려나?"

"그런 일까지 신경 안 써주셔도 괜찮아요."

문 앞에 자전거가 세워져 있었다. 열쇠도 잠겨 있지 않았고, 비를 맞아서 조금 녹슨 상태였다.

"이 자전거를 써도 되지 않을까요?"

"그렇겠네요."

"아무튼 열심히 하세요."

"아무로 씨, 여러모로 고맙습니다."

"별말씀을. 신경 쓰지 마세요. 람바랄의 친구 분이니까요."

언제나 입버릇처럼 하는 말을 남기고 아무로는 산 밑으로 되돌아갔다. 나나미는 주위를 둘러봤다.

이런 산속에서 지내다니…….

그렇게 생각하니 갑자기 불안해졌다.

집 안으로 되돌아가서 나나미는 일단 여행 가방 속에 있는 짐을 꺼냈다. 우선 자신의 생활공간을 확보해야지. 그렇게 해야 마음이 진정될 듯했다.

날이 저물자 너무나도 허전해서 불안이 공포로 바뀌었다. 이 일은 의외로 힘들지도 모르겠다. 나나미는 스마트폰의 라디오 앱으로 FM 방송국을 선택해서 틀어 봤다. 사람의 목소리가 나오자 조금은 안정을 찾았다. 배낭을 뒤지니 저녁 무렵에 물건을 산 편의점 봉투가 나왔다. 오늘의 저녁밥이었는데 순식간에 다 먹어 치웠다. 일단 오늘은 자야겠다. 잠옷으로 갈아입고 침대 속으로 들어갔다.

"우와, 기분 좋다!"

호텔의 침대에 비하면 꿈처럼 폭신폭신한 이불이었다. 하지만 어쩐지 무서워서 잠을 잘 수 없었다. 가정부 의상이 눈에 들어왔다. 내일은 이 옷을 입어야 하는 걸까?

어차피 볼 사람도 없다는 생각에 시험 삼아 입어 보기로 했다. 옷을 갈아입은 자신의 모습을 거울에 비추어 봤다. 내 모습이라고는 생각할 수 없었다. 아키하바라의 메이드카페에서 일하는 여성처럼 보였다. 나나미는 그 옷을 입은 채 침대에 누웠다. 아무로의 말이 생각났다.

"기상천외……."

이 말을 읊조리니 마치 자신이 판타지 소설의 주인공이 된 듯한 느낌이 들었다.

"기상천외."

공포가 조금 약해졌다. 이 말에는 마법 같은 힘이 있었다. 마법의 힘을 믿자고 생각하니 조금 즐거워졌다. 긴장이 풀리자 갑자기 잠이 쏟아졌다. 나나미는 가정부 의상을 입은 그대로 마법에 걸린 것처럼 깊고 깊은 잠에 빠졌다.

16
저택

　새벽녘 새들이 지저귀는 소리는 도시와 비교할 수 없을 정도로 떠들썩했다. 마치 들새의 낙원 같았다. 나나미는 무심코 잠에서 깼지만 몸이 움직이지 않았다. 집을 나온 후부터 계속된 긴장과 피로감이 이곳에서 단번에 사라진 것일지도 몰랐다. 다시 잠에 빠졌다.

　방 안으로 아침 햇살이 들어와도 나나미는 계속 잠을 잤다. 오전 9시가 지났을 무렵, 누군가가 어깨를 붙잡고 흔들어 깨웠다.

　"굿모닝! 좋은 아침입니다! 일어나세요! 아침이라고요!"

　눈앞에 있는 사람은 놀랍게도 사토나카 마시로였다. 마시로는 나나미의 바로 옆에 드러누웠다.

"아……."

"좋은 아침!"

"어라?"

"벌써 아침이라고!"

"네? 어라? 뭐지?"

"벌써 아침입니다! 아침 9시예요!"

"어머나! 여기서 뭐 하세요?"

"뭐 하냐니? 난 여기 가정부야."

"네?!"

"아무로한테 들었어. 오늘부터 여기서 일한다며?"

"마시로 씨도 여기서 일해요?"

"응. 난 벌써 석 달째야."

"그랬구나……."

"빨리 일어나! 일단 방을 안내해 줄게."

마시로는 강제로 나나미를 침대에서 일으켜 잰걸음으로 안내를 시작했다.

"여기가 계단이야."

"아무로 씨는 알고 있었던 거예요? 아무 말도 안 해 줬는데."

"내가 비밀로 해 달라고 해 뒀거든!"

1층의 메인 플로어로 내려갔다.

"여기가 거실이야!"

"엄청 넓네요!"

"저쪽에 있는 문 너머가 부엌이야. 원래는 레스토랑의 주방으로 쓰던 곳이라서 굉장히 넓어! 나중에 천천히 둘러봐."

마시로는 거실의 한쪽 구석을 손가락으로 가리키며 반대쪽으로 걸어갔다. 칸막이로 공간을 나눠 놓은 장소였다.

"그리고 여기가 내 전용 공간이야!"

마시로는 어질러진 큰 소파 위로 머리부터 그대로 뛰어들었다.

"잘 자!"

"네? 잔다고요?"

"잘 거야. 아침까지 긴자에서 술을 마셨거든."

"긴자에서요!?"

"더는 못 일어나 있겠어."

"잠깐만요. 물어보고 싶은 게 많은데. 저기, 이 가정부 의상은 꼭 입어야 하나요?"

"그야 당연하지. 근데 이미 입었잖아."

"잠시 시험 삼아 입어 봤어요."

"가정부는 가정부 의상을 입어야지. 잘 자!"

"아, 아직 물어볼 게 있어요. 해파리 먹이는 어떻게 해야 하나요? 내 말이 들리나요? 마시로 씨, 일어나세요. 전 그런 걸 키워 본 적이 없어요."

"간단해. 매뉴얼이 있으니까. 매뉴얼대로 하면 별것 아냐. 넌 아까까지 잤잖아. 이번에는 내가 잘 순서니까. 아, 그 전에 해파리 돌보는 방법을 알려 줘야겠구나."

"네! 부탁드려요! ……마시로 씨?"

그러나 마시로는 완전히 잠들고 말았다. 차마 억지로 깨울 수 없어서 나나미는 마시로를 두고 그 자리를 떴다. 칸막이 밖은 쓰레기 더미였다. 한숨이 나왔다. 어디부터 손을 대야 할까? 아무튼 살아 있는 것부터 해결해야 한다.

"해파리, 해파리."

나나미는 아무로에게 메시지를 보냈다.

@캄파넬라

해파리에게 먹이 주는 방법을 아세요?

답장 대신 바로 전화가 울렸다.

"여보세요? 그쪽 상황은 어떻습니까?"

"그럭저럭 돌아가고 있어요. 이제부터 시작이죠."

"청소하기 힘드실 텐데 힘내세요. 해파리에 대해서는 알아봐 드릴게요."

"고맙습니다. 잘 부탁드려요. 그러고 보니 다른 가정부가 마시로 씨였어요."

"깜짝 놀라셨습니까?"

"당연히 놀랐죠!"

"말하지 말라고 해서요."

"그래도 마시로 씨여서 다행이에요."

"그런가요?"

"드라마를 보면 선배 가정부가 무서워 보이잖아요?"

"마시로 씨도 무서운데요?"

"무섭지 않아요!"

"전 무서워요. 아무튼 해파리는 알아봐 드리죠."

"죄송해요. 잘 부탁드려요."

"또 어려운 점은 없습니까? 뭐든지 말하세요."

"지금은 해파리만 해결하면 돼요. 고맙습니다."

해파리 건은 답을 기다려야 했다. 전화를 끊고 나나미는 팔을 걷어붙이며 방 청소를 시작하기로 했다. 그러기 위해서는 우선 저택을 둘러볼 필요가 있었다. 이렇게 많은 쓰레기를 어디에 치워야 할까? 그러고 보니 쓰레기 수거일은 언제지? 분리수거는 어떻게 해야 하지? 대형 쓰레기는 어떻게 버려야 할까?

주방을 열자 그 안도 혼돈 그 자체였다. 요리는 당분간 만들 수 없겠다. 저택의 밖으로 나가 봤다. 뒤뜰에서 작은 소각로를 발견했다. 여기서 태울 수 있는 물건은 태워도 될지 모르겠다. 뚜껑을 열어 보니 실제로 여러 가지를 태운 흔적이 남아 있었다. 타다 남은 신발이 소각로 바닥에서 굴러다녔다. 신발이 그런 곳에 있으니 마치 사람을 불태운 것처럼 보였다. 소각로 옆에 쓰레기장이 있었다. 사진이나 소파, 골판지 상자를 아무렇게나 던져 놓은 상태였다. 여기에 가져오는 대로 태우면 될까? 여기서 태울 수 없는 물건은 어디에 갖다 놔야 할까?

나나미는 일단 현관을 치우기 시작했다. 짐과 쓰레기를 뒤뜰로 옮겼다. 여자 혼자 힘으로는 큰 물건을 옮길 수 없었다. 옮길 수 없는 크기의 물건은 그냥 두고 자잘한 물건을 집중적으로 치우기로 했다. 치우고 또 치워도 끝이 없었다. 그러는 사이에 모르는 남자가 현관문을 두드렸다.

"아무로 씨에게 연락을 받고 온 나메리라고 합니다. 이 집의 수조를 관리하는 사람입니다."

"아, 그렇군요."

안절부절못해서 어딘지 거동이 수상한 남자였다. 가정부 차림이 신경 쓰였는지 나나미의 가슴과 얼굴로 시선이 오락가락했다. 나나미는 그 시선을 느끼고 망설이며 남자를 집 안으로 들였다.

"기초적인 부분을 알려 드리면 되나요?"

"네. 들어오세요."

"실례하겠습니다. 그렇게 어렵지 않아요."

"그런가요?"

"네."

나메리는 안내하지 않아도 곧장 2층의 해파리가 있는 방으로 향했다.

"열대어는 물 관리가 가장 중요하니 그 점을 주의하세요. 그리고 종류마다 먹이 주는 시간이 다르니 헷갈리지만 않으면 됩니다."

방에 들어가자 가장 앞쪽에 있는 수조를 가볍게 두들겼다.

"이 녀석은 가오리입니다."

"네? 텅 빈 수조가 아닌가요?"

"여기에 있어요."

잘 보니 뭔가가 모래 속에 숨어 있었다. 나메리가 수조를 살짝 치자 가오리는 놀라서 튀어나와 물속을 우아하게 한 바퀴 돌더니 다시 모래 속으로 숨어들었다.

"우와!"

나나미는 무심코 환호성을 질렀다.

"가오리 지느러미 요리에 쓰는 그 가오리인가요?"

"맞습니다. 꼬리에 독침이 있으니 절대로 만지지 마세요. 그리고 이건…….'"

나메리가 가리킨 작은 수조에는 알록달록한 작은 물고기들이 헤엄치고 있었다.

"종류가 많네요. 이건 뭔가요?"

"이건 먹이입니다."

"먹이요?"

"네. 이쪽 수조에 있는 녀석의 먹이죠."

나메리는 그 옆의 수조를 가리켰다.

"여기에도 뭔가가 있나요?"

그 수조도 텅 빈 줄 알았다. 모래 위에 타원 모양의 고둥 몇 개가 굴러다닐 뿐이었다.

"청자고둥입니다."

"청자고둥? 아, 이 고둥 말인가요?"

"참고로 이 녀석도 독이 있으니 절대로 만지지 마세요."

"정말이요?"

"가오리에는 이 물고기용 사료를 하루 두 번, 청자고둥은 살아 있는 물고기를 먹으니 이 수조에서 뜰채로 떠서 넣어 주세요. 넣은 물고기가 사라지면 또 조금씩 넣어 주면 됩니다."

"이 고둥이 작은 물고기를 먹는 건가요?"

"그렇습니다. 미사일 같은 독침을 날리죠. 그 독침을 헤엄치는 물고기에게 쏩니다."

나나미는 놀라서 수조를 들여다봤다. 아무리 봐도 평범하게 길쭉한 고둥이었다.

"정말로 못 먹는 고둥입니다. 실제로 아무도 먹지 않죠."

"독이 있는 물고기가 많네요."

"물고기만 있는 게 아닙니다."

나메리가 손가락으로 가르킨 곳에는 물이 없는 수조가 있었다. 잘 보니 모래를 깐 바닥 위에 새우를 닮은 생물이 가만히 있었다.

"이건 뭐예요? 가재?"

"전갈입니다."

"전갈이요?"

그 옆의 작은 수조에도 곤충이 있었다.

"이건 뭔가요?"

"귀뚜라미입니다."

"아, 귀뚜라미구나."

"그건 전갈의 먹이예요."

"이것도 먹이라고요?"

"그리고 이쪽을 보세요."

그쪽에도 물이 없는 수조가 있었다. 남국 계열 식물의 잎에 개구리를 닮은 생물이 있었는데, 본 적이 없는 색이었다. 빨간색과 파란색이 매우 화려하고 현란했다.

"우와, 이건 뭔가요?"

"독개구리입니다. 피부에서 독을 분비하니까 절대로 만지지 마세요."

"으엑. 왜 이런 것과 함께 생활하는 건가요?"

"취미라고 할 수 밖에 없겠네요. 그래도 다 얌전하니까 손만 대지 않으면 위험하지 않습니다. 친구 중에 비단뱀을 키우는 녀석이 있는데, 집에서 풀어 놓고 키워요. 하지만 그런 건 위험합니다. 평소에는 얌전하지만 가끔씩 사람을 덮치거든요. 습격당하면 잠시도 못 버텨요. 순식간에 온몸을 휘감아서 조른다고 합니다. 갈비뼈가 부러져서 질식사하죠. 그러면 머리부터 천천히 잡아먹히는 겁니다. 그에 비하면 이 집의 주인은 좋은 선택을 하셨어요."

그렇게 말해도 순순히 수긍할 수가 없었다. 나나미는 화제를 바꿨다.

"전 오늘부터 이곳에서 일하게 됐어요. 이 집의 주인은 무슨 일을 하시는 분인지 아시나요?"

"글쎄요. 저도 모릅니다. 우리는 그런 이야기를 하지 않거든요. 물고기나 동물 이야기만 하니까요."

"그런가요?"

"그리고 해파리는 물의 흐름이 중요합니다."

나메리는 수조 밑에 놓여 있던 바인더를 끌어내서 열었다.

"이게 매뉴얼입니다. 여기에 웬만한 건 모두 나와 있으니 그대로 하면 됩니다. 독성이나 치료법도 여기에 적혀 있어요. 전갈이나 해파리는 괜찮지만 가오리나 청자고둥은 독성이 강해서 죽을 수 있으니 절대로 만지지 마세요."

만질 리가 없다. 나나미의 얼굴이 새파래진 것을 눈치챈 나메리는 너무 겁을 줬나 싶어 당황했다.

"괜찮습니다. 징그럽겠지만 금세 익숙해질 겁니다. 독개구리는 원산지의 개미나 진드기를 먹이지 않으면 독이 생성되지 않는다는 설도 있어요. 여기에서는 일본산 귀뚜라미만 먹으니까 어쩌면 독이 없을지도 모르죠. 그래도 여차하면 큰일 나니까 만지지 마세요."

나나미는 새파래진 얼굴로 크게 끄덕였다. 어떤 위안의 말도 통하지 않았다. 전부 엄청난 위험 생물이라는 것은 이해했다. 무슨 이런 방이 다 있을까? 소름이 끼치며 현기증이 났다. 이런 곳에 날마다 먹이를 주러 들어와야 하는 건가?

"제가 만질 일은 절대로 없겠지만 먹이 줄 때 덤벼들지 않나요?"

"기본적으로 독이 있는 생물은 얌전합니다. 덤빌 일은 없어요. 그래도 여기가 산이라서 때때로 장수말벌이 벌집을 만들기도 해요. 그건 적이라고 인식하면 총공격하거든요. 일본에서는 그게 가장 무섭죠. 지금은 말벌 철은 아니지만."

얼추 설명이 끝나자 나메리는 나나미에게 명함을 건네며 무슨 일이 있으면 전화하라는 말을 남기고 연식이 오래된 경트럭을 타고 돌아갔다. 나나미는 나메리를 배웅하며 현관에 버려진 듯이 놓여 있던 1인용 소파에 주저앉았다.

"후우. 아아. 으으."

갑자기 피로가 몰려왔다. 편하고 보수가 비싼 일은 역시 없구나. 생각해 보니 아침밥과 점심밥을 먹지 못했다. 스마트폰의 시계를 보니 오후 2시였다.

"뭘 좀 먹지 않으면 이러다 죽겠네."

나나미는 현관에 놓여 있던 자전거를 빌려서 아무로가 준 지도를 믿고 근처의 가게를 찾았다. 자전거로도 편도 20분이 걸렸다. 내리막길은 편했지만 오르막길은 자전거를 밀며 걷는 수밖에 없었다. 꽤 힘들었다. 도착한 가게는 파는 물건이 적은 간소한 시골의 주점이었다. 크로켓과 팥빵, 페트병에 든 차를 구입했다. 그다지 고를 게 없었다. 물건을 사러 온 김에 가게 주인에게 물어봤다.

"저기, 이 동네에서 쓰레기는 어떻게 버려야 하나요?"

"아, 쓰레기? 쓰레기는…… 근데 어디에서 왔어?"

"도쿄에서요. 이 위쪽에 있는 저택에 입주 가정부로 일하러 왔어요."

"어느 집?"

"어디라고 해야 하지. 원래 레스토랑이었어요. 흰색의 서양식 저택이요."

"아, 원래 레스토랑이면 프렌치 레스토랑을 하던 곳인가?"

"글쎄요. 프렌치인지 이탈리안인지는 모르겠네요."

"프렌치야. 아마 벨 에포크라는 이름이었지?"

"그런가요? 벨 에포크?"

"지금 누가 살고 있잖아. 여자 혼자서."

"아, 그 집이에요. 어제부터 둘이 지내요."

"그렇구나."

"여기까지 물건을 사러 온 거야? 걸어왔어?"

"아니요, 자전거를 타고 왔어요."

"힘들었겠네. 전화하면 배달해 줄게."

"정말인가요? 고맙습니다!"

"이게 전화번호야."

주인은 허리에 찬 앞치마를 가리켰다. 가게의 이름과 전화번호. 나나미는 그것을 스마트폰으로 찍었다.

"덕분에 살았어요!"

"돌아갈 때 바래다줄까?"

"괜찮아요. 혼자서 갈 수 있어요."

나나미는 주인의 선의를 정중히 거절하며 가게를 나섰다. 쓰레기 처분에 대해 물어보는 것도 잊어버렸다. 똑같은 길이었지만 돌아올 때는 오르막길이 배 이상으로 많아서 40분이나 걸렸다. 가게 주인에게 데려다 달라고 할 걸 후회했다. 차라리 걸어서 왕복하는 편이 편했을지도 모르겠다. 도중에 몸 상태가 나빠져서 물건이 든 봉투 안에서 차를 꺼내 목을 축였다. 간신히 저택에 도착했을 때는 차가 들어 있던 페트병이 텅 비었고, 등까지 땀으로 흠뻑 젖었으며, 해도 저물었다.

어둑한 거실의 한구석에서 크로켓과 팥빵을 먹었다. 크로켓이 예상보다 퍽퍽해서 고전했다. 차가 다 떨어져서 목이 메었다. 가슴을 탁탁 치면서 식사를 계속했다. 그러는 사이에 마시로가 일어났다.

"좋은 아침."

"좋은 아침입니다."

마시로는 냉장고를 열고 1리터짜리 물병을 꺼내 왔다. 그리고 유리잔 두 개를 가져와 잔 하나에 3분의 2 정도 물을 따른 후 나나미의 앞에 놓았다. 고맙다고 말하고 싶었지만 목이 메어 목소리가 나오지 않았다. 한두 모금 마신 후 겨우 고맙다는 말을 할 수 있었다. 마시로는 또 다른 잔에 넘치기 직전까지 물을 따른 후 한 번에 다 마셨다.

　"아, 시원하다! 목이 칼칼해. 어제 너무 많이 마셨어!"

　"잘 잤어요?"

　"뭐 먹어?"

　"아, 시간이 늦어져서 점심 겸 저녁을 먹고 있었어요."

　"편의점에서 사온 거야?"

　"아니요. 주점에서 사왔어요."

　"아, 사사베 주점 말이구나. 걸어서 갔어?"

　"자전거를 타고 갔다 왔어요."

　"자전거? 힘들었겠네. 냉장고 안에 있는 음식을 먹지 그랬어?"

　"맘대로 남의 물건에 손을 대진 않아요."

　"그러지 말고 마구 마구 먹어 줘. 실컷 먹고 채우면 돼. 냉장고가 텅 비면 불안해지지 않아?"

　"전 최소한으로 필요한 만큼만 넣어요."

　"그래? 대지진이 일어날 경우에 비상식량이 없으면 죽을 걸?"

　"그럴 수 있겠네요."

　마시로는 냉장고에서 이것저것 계속 꺼내 왔다. 그러고는 이탈리안 레스토랑의 점원처럼 설명하기 시작했다.

"이게 시저 샐러드, 물 냉이와 안초비가 들어간 샐러드, 아보카도와 참치 샐러드, 참돔 카르파초, 래디시 마리네, 라타투이, 훈제 연어, 로스트비프, 프랑스빵에는 올리브 오일에 발사믹 식초를 뿌려서 발라 드시기 바랍니다."

"이렇게 많이 먹을 수 없어요."

"다 먹지 않아도 돼."

마시로는 눈앞의 훈제연어 한 조각을 날름 집어 먹었다.

"이 음식들은 다 뭔가요?"

"뭐라니?"

"여긴 산속이잖아요. 직접 만든 건 아니죠?"

"당연하지. 주문 배달 서비스야. 뭐든지 배달해 줘."

"이 주변에 그런 서비스가 있어요?"

"있다니까? 사사베 주점도 말하면 물이나 술을 배달해 줘."

"가게 주인도 그렇게 말했어요."

"그러니까 사양하지 말고 먹어. 나도 먹어야지. 배고파. 와인은 어떤 걸로 마실래? 레드? 화이트?"

"마시로 씨 과음했다면서요?"

"이미 알코올 기운이 다 빠졌어. 다시 보충해야지. 레드와인으로 할까? 레드와인에는 폴리페놀이 들어 있으니까 건강에 좋아. 거기에 와인 잔 들어 있으니까 두 개 꺼내 줄래?"

마시로가 가리킨 곳에는 골판지 상자가 있었고, 산 지 얼마 되지 않은 와인 잔 몇 개가 포장지에 싸인 채 들어 있었다. 마시로는 레드와인 병도 골판지 상자에서 꺼내 왔다. 이 집에 있는 것들은 단순히 오래된 쓰레기만 있는 게 아니라 배달된 채로 잠들어 있는 물건들도 있었다. 이래서는 정리하기가 힘들어진다. 뭐든지 버리면 되는 게 아닌 듯했다.

나나미가 심각한 표정을 짓자 마시로가 어깨를 쳤다.

"왜 그래? 와인 잔을 씻어 와."

"네."

씻은 잔을 테이블 위에 올려놓자 마시로가 정성껏 소믈리에와 같은 동작으로 와인을 따랐다.

"자, 건배! 이 집에 온 것을 환영해! 짠!"

마시로의 독촉에 나나미도 잔을 들었다. 좋은 소리가 울려 퍼졌다.

"잘 부탁합니다."

"나야말로 잘 부탁해! 정말로 와 줘서 고마워. 혼자서 계속 외로웠거든. 죽을 것 같았어."

"그 마음 이해해요. 어제 저도 여기서 혼자 자야 해서 고독해 죽는 줄 알았어요."

"그렇지? 이상한 곳이지만 정들면 고향이라잖아. 공기도 맑고 온천도 가까워."

나나미는 음식을 조금 먹으면서 현재 상황을 보고했다.

"오전에 나메리 씨라는 분이 오셨어요."

"아, 나메리?"

"애완동물에 대해서는 어느 정도 이해했어요."

"그래?"

"마시로 씨가 자고 있어서 현관을 조금 치웠는데 내일은 이쪽을 치울게요. 생활하기 불편하잖아요?"

"나야 고맙지."

"아무리 그래도 이 집의 주인은 있는 대로 어질러 놓기만 하는 사람이네요."

"아니야. 이건 내가 그랬어."

"네?"

"3개월을 살았더니 이렇게 됐어. 집주인한테 들키면 해고당할 걸?"

"그러면 안 되죠."

"당연히 안 되지. 옛날부터 정리를 못하는 성격이야. 방이든 인간관계든. 그래서 나나미, 나도 도울 테니까 부탁 좀 할게."

마시로는 나나미에게 정중히 머리를 숙이며 손을 모았다.

"까짓것 치우죠! 열심히 하겠습니다!"

"우와, 믿음직스러워라!"

반농담이라도 나나미는 마시로가 자신을 의지하는 게 기뻤다.

"그런데 여기 주인은 어떤 사람이에요?"

"몰라."

"몰라요?"

"응. 만난 적이 없어."

"그런가요? 어떤 사람일까요? 이런 저택을 빈집으로 방치해도 아무렇지 않다니. 엄청난 부자인가 봐요."

"그럴지도 모르지."

"혹시 저 애완동물을 돌볼 사람이 필요해서 우리를 고용한 건
아닐까요?"

"글쎄."

"왜 독이 있는 동물만 키우는 걸까요?"

"어지간히 변태인가 보지. 혹시 알아? 천장 안에 숨어서 우리를
계속 엿보고 있을지도 몰라."

"설마 그럴까요?"

소름이 끼쳐서 나나미는 무심코 천장을 올려다봤다.

"이 세상에는 여러 종류의 사람이 있으니까."

마시로는 일부러 기분 나쁜 음성으로 그렇게 말했다.

오랜만에 여자들끼리 잡담을 나누며 즐거운 시간을 보냈다. 나
나미는 침실로 돌아가서 잠옷으로 갈아입고 침대 속으로 들어갔
다. 시계를 보니 새벽 2시. 첫째 날 종료. 피곤했다. 아침까지 깊은
잠에 들 수 있겠지. 스마트폰을 충전기에 연결하고 침대맡의 불을
껐다. 담요를 끌어당기며 눈을 감자 나나미는 잠이 들었다.

누군가 쳐다보는 기분이 들어서 뒤를 돌아보니 마시로가 베개
를 껴안고 서 있었다. 꿈속이라고 생각했다.

"무슨 일 있어요?"

"어쩐지 잠이 안 와서. 옆에서 자도 돼?"

"네?"

"부탁할게."

"아, 들어오세요."

마시로가 옆으로 파고들었다. 나나미는 그제야 꿈이 아니라는
것을 깨달았다.

"잠을 못 자면 곤란해. 내일 7시 시부야."

"일이 있어요?"

"촬영."

"촬영?"

"말했잖아. 나 여배우라니까."

"아, 맞다! 촬영이 있구나. 힘들겠네요. 깨워 줄까요?"

"괜찮아. 일어날 수 있어."

"알람시계는 맞춰 놨어요?"

"아니."

"몇 시에 일어나요?"

"5시."

"이런, 3시간밖에 안 남았네요."

스마트폰의 알람시계를 설정했다.

"나나미 옆에 있으니 따뜻해."

"마시로 씨, 발이 차가워요."

"냉한 체질이야. 따뜻한 체온이 필요해."

마시로는 차가운 발을 나나미의 발에 문질렀다.

"간지러워요! 얼른 자요."

마시로는 나나미의 말을 무시하고 장난을 치며 괴롭혔지만 금
세 얌전해졌다. 잠든 모양이었다. 나나미도 다시 잠을 청했다. 이
따금 콧물을 훌쩍이는 소리가 들렸다.

"마시로 씨, 울어요?"

그렇게 물어본 기억이 다음 날 아침까지 남았다. 돌아보니 울고 있는 마시로를 본 것 같은 기분도 들었다. 하지만 그건 꿈이었을지도 모른다.

17

럼블 피시

눈을 떴을 땐 이미 아침이었다. 옆에 있어야 할 마시로가 보이지 않았다. 이상하다 싶어 시계를 보니 오전 7시 20분이었다.

"아차!"

얼굴이 새파랗게 질려서 일어났다. 저택 안을 뛰어다니며 방마다 살펴봤지만 마시로의 모습은 이미 없었다.

"마시로 씨, 지각하지 않았을까? 아무 일도 없어야 할 텐데."

방으로 돌아왔더니 침대맡에 마시로의 메모가 남아 있는 것을 발견했다.

잘 잤어? 자는 얼굴이 귀엽더라!

나나미의 얼굴이 빨개졌다.

쓰레기 문제는 결국 스마트폰으로 해결했다. 이 저택의 주소를 입력해서 검색해 보다가 찾은 관청 홈페이지에서 분리수거 방법과 배출에 관한 정보가 상세하게 적혀 있는 페이지를 발견했다. 쓰레기 수거 달력이라는 것도 있어서 요일별로 배출할 수 있는 항목이 무엇인지 알 수 있었다. 이런 산속에도 도쿄 도내와 똑같은 서비스가 있다는 점에 감탄했다.

나나미의 청소는 일주일로 끝나지 않았다. 거실은 생각보다 난항을 겪었다. 버려도 되는 물건과 안 되는 물건이 있었다. 그것을 선별해서 이쪽저쪽으로 옮기는 탓에 좀처럼 정리가 되질 않았다. 그래도 처음 왔을 때보다는 어느 정도 지내기 편해졌다. 주방은 요리를 할 수 있는 부분만 일단 치웠다.

마시로의 생활은 아침에 일찍 나가고 저녁에는 늦게 들어오는 식이었다. 가끔 집에 있을 때는 계속 잠만 자거나 낮부터 술을 마셨다. 청소를 도울 기미도 보이지 않았다. 나나미도 배우 일로 바쁠 거라는 생각에 너그러이 봐줬다.

밤이 되면 마시로는 불면증이 있는 듯 나나미의 침대로 빈번히 파고들어 왔다. 그러나 계속 옆에 있지 않고 정신이 들면 사라진 경우가 있었다. 걱정이 되어 찾으러 간 적도 있었다. 그랬더니 마시로는 해파리가 있는 방에서 동물들을 말없이 바라보고 있었다.

마시로는 뭐든지 인터넷 쇼핑으로 구입했다. 도쿄에서 배달 음식을 주문할 때도 있었다. 충동구매해서 똑같은 옷이 산더미처럼 배달된 적도 있었다. 솔직히 생활은 화려했지만 쇼핑 스타일은 난폭했다. 가정부 일로 나나미와 똑같은 보수를 받는다고 하면 무리도 아니라고 생각했다. 한 달에 백만 엔이라는 수입에 입주니까 집세도 필요 없다. 게다가 그 일을 내버려 두고 날마다 촬영 현장에 나간다. 총액으로 치면 얼마나 될지는 모르겠지만 쓰고 싶으면 멋대로 쓸 수 있는 재력이 분명히 있었다.

나나미는 자신이 왜 이런 상태가 되었는지 생각해 봤다. 《은하철도의 밤》에 이런 대사가 있었다.

아, 상쾌하다. 뭐니 뭐니 해도 몸을 움직여서 돈을 버는 게 최고지요.

몸을 움직여서 일한다는 점에서 보면 행복한 시간을 보내고 있는 기분이 들었다. 하지만 몸을 움직인 만큼 돈을 벌고 있는가 하면 그건 분명이 아닐 것이다. 한 달에 백만 엔. 주말과 휴일을 제외하더라도 한 달을 대략 20일로 계산하면 하루에 5만 엔, 8시간 근무로 계산하면 시급 6,250엔. 게다가 집세는 무료였다. 지나치게 풍족해서 오히려 불안해졌다. 나나미는 다시 《은하철도의 밤》에 나오는 대사를 떠올렸다.

아, 상쾌하다. 뭐니 뭐니 해도 몸을 움직여서 돈을 버는 게 최고지요.

하루에 한 번은 자전거를 타고 외출했다. 저택 안에만 있을 수 없었다. 첫날은 사사베 주점을 왕복하느라 지옥을 경험했지만, 일주일 만에 그보다 더 먼 가게까지 왕복하는 일도 수월해졌다.

어느 날, 장보기를 마친 후 자전거를 타고 저택에 돌아오니 아무로 씨가 기다리고 있었다. 열대어 가게를 하는 나메리도 있었다.

"나나미 씨."

"어머, 아무로 씨. 무슨 일로 오셨어요? 차 한 잔 드릴까요?"

"고맙습니다. 집주인 부탁으로 왔어요. 무슨 물건을 보냈다는데 택배 안 왔습니까?"

"택배요? 뭐지? 아, 마시로 씨 앞으로 하나 왔어요. 오래 기다리셨어요?"

"아니에요."

나나미는 문을 열고 두 사람을 안으로 들였다. 그리고 냉장고에서 냉동식품을 담는 스티로폼 상자를 꺼냈다.

"아이고, 그걸 냉장고에 넣으셨어요?"

"제가 잘못했나요?"

"괜찮을까 모르겠네요."

나메리가 상자를 받아서 열었다. 안에는 투명한 비닐봉지가 들어 있었다. 나메리는 상자째 품에 안고 해파리가 있는 방으로 서둘러 갔다.

"이게 뭔가요?"

"또 애완동물입니다."

"이번에는 뭔데요?"

"문어예요. 문어."

나메리는 봉지를 뒤집은 후, 청자고둥의 먹이인 물고기 수조에

봉지째 담갔다. 처음에는 비닐에 달라붙어서 둥글게 찌부러져 있던 문어가 곧 다리를 뻗어서 스스로 밖으로 나왔다.

"오, 대단해!"

아무로가 천진난만하게 소리를 질렀다.

"그런데 엄청 작네요. 이게 뭔가요?"

"파란고리문어라고 합니다." 나메리가 대답했다.

"이것도 독이 있나요?"

"물론 있죠. 테트로도톡신이라고 하는데 복어의 독과 같은 성분이에요. 복어는 안 먹으면 되는데, 요놈은 물거든요. 점액에 독이 있으니 절대로 만지지 마세요. 정말로 위험합니다."

나나미는 한숨을 쉬었다.

"어, 요놈 봐라? 멋지네!"

아무로가 소리를 질렀다. 뒤를 돌아보니 아무로는 청자고둥 수조를 들여다보고 있었다. 청자고둥 근처에서 물고기가 날뛰고 있었다. 하지만 청자고둥에게서 떨어지려고는 하지 않았다.

"잘 보세요."라고 나메리가 말했다. "청자고둥이 쏜 독침을 물고기가 맞은 겁니다. 자세히 보면 실 같은 걸로 이어져 있죠? 물고기는 독에 마비되고, 또 실로 단단히 묶여서 어디로도 도망칠 수 없어요."

"마비됐어!"라는 아무로. "우와, 징그러워."

"이제 더 징그러운 모습을 볼 수 있어요." 나메리도 엄청 기대된다는 표정을 하고 수조를 들여다봤다.

청자고둥의 몸, 즉 부드러운 연체동물의 본체 부분이 갑자기

변형했다. 그게 무엇인지 안 순간, 나나미는 기절할 것 같았다. 그건 바로 거대한 입이었다. 고둥은 그 입으로 자신의 몸집과 비슷한 크기의 물고기를 삼켰다. 아무로는 천진난만하게 흥분했다.

"이게 정말로 고둥이에요? 조개류가 원래 이래요?"

"그렇죠. 보시는 대로 평범한 고둥입니다."

"어우, 징그러워. 진짜 징그럽네요."

나나미는 더는 보고 있을 수가 없었다.

"전 차를 끓여 올게요. 볼일 다 보시면 내려오세요."

그렇게 말하고 한발 먼저 1층으로 내려왔다.

아래층 테이블에 차 준비가 끝났을 때 아무로와 나메리가 계단을 내려왔다. 나메리는 자신의 가방에서 기쁜 듯이 뭔가를 꺼냈다. 비닐봉지에 들어 있는 생물이었다.

"또 뭐가 남았어요?" 나나미는 무심코 몸을 뒤로 젖혔다.

"오늘은 나나미 씨에게 드릴 선물을 가져왔습니다."

작은 봉지 속에 들어 있는 물고기였다.

"괜찮아요. 필요 없어요."

"이건 독이 없으니 걱정 마세요. 와인 잔 같은 게 있으면 주시겠어요?"

아무로가 마음대로 선반에서 와인 잔을 꺼냈다.

"나메리 씨, 이거면 되나요? 나나미 씨, 이 잔 좀 쓰겠습니다."

"그 안에 들어가나요? 으으, 그냥 쓰세요."

"잘 쓸게요."

나메리는 와인 잔에 물을 붓고 그 안에 물고기를 넣었다. 꽃잎

이 펼쳐지듯이 꼬리지느러미가 물속에서 헤엄쳤다. 까만 물고기인가? 자세히 보니 아름다운 보라색이었다. 나나미도 무심코 목소리를 높였다.

"와, 예쁘다!"

"베타라고 하는 물고기입니다. 싸우는 물고기라고 해서 한자로 투어(鬪魚)라고 하죠. 영어로는 럼블 피시라고 합니다."

"옛날에 프란시스 포드 코폴라 감독의 영화 제목에도 있었죠." 라고 아무로가 말했다.

"컵 속에 넣고 키울 수 있으니 키우기가 수월할 겁니다. 아무쪼록 예뻐해 주세요."

나나미는 마지못해 나메리의 선물을 받았다.

"제 본업은 지극히 평범한 수족관을 운영하고 있습니다. 다음에 우리 가게에 놀러 오세요. 위험하고 징그러운 동물은 없으니까요. 그건 어디까지나 이 집 주인의 취미거든요."

"그런가요? 두 분, 차 드세요."

"고맙습니다."

아무로가 테이블에 앉았다.

나메리는 가방을 닫으며 먼저 실례하겠다고 했다.

"일을 하다 말고 왔는데, 그래도 애써 준비하셨으니 차만 마시겠습니다."

그러더니 뜨거운 차를 무리해서 단숨에 들이켰다.

"잘 마셨습니다."

"그렇게 드시면 뜨거울 텐데 괜찮으세요?"

"괜찮습니다. 잘 마셨습니다. 그럼 먼저 실례하겠습니다."

나나미는 나메리를 현관까지 배웅했다.

"차 맛있었어요. 고맙습니다."

"혀 짧은 소리를 내는데 혀를 데인 거 아닌가요?"

전혀 아무렇지 않다고 손을 흔들며 가볍게 인사한 후 연식이 오래된 경트럭을 끌고 돌아갔다.

거실로 돌아와 보니 아무로가 차를 마시고 쿠키를 먹으며 와인 잔 속의 물고기를 들여다보고 있었다.

"고맙습니다. 수고하셨어요."

"여기서 지내는 건 어떠세요?"

"음, 왠지 묘한 상태예요."

"그렇습니까? 그래도 일단 다행이네요."

"아무로 씨도 일하러 가야 하지 않나요?"

"전 저녁에 일이 있어서 괜찮습니다. 오늘은 록그룹 라이브 콘서트에 가야 해서 마음이 무겁네요."

"재밌을 것 같은데요?"

"바람잡이를 모아야 하는 일이거든요. 90퍼센트는 모았는데 조금 부족해요. 지금 답장을 기다리는 중이죠."

"바람잡이면 가짜 팬을 말하는 건가요?"

"네, 맞아요. 실력 있는 밴드였는데, 이상한 곡이 반짝 떠서 아이들에게 인기도 있었어요. 근데 그 후로 인기가 쭉 떨어지고 말았죠. 이 밴드의 리더이면서 보컬인 사람의 아버지가 엄청난 부자예요. 그분이 이번에 저에게 일을 의뢰하신 겁니다. 진짜 팬은 거의 없어서 나머지는 전부 바람잡이죠. 바람잡이라도 좋으니까 객석을 꽉 채워 주고 싶으시대요. 고등학생 때 심하게 괴롭힘을 당해서 집에만 틀어박혀 지냈다고 하더라고요. 겨우 음악으로 자기를 표현할 수 있게 되었다며 거짓이라도 좋으니 한동안은 꿈을 꾸게 해 주고 싶다고 하셨어요. 눈물 나는 이야기죠?"

"좋은 아버지네요."

"좋은지 나쁜지 알 수 없죠. 전 좋다고 생각하지 않거든요. 사실은 두 사람한테 응석 부리지 말라고 말해 주고 싶어요. 그래도 일이니까 어쩔 수 없죠. 참, 이건 비밀입니다."

"말할 사람도 없는데요?"

"SNS에라도 글을 올리시면 안 됩니다. 의뢰인의 비밀을 발설하면 안 되거든요. 나나미 씨 앞이라서 방심했네요. 프로가 이래서는 안 되는데."

"저에게는 거짓말하지 마세요."

"거짓말 안 해요."

"무슨 일이든지 진실만 말해 주세요."

계속 물고기를 바라보던 아무로가 고개를 들어서 나나미를 봤다.

"왜 그러세요?"

"나나미 씨, 전보다 좋아 보여서 기쁘네요."

"아무로 씨 덕분이에요."

"제가 뭘 했다고. 별말씀을 다 하시네요."

"고맙습니다."

아무로는 멋쩍어했다. 하지만 그는 어디까지가 연기고 어디부터가 참모습인지 확실하지 않았다. 그에게는 진실과 거짓, 또 그 경계선도 전혀 신경 쓰지 않는 독선적인 분위기가 있었다. 도대체 어떤 인생을 살아온 사람일까?

생각해 보니 나는 이 사람에 대해서 아무것도 몰랐다.

"그럼 슬슬 가 봐야겠네요."

그렇게 말하고 아무로는 쿠키에 손을 뻗었다.

카논의 수업은 한 달에 만 엔짜리인 소소한 일이었지만, 나나미에게는 무엇과도 바꿀 수 없는 소중한 일이 되었다.

"그래, 작자가 하고 싶은 말은 주관적인 표현이니까, '이렇게 생각한다, 이렇게 하고 싶다'라는 표현을 찾으면 돼. 찾았어?"

"모르겠어요."

"뒷부분에서 찾아볼까? 대체로 한가운데보다는 뒷부분에 있으니까."

"선생님, 지금 어디에 있어요?"

"나? 지금은 친구네 집에 있어."

"가출했어요?"

"그런 건 아닌데…… 그런 질문 하는 거 아니야! 어서 공부하자."

수업을 끝내고 혼자서 식사를 하고 있는데 마시로가 돌아왔다.

"오셨어요?"

나나미는 자리에서 일어났다.

"다녀왔어."

"매일 밤늦게 오네요. 일이 힘들겠어요."

"힘들어."

마시로는 그대로 소파에 벌러덩 쓰러졌다.

"오늘은 이상한 문어가 왔어요."

"문어? 무슨 문어?"

"이름이 기억나지 않아요. 뭐였더라? 아무튼 엄청 작은 문어예요."

"어떤 건데?"

"구경할래요?"

"응, 보고 싶어."

두 사람은 해파리의 방으로 올라갔다. 마시로가 수조를 들여다봤다.

"우와, 무지 작네."

"맹독을 갖고 있대요. 그러니까 만지면 안 돼요."

"정말? 그런 말 들으면 더 만지고 싶어지는데?"

"안 돼요. 큰일 나요."

"나나미, 술 마시자!"

"마시고 왔잖아요?"

"조금밖에 안 마셨어. 그런 건 마셨다고 할 수 없어!"

마시로는 다시 거실로 돌아가 새로운 와인의 뚜껑을 땄다.

18

심해어

저택은 몰라볼 정도로 깨끗해졌다. 의상실이었던 나나미의 침실도 혼자 생활하는 여성의 방으로 완전히 탈바꿈했다. 아침 해가 비치고 나뭇잎 사이로 햇살이 흔들리고 작은 새들이 지저귀었다. 그 속에서 잠이 깨고 하루가 시작되었다. 참으로 분에 넘치는 생활이었다. 언젠가 벌을 받을 것만 같은 생활이 점점 당연한 일상으로 변해 갔다.

이런 생활을 하던 어느 날, 평소처럼 마시로가 나나미의 옆에서 잠을 자고 있었다. 언제 침대 속으로 들어왔는지 기억하지 못하는 것도 늘 있는 일이었다. 평소에 마시로는 나나미의 등을 베개처럼 껴안고 잠을 자는데, 오늘은 등을 돌리고 몸을 둥글게 만 상태로 자고 있었다. 시계를 보니 아침 7시였다. 평소라면 마시로가 이미 집을 나간 시간이었다.

"마시로 씨, 일 안 나가도 괜찮아요?"

대답이 없었다.

"오늘은 일 없어요?"

몸을 만져 보니 뜨거웠다.

이마와 목을 만졌더니 만진 것만으로도 이변을 알 수 있을 만큼 열이 매우 높았다. 체온계로 재어 보니 40도가 넘었다. 감기인 걸까?

"마시로 씨, 구급차 부를게요. 병원에 가야겠어요."

그러자 마시로는 일하러 가야 한다며 말을 듣지 않았다.

"이 몸으로는 무리예요."

"일을 쉴 수는 없어. 전화 좀 걸어 줄래? 매니저한테……."

"번호 알아요?"

마시로가 손을 움직여 자신의 스마트폰을 찾았다.

"제가 찾아볼게요."

나나미는 마시로를 대신해서 스마트폰을 찾았다. 여기저기 찾다가 1층에 있는 마시로의 방에서 코트 주머니 속에 있는 스마트폰을 발견했다. 2층으로 돌아와 마시로에게 비밀번호를 물었다.

"비밀번호? 아, 그러니까, 1234."

"1234라니 너무 허술하잖아요."

불러 준 번호를 입력하자 화면이 열렸다.

나나미는 전화번호부를 열고 물었다.

"매니저 분 이름이 뭐예요?"

"……쓰네요시."

"쓰네요시…… 아, 찾았다."

전화번호를 터치했다. 매니저 쓰네요시는 바로 전화를 받았다. 촬영 현장에서도 마시로가 오지 않았다며 전화가 와서 매니저도 아까부터 마시로에게 몇 번이나 전화를 걸었다고 했다. 나나미는 마시로의 병세를 알리며 도저히 움직일 수 없는 상태라고 말했지만, 쓰네요시는 이미 저택으로 오는 중이었다. 나나미는 전화를 끊은 후 마시로의 귀에 대고 상황을 알렸다.

"쓰네요시 씨가 15분에서 20분 안에 여기로 오신다니까 함께 병원에 가요."

"……아, ……으으."

마시로가 기분 나쁜 소리를 냈다. 나나미는 불안해졌다.

"괜찮아요?"

"으으…… 빙글빙글 돌아. 머리가…… 빙글빙글…….."

잠시 후 밖에서 자동차 엔진 소리가 들렸다. 뒷문 쪽이었다. 밖으로 나가 보니 미니스커트 정장을 입은 여성이 검은색 BMW에서 험악한 표정을 지으며 내렸다.

"여기예요!"

"마시로는 어디에 있죠?"

"이쪽으로 오세요."

침실로 안내했다. 쓰네요시는 마시로의 이마에 손을 댔다.

"어머, 열이 펄펄 끓네! 이 근처에 병원이 있나요?"

"있을 듯한데…… 찾아볼게요."

"아니, 됐어요. 요코하마에 잘 아는 병원이 있으니 거기로 데려갈게요."

"네."

"근데 여자 둘이서 어떻게 옮기지? 공주님 안기를 할 수도 없는 노릇이고."

쓰네요시는 나나미를 상대로 해서 어떻게 옮길 것인지 방법을 연구했다.

"이렇게? 이렇게 하면…… 안 되겠네. 그럼 이렇게 들까? …… 아, 어쩌지?"

"제가 업어 볼까요?"

나나미가 쓰네요시를 업어 봤다.

"힘이 대단한데?"

"어떻게든 갈 수 있을 것 같아요."

이렇게 해서 나나미가 마시로를 업게 되었다. 몸이 축 처진 마시로를 업느라 조금 고생했지만, 쓰네요시의 도움을 받아 겨우 등에 올린 순간 나나미는 숨이 멎는 듯했다. 순간적으로 이시카와 다쿠보쿠의 시가 머릿속에 떠올랐다.

장난삼아 어머니를 업어 보니 너무 가벼워 눈물을 참지 못하고 세 걸음도 못 걷네.

고동 소리가 그치지 않았다. 마시로 씨, 왜 이렇게 가벼울까?

살아 있는 게 신기할 정도로 가벼웠다. 심하게 가벼워서 자동차까지 업고 가기도 수월했다. 나나미는 마시로를 뒷좌석에 태우고 그 옆에 앉았다. 쓰네요시가 차의 시동을 걸고 출발했다. 나나미는 떨리는 마시로의 손을 꼭 잡았다.

하코네에서 요코하마까지 그리 먼 거리는 아니었다. 병원이 가까워졌을 때 마시로는 창밖을 불안한 듯이 바라봤다.

"지금 어디에 가는 거야?"

"병원이요."

"병원? 안 돼. 촬영 현장에 가 봐야 해. 쓰네요시 씨!"

마시로는 운전석에 있는 쓰네요시에게 따졌다.

"오늘은 촬영 현장에 양해를 구하고 왔으니까 괜찮아."

"병원 같은 데 안 가! 쓰네요시 씨, 촬영 현장으로 가!"

"이미 취소했다니까!"

"차 세워! 내릴 거야!"

"내려서 어쩌려고?"

"내려 줘! 내려 달란 말이야! 일하면 낫는다고! 내려 줘!"

마시로는 엄청난 기세로 난동을 부려서 나나미가 더는 감당할 수 없었다. 쓰네요시가 차를 멈추자 마시로는 혼자서 문을 열고 밖으로 뛰쳐나갔다. 비틀거리며 맨발로 걷다가 힘이 빠져서 주저앉았다. 쓰네요시와 나나미가 달려가자 마시로는 거친 숨을 쉬었지만 그 눈빛은 날카로웠다.

"알았어. 촬영 현장으로 가자, 됐지?"

쓰네요시가 마시로의 등을 쳤다. 나나미의 도움으로 마시로를 차에 태운 후 쓰네요시는 촬영 현장에 전화를 걸었다.

"여보세요? 욧짱? 현장 분위기 어때? 아, 응, 그랬구나. 아니야. 실은 마시로가 촬영 현장으로 돌아간대서. 죽어도 일하겠대. 괜찮은지 물어보면 전혀 괜찮지 않아. 근데 촬영에 펑크를 낼 수 없으니까 꼭 간다고 말을 안 듣네. 응. 어때? 음, 몸 상태는 심각해 보이는데, 촬영 들어가면 어떻게 되겠지. 나도 경험해 봐서 아는데, 여배우들은 촬영 시작하면 아픈 게 낫기도 하잖아. 그렇다니까. 그래도 촬영을 망쳐서 현장에 폐를 끼칠 수도 없고. 어쩌지? 아무튼 지금 데려가니까 사정 좀 봐줘. 대타도 확보해 놓을게. 응, 그래. 응, 알았어. 걱정 마. 알겠어. 이따 봐!"

나나미는 전화 내용을 잘 이해할 수 없었다. 장난을 치는 것처럼 들렸다. 그러나 전화를 끊은 쓰네요시의 표정은 심각했다. 액셀을 밟아 다시 차를 달리자 그때부터는 계속 말이 없었다. 마시로도 말 한마디 하지 않아서 이상한 분위기가 차 안을 뒤덮었다. 험악하다기보다 프로의 긴급 사태라는 느낌이라고 해야 할 듯했다.

촬영 현장은 요코하마 고가네초의 한 호텔이었다. 촬영 장비차가 부근에 주차되어 있었고, 스태프인 듯한 사람들이 들락날락했다. 한 스태프가 달려오자 쓰네요시가 창문을 열었다.

"안녕하세요. 조감독인 스즈키입니다. 마시로 씨 괜찮나요?"

그 목소리를 듣자 마시로는 문을 열고 아무 일도 없었던 것처럼 씩씩하게 밖으로 나갔다.

"뒷일 좀 부탁해요!"

쓰네요시가 스즈키라는 조감독에게 말을 걸었다. 스즈키는 가볍게 인사하고 마시로의 뒤를 쫓아갔다.

쓰네요시가 백미러로 나나미를 봤다.

"바래다줄게요."

"아니에요, 괜찮아요. 근처에 내려 주시면 알아서 돌아갈게요."

"사양하지 마요. 시간이 남거든요. 여자는 상대가 남자든 여자
든 상관없이 늘 응석을 부려야 해요."

의미 없는 설득력에 기가 죽어서 나나미는 쓰네요시의 말을 따
랐다. 나나미는 이 사람이 마시로와는 또 다른 분위기를 지닌 여
성이라고 느꼈다.

쓰네요시의 말에 의하면 마시로와는 10년 가까이 알고 지낸
사이라고 했다. 예전에는 쓰네요시도 여배우 생활을 했었는데, 당
시에는 그녀의 인기가 더 있었다고 했다.

"마시로와는 어떤 관계죠?" 쓰네요시가 나나미에게 물었다.

"아까 그 집의 가정부예요."

"마시로의 가정부요?"

"아니요. 마시로 씨도 가정부예요."

"마시로도 가정부라고요? 무슨 소리죠? 가정부 놀이라도 하는
거예요?"

"그게 아니라 둘이서 가정부나 관리인 같은 일을 해요."

"흐음. 또 이해할 수 없는 짓을 하는군요."

"그런가요?"

"그 애를 이해할 수가 없어요. 마시로, 약 같은 건 안 하죠?"

"네?"

"각성제나 불법 마약 같은 거 안 하냐고요."

"모르겠어요. 그런 건 본 적이 없는데요?"

"밥은 잘 먹어요?"

"네? 잘 먹어요."

"남들처럼요?"

"네. 그렇다고 생각하는데요."

"최근 6개월 동안 10킬로그램이나 빠졌어요. 어디 아픈 거 아닌가?"

"그런가요?"

"병원에 한 번 데려가서 제대로 진찰을 받아야겠네요. AV 여배우는 글래머를 선호하니까 너무 마르면 일이 안 들어오거든요."

"네? AV요?"

"최근 들어 그 애가 좀 이상해요. 남자한테 차여서 막 살기라도 하는 건지. 왜 그러는지 몰라요?"

"네. 전혀 몰라요."

차는 고속도로를 빠져나와서 산길을 달렸다.

"하코네가 의외로 도심에서 가깝네. 다음엔 온천에 몸 담그러 와야지."

잠시 후 BMW는 저택에 도착했다. 쓰네요시는 정문을 지나서 일부러 좁은 골목을 돌아 뒷문에 차를 세웠다. 이 뒷문을 안다는 건 이곳에 몇 번 왔었다는 뜻일 수도 있다.

"평소에는 촬영 현장에 안 가는데 오늘은 감독님과 제작사에 폐를 끼쳤고, 마시로도 걱정되니까 내내 현장에 붙어 있을 거예요. 끝나면 집에도 바래다줄 거니까 너무 걱정하지 말아요."

"고맙습니다."

나나미가 차에서 내리자 쓰네요시도 내렸다. 할 말이 있는 듯이 건물을 올려다봤다.

"왜 그러세요?"

"여기, 원래 뭐였는지 알아요?"

"옛날에는 레스토랑이었다고 하던데요."

"맞아요. 지금은 뭔지 알아요?"

"지금은 평범한 집인데요."

"집이 아니라 촬영 스튜디오예요."

"촬영 스튜디오요?"

"마시로도 반년 전쯤 여기로 촬영하러 왔었어요. 근데 엄청 마음에 들었는지 그날로 집을 빌리더라고요. 바보 같죠? 근데 여기 집세가 꽤 비싸서 계속 있다가는 분명히 파산할 걸요?"

"마시로 씨가 이 집에 살아요?"

"살고 있잖아요."

"그게 아니라 집세를 내고 있어요?"

"당연하죠. 좀 더 싼 곳으로 이사하라고 당신이 좀 말해 봐요. 남의 말을 들을 애는 아니지만. 아무튼 오늘은 고마웠어요."

"제가 감사하죠."

"내가 쓸데없는 얘기를 한 건 마시로에게 말하지 마요."

쓰네요시의 BMW는 낮은 소리를 내며 촬영 현장으로 되돌아갔다.

마시로가 이곳의 집세를 내고 있다는 말은 마시로가 이 집의 주인이라는 뜻이었다.

저택에 홀로 돌아온 후에도 나나미는 계속 혼란스러웠다. 생각하다 못해 결국 아무로에게 전화를 걸었다.

"아무로입니다."

전화를 받은 아무로의 주위가 묘하게 떠들썩했다.

"여보세요. 저, 마시로 씨 일로 전화했어요."

"네, 마시로 씨……."

아이들이 떠드는 소리가 들렸다.

"시끄러워서 죄송합니다. 오늘은 베이비시터 일을 의뢰받았거든요. 세 살짜리가 열 명이에요. 죽겠습니다."

"바쁘신데 죄송해요. 나중에 다시 걸게요."

"괜찮습니다. 상대가 아이인지라 바쁠 땐 바쁘고, 한가할 땐 한가해요. 무슨 일이시죠?"

"마시로 씨의 직업에 대해 알고 있었어요?"

"마시로 씨요?"

"직업 알아요?"

"여배우라고 말씀드렸잖아요."

"단순한 여배우가 아니죠?"

"직업이 문제가 되나요?"

"AV 여배우인가요?"

"네. 본인이 말하지 않던가요?"

"여배우라는 말은 들었어요."

"어쨌든 여배우는 여배우죠. 전혀 잘못됐다고 생각하지 않는데, 그게 무슨 문제라도 있나요?"

"아뇨, 조금 충격적이네요. 경험해본 적이 없는 충격이라고 해야 하나."

"나나미 씨가 갖고 있는 상식의 범위를 초월했나 보죠?"

"음, 그럴지도 몰라요. 이상한 질문을 해도 될까요? 그런 일을 해서 돈을 벌 수 있나요?"

"그야 당연하죠. 유명한 사람은 엄청 벌어요. 그런 사람을 전속 여배우라고 하는데, 한 작품에 출연하는 것만으로 출연료를 백만 엔에서 이백만 엔 정도는 받습니다. 반면에 지명도도 없고 이름만으로는 인기가 없는 여배우들은 제작사의 기획물에 출연하죠. 난교나 아마추어를 상대하는 작품에 동원되는데, 그런 사람은 기획 여배우라고 합니다. 출연료도 한 번에 몇 만 엔 정도라서 적은 편인데, 사람에 따라서는 하루에 두 편씩 출연해서 한 달에 30편 정도 찍으면 그 액수를 무시할 수 없죠. 마시로 씨의 경우는 기획 여배우에 비해 인기가 꽤 많아서 종종 전속 작품에도 출연해요. 이렇게 기획 여배우이면서 전속 여배우이기도 한 무리를 기카탄이라고 하는데, 마시로 씨는 이른바 기카탄이죠. 촬영 현장 수에 따라 다르겠지만 돈은 꽤 벌 수 있을 겁니다. 나나미 씨, AV 여배우에 관심이 있으면 제작사를 소개해 드릴게요."

"아니, 됐어요."

"그래요?"

"저기, 뭐가 묻고 싶냐면……."

"뭐가 궁금하세요?"

"저를 고용한 사람이 마시로 씨인가요?"

아무로는 일순 침묵했다.

"어떻게 된 거죠?"

"그 질문에는 대답할 수 없겠네요."

"알려 주세요."

"그럴 수 없어요. 말하면 계약 위반이니까요."

"그런가요? 그렇군요. 잠시 머리가 어떻게 됐나 봐요. 이런저런 일이 있었거든요. 이상한 질문을 해서 죄송해요. 바쁘신 데 실례했어요."

"아닙니다."

"끊을게요."

"아, 나나미 씨."

"네."

"마시로 씨에게는 절대로 아무것도 얘기하지 마세요."

"아무것도?"

"지금 저에게 물어본 일."

"……."

"부탁드릴게요."

"알겠습니다."

"그리고 지금부터 할 이야기도."

"……."

"알겠습니까?"

"그럴게요."

"친구가 필요하다는 게 클라이언트의 의뢰였습니다."

"친구…… 친구가 필요하다고요?"

"그렇다고 하더군요."

"그게 지금 제가 하고 있는 일인가요?"

"네, 맞습니다. 하지만 갑자기 친구가 되어 달라고 하면 부자연스럽잖아요. 그래서 가정부로 고용한 거죠. 가능한 한 오래 곁에 있어 주면 본인도 좋아할 겁니다."

"왜 저였나요?"

"왜냐하면 당신이 적합해 보여서 제가 골랐으니까요."

"왜요? 돈이 필요해 보여서요?"

"좋은 친구가 되어줄 듯한 기분이 들었거든요. 직업이나 쓸데없는 일이 마음에 걸리지 않는다면 반드시 좋은 친구가 될 수 있을 겁니다. 그 클라이언트가 누군지는 상상에 맡기죠. 아, 이제 애들을 봐야 해서."

"죄송해요. 고맙습니다."

"이 녀석들! 아, 끊겠습니다."

전화가 끊겼다. 나나미는 깊은 한숨을 쉬었다. 스마트폰을 무릎 위에 올려놓고 나나미는 잠시 멍하니 움직일 수 없었다. 이곳의 주인은 마시로였다. 이시카와 다쿠보쿠의 시가 다시 되살아났다.

장난삼아 어머니를 업어 보니 너무 가벼워 눈물을 참지 못하고 세 걸음도 못 걷네.

나는 마시로의 그 가벼운 몸 위에 업혀 있는 걸까? 그녀의 부양을 받고 있었던 걸까? 눈물이 흘렀다. 그리고 분했다. 자신이 한심스러웠다.

밤늦게 자동차 소리를 듣고 나나미는 밖으로 뛰어나갔다. 쓰네요시의 BMW가 돌아왔다.

"좀 도와줄래요?"

"마시로 씨는 괜찮아요?"

"열은 조금 내려갔어요. 촬영 현장에 의사를 불러서 수액 주사를 맞았거든요."

나나미는 마시로를 등에 업고 거실에 있는 마시로의 방으로 옮겨서 소파 침대에 눕혔다. 쓰네요시가 머리맡에 앉아서 마시로의 머리와 몸을 어루만졌다.

"정말 고생했어. 끝까지 잘 버텼네."

"일이 힘들었나요?"

"쓰리썸이라서 당연히 힘들었죠."

"쓰리썸 열심히 찍었군요. 다행이네요."

나나미는 쓰네요시를 배웅하러 밖으로 나갔다.

"마시로……."

쓰네요시는 진지한 표정으로 나나미와 마주했다.

"당분간 일을 받지 않을 거예요. 좀 쉬게 하려고요. 그러니까 나나미가 잘 좀 챙겨 줘요."

"그럴게요."

나나미는 고개를 힘차게 끄덕였다.

숲 속을 달려가는 쓰네요시의 차를 배웅하고 나나미는 마시로의 상태를 살피러 돌아왔다. 몸을 둥글게 말고 누운 마시로의 옆에 앉아서 손을 잡아 주자 마시로도 나나미의 손을 꼭 잡았다. 아직 덥고 거친 숨을 내쉬었다.

"어디에 갔었어?"

그 목소리는 금방이라도 죽을 것처럼 가늘었다.

"쓰네요시 씨를 배웅했어요."

"모두 다 사라진 줄 알았어."

"전 여기에 있어요."

"계속 옆에 있어 줘."

"네."

마시로의 눈에서 눈물이 흘러넘쳤다. 나나미는 그 눈물을 살짝 닦아 줬다.

"계속 옆에 있을게요."

어느샌가 잠이 들었다. 나나미는 잠결에 손으로 더듬어 마시로를 만지려고 했지만 찾을 수 없었다. 손과 몸이 있어야 할 곳에 아무것도 없었다.

'어디 갔지?'

나나미는 잠에서 깼다. 그곳에 있어야 할 마시로가 없었다. 화장실에 갔나? 어디서 쓰러졌으면 어떻게 하지? 나나미는 일어나서 저택 안을 뒤졌다.

해파리가 있는 방을 들여다보니 마시로는 바닥 위에서 무릎을 끌어안고 수조 속의 해파리들을 바라보고 있었다.

"잠이 안 와요?"

나나미는 마시로의 옆에 앉았다. 마시로는 손에 유리잔을 들고 그것을 귀에 대고 있었다. 뭘 하는 걸까? 바닥 위에 작고 하얀 케이스와 그 속에서 쏟아져 흩어진 흰색의 작은 알약들이 눈에 띄었다. 마시로는 슬로모션처럼 느린 동작으로 알약을 집어 올려 입속에 넣었다. 와삭와삭 하고 깨무는 소리가 들렸다. 유리잔 속의 물을 조금 마신 후 다시 귀에 댔다.

"뭘 하는 거예요?"

마시로가 뒤돌아봤다.

"잠이 안 와요?"

나나미는 마시로의 옆에 앉았다. 마시로의 무릎 옆에 조니 워커 병이 보였다. 유리잔의 내용물은 물인 줄 알았더니 물이 아니었다. 나나미는 얼굴이 창백해졌다.

"술 마시면 안 돼요!"

"아무리 마셔도 취하질 않아."

"그래도 안 돼요. 큰일 나요. 그러다 죽어요."

마시로는 유리잔을 나나미의 귀에 댔다.

"뭐예요?"

"무슨 소리 안 들려?"

"무슨 소리요?"

그 말을 듣고 보니 유리잔이 소리를 내고 있었다. 유리와 머리카락이나 귀가 닿는 것만으로 맑고 투명한 소리가 났다.

"바닷속에 있는 것 같아요."

눈앞에서 해파리가 헤엄치며 놀고 있었다. 마시로는 조니 워커를 쭉 들이켰다.

"안 된다고요!"

"그게 아냐."

마시로는 다시 나나미의 귀에 잔을 댔다.

"소리가 달라졌지?"

"정말이네?"

유리잔 속에 들어 있는 액체의 양이 변하면 소리의 높낮이도 미묘하게 변화했다. 마시로는 유리잔에 조니 워커를 넘칠 정도로 따랐다. 그리고 다시 나나미의 귀에 댔다.

"이번에는 낮은 음. 바다 깊은 곳의 소리."

"그렇네요."

그 소리를 들으면서 해파리를 바라보니 정말로 바닷속에 있는 것 같았다. 마시로가 중얼거렸다.

"해파리가 되고 싶어. 해파리가 부러워."

두 사람은 몸을 살짝 흔들면서 유리잔 소리를 들었다.

나나미의 눈에서 눈물이 흘렀다. 말하고 싶은 생각, 전하고 싶은 마음, 그것을 마주보고 전할 수 없는 안타까움과 한심하고 후회스러운 마음들이 서로 얽혀 눈물이 되어 흘러넘쳤다.

나나미는 각오를 단단히 했다.

"마시로 씨. 저, 이 일 그만두려고 해요."

"뭐?"

"죄송해요."

마시로의 커다란 눈동자가 나나미를 향했다. 불안과 공포. 나나미에게는 그렇게 보였다. 나나미는 속에서 짜내듯이 말을 계속했다.

"마시로 씨가 고생해서 버는 돈인데, 전 그 소중한 돈에 신세를 지면서 애완동물처럼 태평하게 생활했어요."

심해에서 나는 듯한 소리에 둘러싸여 나나미의 메시지가 하나씩 마시로에게 전해졌다. 마시로는 꼼짝도 않고 집어삼키듯이 이 메시지에 귀를 기울였다. 나나미의 눈에서 눈물이 한없이 흘렀다.

"제가 괴로워요. 그래서 이제 이 일은 관두고 싶어요. 그러니 마시로 씨도 이런 집이나 저 따위한테 돈 낭비하지 마세요. 자신을 소중히 아끼세요."

마시로는 나나미의 볼을 타고 흐르는 눈물을 혀로 핥았다.

"맛있다."

"죄송해요."

"뭐가 죄송해?"

마시로가 얼굴을 가까이 하자 나나미는 얼굴을 돌렸다.

"사과하지 마."

마시로는 눈물을 따라 나나미의 볼에 몇 번이고 키스했다.

"이 눈물을 위해서라면 난 뭐든지 버릴 수 있어. 목숨도 버릴 수 있어."

마시로는 팔을 둘러 나나미를 끌어안았다. 나나미는 마시로의 손을 잡았다.

두 사람은 자연스럽게 키스를 했다. 사랑을 형태로 나타내려고 하니 결국 이렇게 하는 수밖에 없다. 이런 방법밖에 모른다. 그런 생각이 담긴 키스였다.

"이사하지 않을래요? 이런 사치스러운 곳 말고. 둘이서 지낼 수 있는 조그마한 집을 찾아요. 가난해도 좋으니까 평범하게 생활하고 싶어요. 마시로 씨와 둘이서."

왜 이런 말을 했는지 나나미 본인도 알 수 없었다. 이것이 자신의 본심일까?

"거짓말쟁이."

"거짓말 아니에요."

"거짓말."

"거짓말 아니에요. 그래도…… 거짓말이면 어때요?"

푸른빛이 두 사람을 감싸 안았다.

19

지는 해

나나미가 돈 낭비를 하지 말라고 그만큼 당부했는데 마시로는 사치 부리기를 관둘 생각이 조금도 없는 듯했다. 둘이서 아파트를 보러 가자고 약속한 날, 차가 필요하면 렌터카를 빌리면 될 텐데 마시로는 일부러 새 차 한 대를 구입하는 믿을 수 없는 행동을 보였다.

빨간색 알파로메오를 하코네까지 운반해 준 자동차 딜러에게 마시로는 대금을 현금으로 지불했다.

"이 금전 감각은 못 따라가겠어요. 앞날이 너무 걱정된다고요!"

나나미가 무슨 말을 해도 마시로는 주눅 들지 않고 깔깔거리며 웃을 뿐이었다.

두 사람은 이 차로 도쿄 도내와 요코하마를 돌아다녔다. 그날
은 집 세 군데를 예약했는데, 집을 보러 다니는 동안 마시로가 부
동산 중개업자에 이런저런 주문을 했다. 상대방도 장사를 위해 요
구에 맞는 물건을 계속 내놓았고, 결국 여섯 군데를 보러 다녔다.
나나미와 마시로의 금전 감각은 차이가 분명했다. 나나미가 좋다
는 집은 마시로에게는 너무 작고 낡았으며, 마시로의 이미지에 맞
는 집은 나나미에게 너무 호화롭고 비쌌다. 어느 한쪽이 타협하지
않으면 해결될 것 같지 않았고, 부동산 중개업자도 두 사람의 만
담 같은 언쟁을 옆에서 보며 쓴웃음을 지을 수밖에 없었다. 마지
막으로 요코하마에서 한군데를 더 둘러봤지만 결국 결정하지 못
해서 좀 더 검토하기로 한 후 부동산 중개업자와 헤어졌다. 집으
로 돌아오는 길에 쇼윈도에 장식된 웨딩드레스를 발견한 마시로
는 흥분해서 가게로 뛰어들어갔다. 이렇게 되면 아무도 마시로를
막을 수 없었다. 나나미도 어쩔 수 없이 그 뒤를 쫓았다.

"설마 이 드레스도 사들일 생각인가요? 전부 웨딩드레스예요.
이걸 사서 어쩌려고요?"

"이런 건 평상복이야."

"말도 안 돼요."

"이런 건 실내복으로 어때?"

"실내복이 아니라니까요!"

가게의 담당자가 말을 걸었다.

"한번 입어 보시겠어요?"

"그래도 돼요?"

"그럼요."

담당자는 마시로의 뒤에 있던 나나미를 봤다. 당신도 입어 보지 않겠냐는 시선이었다.

"저는 괜찮아요."

"뭐 어때? 한번 입어 보는 건데. 공짜잖아. 공짜면 괜찮지?"라고 마시로가 말했다.

"힘들어요. 이제 집에 가요. 마시로 씨!"

나나미의 간원도 마시로에게는 쇠귀에 경 읽기였다. 담당자도 온화한 말투로 천천히 나나미에게 입어 볼 것을 권유했다.

"최근에는 혼자 와서 기념 촬영을 하시는 분도 많고, 남성들도 오세요. 동성애 커플이죠. 파트너와 같이 오기도 하고 다양한 분들이 오신답니다."

마시로는 희희낙락 드레스를 골랐다. 순진하게 기뻐하는 모습을 보니 나나미도 어쩐지 마음이 따뜻해져서 자신이 너무 싫어하는 것도 미안하다는 생각에 결국 같이 입기로 했다. 담당자는 마시로가 입을 드레스를 고른 후 그 드레스에 맞춰서 나나미의 드레스도 골라 주었다. 그런 다음 두 사람을 피팅룸으로 데려가자 대기하고 있던 직원들이 순조롭게 웨딩드레스를 입혀 주었다. 마시로와 나나미는 순식간에 신부로 변신했다. 예전에 올린 결혼식이 뇌리를 스쳤다. 떠올리고 싶지 않은 트라우마였다. 하지만 마시로와 나란히 거울에 비친 자신의 모습은 어쩐지 행복해 보였다. 과거에 거울 앞의 자신은 불안함 때문에 뭉개질 것 같았다. 지금은 옆에 마시로가 있다. 단순히 한번 입어 보는 것 뿐이라는 사실은 알고 있었지만 나나미는 잠깐 동안 행복감에 취했다.

담당자가 적극적으로 나섰다.

"모처럼 입었으니까 기념으로 사진 찍어 드릴게요."

"사진! 확실히 이대로 벗으면 아깝겠네요."

나나미도 이대로 벗기는 확실히 아쉬운 기분이 들었다. 담당자가 즉시 휴대용 무전기로 다른 층에 있는 직원에게 확인했다.

"지금 촬영할 수 있나요? 문제없습니까? 네, 알겠습니다!"

전문 직원은 솜씨 좋게 헤어스타일까지 만져 줬는데 완성까지 많은 시간이 걸리지 않았다. 두 사람은 다시 거울에 자신들의 모습을 비추어 봤다. 나나미는 무심코 "마시로 씨, 예뻐요!"라고 외쳤다. 마시로도 "나나미, 귀엽다!"라고 칭찬해 주었다. 두 사람은 10대 소녀처럼 떠들면서 거울 앞에서 포즈를 취하기도 하고 스마트폰으로 사진도 찍었다.

사진 기사가 카메라와 삼각대를 안고 나타났다.

"자, 기념 촬영하는 곳으로 안내하겠습니다."

담당자가 안내했다. 이 피팅룸 주변에서 촬영하는 줄 알았더니 두 사람을 가게 밖으로 데리고 나갔다. 근처에 이 가게가 소유한 예배당이 있어서 외부 계단과 예배당 안에서 촬영한다고 했다. 드레스 자락을 밟지 않도록 직원의 도움을 받으며 두 사람은 신부 복장을 하고 사거리를 건넜다. 굉장히 부끄러웠다. 지나가는 사람들의 주목을 받으면서 베일을 바람에 나부끼며 사진 기사를 선두로 일행은 예배당까지 행진했다.

촬영은 마시로가 내내 사진 기사를 리드했다. 이 포즈를 찍어 달라, 이 각도에서 찍어 달라는 등 자세하게 지시했다.

"이런 쪽에서 일하시는군요? 모델이신가? 그러고 보니 어디서 본 것 같기도 하네요."라고 사진 기사가 말했다. 마시로는 쓴웃음을 지었다.

계단에서 포즈를 취하는 동안에도 지나가는 사람들의 시선을 피할 수 없었다. 나나미는 얼굴이 화끈해졌다. 모두 우리 모습을 어떻게 볼까? 정상적이라면 신부는 한 명이고 옆에는 신랑이 있는 장면이었다. 사진 기사는 웨딩드레스의 카탈로그 같다고 농담을 했는데, 그러고 보니 확실히 그런 식으로 보였다.

"그럼 안으로 들어가시죠."

담당자가 예배당의 문을 열었다. 새빨간 버진로드가 장엄한 스테인드글라스와 십자가를 향해 똑바로 뻗어 있었다. 사진 기사는 그 위를 걸으라고 말했다. 두 사람이 조용조용 걷는 주위를 사진 기사가 이동하면서 카메라 셔터를 계속 눌렀다.

"그래도 앞으로는 더욱 늘어날 겁니다."라고 사진 기사가 말했다. "여성끼리, 남성끼리 말이죠. 일본은 아직 멀었어요."

진짜 동성애 커플은 분명히 온갖 장애를 극복하고 이 의상을 입겠지? 그리고 이 버진로드를 걸을 것이다. 그에 비해 우리는 아무런 마음의 준비도 없이 웨딩드레스를 입고, 기념 촬영이라고는 해도 버진로드를 걸었다. 신성모독이 따로 없었다! 나나미가 마음속으로 후회하려고 한 순간, 마시로의 손이 나나미의 왼손을 잡았다. 마치 반지를 교환하는 장면 같았다. 마시로의 눈빛에 평소와 달리 진지함이 숨어 있음을 나나미는 알아차렸다.

"반지가 있으면 좋을 것 같네요."라고 사진 기사가 말했다.

"찾아올까요?"

"아니요⋯⋯."

사진 기사가 갑자기 카메라를 잡고 셔터를 누르기 시작했다. 담당자도 두 사람의 모습에 눈을 떼지 못했다.

마시로의 손가락이 나나미의 넷째 손가락으로 이동했다. 마치 진짜 반지를 끼운 듯한, 아니 진짜 반지 이상의 뭔가가 나나미의 왼손 넷째 손가락에 머물렀다. 그런 착각. 아니 착각이라도. 나나미는 마법에 걸렸다. 스스로 그 마법에 뛰어들었다. 나나미의 눈에서 눈물이 한없이 흘렀다. 사진 기사는 그 표정을 놓치지 않았다. 끊임없이 셔터를 눌렀다. 나나미는 답례로 마시로의 손을 잡고 넷째 손가락에 보이지 않는 반지를 천천히 끼웠다. 마시로의 커다란 눈동자에서도 굵은 눈물이 흘렀다. 갑자기 마시로는 소리 내서 울기 시작했다.

무슨 일이 일어났는지 나나미도 알 수 없었다. 마시로는 심하다 싶을 정도로 울었다. 기뻐서 우는 건지, 슬퍼서 우는 건지 나나미도 짐작할 수가 없었다. 몸을 웅크린 채 무릎을 꿇고 십자가에 인생의 모든 것을 참회하는 것처럼 울었다. 담당자와 사진 기사가 지나친 행동을 했다는 듯이 맥없이 서 있었다.

울만큼 운 마시로는 후련해졌는지 마치 아무 일도 없었던 것처럼 웃었다. 그 모습이 오히려 불길하게 느껴졌다.

마시로는 웨딩드레스를 입고 돌아가겠다고 말했다. 그리고 현금으로 두 사람의 드레스를 사들였다. 두 사람은 웨딩드레스를 입은 채로 알파로메오에 올라탔다. 부피가 있는 드레스의 아랫부분을 배 위로 정리하는 것까지 직원이 도와 주었다.

그 차림으로 마시로는 차를 운전했다. 사거리에서 멈추자 두 사람을 보고 놀라서 차 안을 들여다보는 보행자도 있었다.

창문을 여니 바람이 상쾌했다.

"어라? 고속도로로 안 가요?"

"바다를 보면서 달리고 싶어!"

웨딩드레스 차림으로 드라이브를 하다니.

그야말로 기상천외했다!

나나미는 아무로의 말을 떠올렸다.

마시로는 해안선을 따라 차를 달렸다. 요코스카에서 미우라 해안을 지나 하야마, 즈시, 가마쿠라, 지가사키, 히라쓰카, 오다와라를 돌며 하코네의 저택까지 무사히 도착했을 때는 이미 밤이 되어 있었다. 그래도 흥분이 채 가시지 않은 두 사람은 와인과 요리를 테이블에 늘어놓고 건배했다. 도대체 무엇을 위한 건배일까? 오늘은 단순히 집을 보러 다니고 돌아오는 길에 기념 촬영을 했을 뿐이다. 또 촬영하면서 입은 드레스가 웨딩드레스였을 뿐이었는데. 머릿속으로는 그렇게 생각하면서도 왼손가락에 끼워 준 반지의 감촉을 떠올리자 가슴이 두근거렸다. 그러는 사이에 술기운이 퍼져서 나나미는 그만 이렇게 인사를 했다.

"부족한 사람이지만 부디 잘 부탁합니다."

"저야말로 잘 부탁합니다."

마시로도 황송해하며 인사를 했다.

완전히 취한 마시로는 나나미의 손을 잡고 이끌며 춤추기 시작했다. 취해서 발을 휘청거리며 두 사람은 춤을 추거나 함께 피아노를 치며 놀았다. 이런 한때를 꿈처럼 즐겼다. 놀다 지친 두 사람은 마지막 남은 힘을 쥐어짜 내서 계단을 단숨에 뛰어 올라갔다. 그리고 해파리가 있는 방으로 가서 웨딩드레스를 입은 채 나란히 침대로 뛰어들었다.

"우리 진짜 결혼할까?" 마시로가 귓가에 속삭였다.

"네. 결혼해도 좋을 것 같아요." 나나미도 속삭이며 대답했다.

"결혼하자."

"네."

"진심이야?"

"네."

"취했어?"

"네. 취했어요!"

두 사람은 누가 먼저라고 할 것 없이 키스를 했다. 그리고 마시로는 나나미의 가슴에 얼굴을 묻었다.

"나는 편의점이나 슈퍼마켓에서 장을 볼 때……."

마시로의 목소리가 조금 갈라졌다.

"점원이 내가 산 물건을 봉투에 넣어 줄 때, 그 손을 가만히 바라보면 그 손은 나를 위해서 분주히 과자나 반찬을 봉투에 담아 주는 거야."

"하하하, 마시로 씨 무슨 이야기하는 거예요?"

마시로는 눈에 눈물이 가득 고여 있었다.

"나 따위를 위해서. 그 점원이 부지런히 봉투에 물건을 담아 준다고. 이런 쓰레기 같은 나를 위해서. 그 모습을 보면 가슴이 꽉 조여 오면서 괴로워져서 울고 싶어져. 나에게는 행복의 한계가 있어. 더 이상은 무리다 싶은 한계가 그 누구보다 더 빨리 찾아와. 그 한계가 개미보다 작아. 이 세상은 사실 행복으로 가득 차 있어. 모든 사람들이 잘 대해 주거든. 택배 아저씨는 내가 부탁한 곳까지 무거운 짐을 날라 주지. 비 오는 날에는 모르는 사람이 우산을 준 적도 있어. 하지만 그렇게 쉽게 행복해지면 나는 부서져 버려. 그래서 차라리 돈을 내고 사는 게 편해. 돈은 분명히 그런 걸 위해 존재할 거야. 사람들의 진심이나 친절함 등이 너무 또렷이 보이면 사람들은 너무 고맙고 또 고마워서 다들 부서지고 말걸? 그래서 모두 돈으로 대신하며 그런 걸 보지 않은 척하는 거야. 나나미, 그런 눈으로 바라보지 마. 부서져 버릴 것 같아."

마시로의 눈물은 한없이 흘러 머리카락과 베개를 적셨다. 나나미는 그 눈물을 뚫어지게 바라봤다. 마시로의 말이 온몸에 스며들어 가는 것 같았다. 그러다 갑자기 마시로의 표정이 달라졌다. 깊은 생각에 빠진 듯한 거부할 수 없는 시선이 나나미를 관통했다. 이 사람은 커다란 어둠을 마음속에 품고 있다. 나나미는 똑바로 바라봤다. 나는 그 어둠을 받아들일 수 있을까? 아니, 받아들이지 못해도 받아들여야 한다. 나나미는 순수하게 그런 생각이 들었다.

마시로가 말했다.

"나와 함께 죽자고 하면 어떻게 할래?"

"네?"

"죽어 줄 거야?"

"좋아요." 나나미가 대답했다.

"정말이야?"

"네."

나나미의 눈에서 눈물이 흘렀다. 두 사람은 거듭 키스를 반복했다.

나나미는 마음속으로 중얼거렸다. 미야자와 겐지의 《쏙독새의 별》에 나오는 구절이었다.

제발 저를 당신이 있는 곳으로 데려가 주세요. 타 죽어도 좋아요.

20

고둥과 유골

다음 날 아침, 차 두 대가 연이어 하코네의 저택에 도착했다. 까만 스테이션왜건에서는 검은색 정장을 입은 남성이 내렸다. 남자는 현관문을 가볍게 노크해 봤지만 안에서는 대답이 없었다. 시험 삼아 손잡이를 돌려 보니 문이 열렸다. 그러나 남자는 저택 안으로 들어가려고 하지 않았다. 팔짱을 끼고 무슨 일인지 생각하는 찰나, 크라이슬러 한 대가 도착했다. 아무로였다. 아무로는 의아하다는 듯이 남자를 봤다.

"아!"

남자는 가슴에 있는 주머니에서 명함을 꺼내 아무로에게 내밀었다.

"장의업자인 쓰쓰미라고 합니다."

"무슨 일로 오셨나요?"

"립반 씨가 부르셨어요."

"아, 그래요?"

아무로가 열쇠로 문을 열려고 하자 쓰쓰미가 "문은 열려 있습니다."라고 조언했다. 손잡이를 돌리자 문이 천천히 열렸다. 아무로가 안으로 들어가니 쓰쓰미도 따라 들어왔다. 아무로는 한눈팔지 않고 계단을 뛰어 올라가서 곧장 해파리가 있는 방으로 향했다. 쓰쓰미도 그 뒤를 쫓아갔다.

두 사람이 해파리의 방으로 들어갔더니 침대 위에 웨딩드레스를 입은 마시로와 나나미가 누워 있었다. 가까이 들여다봐도 미동조차 없었다. 쓰쓰미가 이 두 사람을 향해 합장했고, 아무로도 합장했다.

"옷차림이 굉장하네요. 코스튬 플레이라도 한 걸까요?" 쓰쓰미가 말했다.

"글쎄요."

"이 두 사람은 어떤 관계입니까?"

"특별한 사이는 아닙니다. 남이에요."

"남이요?"

"이쪽에 있는 여성이 립반 씨입니다."

아무로가 마시로에게 손을 가까이 하고 만졌다.

"앗, 차가워!"

"만지지 않는 게 좋습니다."

"그렇군요."

그 말을 들은 아무로는 손을 뗐다.

"그녀의 이름은 사토나카 마시로라고 합니다. 말기 암이라서 살 날이 얼마 남지 않았었죠."

"그렇습니까?"

"그런데 혼자 죽는 게 무서웠나 봅니다. 같이 죽어 줄 사람을 찾아 달라고 부탁하더군요."

"그렇군요. 이 분이 용케도 같이 죽어 주셨네요."

쓰쓰미가 나나미를 가리켰다.

"아마 마지막까지 몰랐을 겁니다. 분명히 독으로 죽였을 테죠. 이 중에 어떤 걸로…… 아, 이거로군요."

마시로가 손에 뭔가를 꽉 쥐고 있었다.

"그게 뭐죠?"

"무슨 고둥이래요. 이름이 뭐였더라? 맹독 성분이 있어서 찔리면 죽는다고 하더군요. 이런 걸로 사람이 정말 죽을 수가 있네요."

"같이 죽어 줄 사람을 데려다 주면 얼마나 받습니까?"

"돈 문제가 아닙니다."

"얼마 받았는데요?"

"돈 문제가 아니라고요."

"그래요? 죄송합니다. 질문이 좀 지나쳤네요."

"천만 엔이에요."

"천만 엔? 천만 엔이나 받는다고요? 충분히 돈 문제네요. 어디서 데려왔어요? 가출 소녀인가요?"

"아니요, 이 분도 원래는 제 고객이었어요. 처음에는 결혼식 대리 출석 일로 알게 됐고, 그 후로 일을 여러 번 의뢰받았죠. 남편의 외도 조사로 시작해서 이별 청부업을 조작하고 그 증거를 시어머니에게 팔았어요. 그렇게 고립무원의 상태로 만든 후에 이곳으로 데려왔죠. 원래는 평화로운 가정에서 평범하게 살아가던 주부였습니다."

"불쌍하기도 해라. 당신 참 지독한 사람이군요. 다음에 좋은 일이 있으면 저도 한몫 끼워 줘요."

"꼭 연락드리죠."

갑자기 나나미가 움직였다.

아무로와 남자가 흠칫 놀라서 나나미를 쳐다봤다. 신음 소리를 내면서 나나미는 눈을 떴다. 독이 효과가 없었나? 치명상을 입지 않았나? 아무로는 상태를 확인하려고 나나미의 얼굴이 보이는 곳까지 이동해서 관찰했다. 눈을 뜬 나나미는 아무 일도 없었던 것처럼 태연했다. 눈앞에 아무로가 있는 것을 깨닫고 깜짝 놀랐다.

"어머? 안녕하세요? 아무로 씨, 무슨 일이에요?"

"나나미 씨? 살아 있었어요?"

"무슨 소리예요?"

"아니, 뭐라고 설명해야 할지 모르겠네요. 이 분은 쓰쓰미 씨입니다."

쓰쓰미가 고개를 숙여 인사했다. 아무로는 심각한 표정을 지으며 말했다.

"진정하시고 잘 들으세요. 마시로 씨가 죽었어요."

"뭐라고요?"

"마시로 씨가 죽었습니다."

"아니요." 쓰쓰미가 끼어들었다. "아직 사망 확인이 끝나지 않았거든요."

사람은 의사가 사망을 확인해야 죽음을 인정받을 수 있다. 프로 장의사에게 이것은 양보할 수 없는 부분이다.

"아…… 아마 이미 죽은 것 같습니다."라며 아무로가 정정했다.

"네? 하지만…… 하지만 여기…… 마시로 씨가 여기 있잖아요."

"네. 하지만 죽었다고 생각합니다."

아무로는 자신의 스마트폰을 터치해서 나나미에게 보여 줬다.

"어젯밤에 마시로 씨가 저에게 보낸 겁니다."

그것은 마시로가 보낸 메시지였다.

'오늘 밤에 죽을 거야. 잘 부탁해.'라고 적혀 있었다.

"걱정돼서 와 봤더니 이런 일이 벌어졌을 줄이야."

쓰쓰미가 한 발 앞으로 나와서 다시 머리를 숙였다.

"다시 인사드리겠습니다. 장의업자인 쓰쓰미라고 합니다."

"네?"

나나미가 일어나 마시로를 만지려고 하자 쓰쓰미가 제지했다.

"만지지 않는 게 좋습니다. 경찰이 올 때까지는 아무것도 만지지 않는 게 좋을 것 같네요. 아무로 씨, 슬슬 경찰에 연락해도 될 것 같은데요."

장의업자는 자신의 의사로는 움직이지 않는다. 자발적으로 개입하지 않는다는 규칙이었다. 어디까지나 의뢰인과 관계자의 지시로 움직인다. 그런 직업의 성격상 빙 둘러서 말하는 경향이 있었다.

"그렇군요." 아무로가 대답했다.

"필요하시면 말씀하세요. 대신 준비하겠습니다."

"그럼 부탁드릴게요."

"알겠습니다."

지시가 떨어지자마자 쓰쓰미는 마치 잘 훈련받은 개처럼 재빨리 행동하기 시작했다. 경찰에 연락해서 능숙하게 상세한 내용을 설명했다.

나나미는 아직 상황이 이해되지 않았다. 마시로가 죽었다는 표현을 받아들일 수 없었다.

"거짓말이죠? 마시로 씨, 그냥 자고 있을 뿐이잖아요?"

몸을 만지면 안 된다고 한 말을 무시하며 나나미는 마시로를 흔들었다.

"마시로 씨, 일어나요! 마시로 씨!"

그러나 그녀의 몸은 마치 얼음장처럼 차가웠다. 죽은 사람의 몸을 만져 본 적은 없었지만, 그 상태가 심상치 않다는 것은 나나미도 알 수 있었다. 마시로 씨는 죽은 걸까? 이젠 어떻게도 뒤집을 수 없는 걸까? 더 이상 그 웃는 얼굴을 못 보는 걸까? 정말로 좋아했던 그 목소리를 다시는 들을 수 없는 걸까?

마시로 씨가 죽었다.

사태를 겨우 받아들인 순간, 온몸이 부서질 정도의 충격이 나나미를 덮쳤다. 그 이후의 일은 거의 기억나지 않았다. 폭주하는 자신의 몸을 아무로와 쓰쓰미가 필사적으로 붙들고, 나나미는 상당히 격렬하게 저항했을 것이다. 손목과 발목, 옆구리에는 한 달이 지나도 사라지지 않는 멍이 남아 있었다.

그 후 나나미는 경찰서에 끌려가서 여러 가지 질문을 받고 조서를 썼다. 마시로는 손에 청자고둥을 쥐고 있었다. 그 독은 코노톡신이라는 신경독으로 찔린 순간에는 작은 통증조차 없지만, 곧 격심한 통증과 함께 현기증, 구토, 발열 등을 거쳐 시력을 잃고 혈압이 내려간다. 마지막에는 전신 마비와 호흡 곤란을 일으켜 죽음에 이른다. 혈청과 해독제도 없다. 마시로의 혈액 속에서 이 코노톡신이 검출되었지만, 그와 동시에 모르핀도 검출되었다. 진통제로 복용한 듯하다고 했다. 나나미는 마시로가 씹어 먹던 작고 흰 알약이 떠올랐다. 암이 상당히 진행된 상태여서 살아 있어도 한 달을 버티지 못했을 거라고 검시관이 말했다며 형사가 나나미에게 설명해 줬다.

장례식은 쓰쓰미의 지휘로 순조롭게 진행되었다. 쓰네요시가 달려와 초췌해져서 아무것도 할 수 없는 나나미를 대신해 움직였다. 쓰네요시가 여기저기 연락해 준 덕에 장례식 철야나 고별식에는 많은 관계자가 방문했다. 대부분 AV 관계자였다. 마시로의 친척들에 대한 행방은 쓰네요시도 몰랐다.

나나미가 마시로와 처음 만났을 때 함께했던 그 가짜 가족도 모습을 보였다. 깃카와 겐지로, 가쓰요, 유스케. 조문에 나타난 그

274

들을 쓰쓰미가 진짜 가족으로 착각해서 가장 앞줄인 유족석에 앉게 했다. 분향하는 동안 조문객이 모두 세 사람에게 정중히 고개를 숙이며 인사해서 그들도 가만히 있을 수 없었다. 그러는 사이에 점점 익숙해져서 마지막에는 진짜 가족으로 오인할 만큼 자연스럽게 연기하며 가짜 유족의 임무를 마쳤다.

아무로는 마시로의 진짜 가족을 찾기 위해 분주히 돌아다니느라 장례식에는 나타나지 않았다.

화장 의식에 참석하는 것은 처음이 아니었지만, 마시로를 태운다는 것이 나나미에게는 미치도록 견딜 수 없는 의식이었다. 가까이에 있지도 못해 화장터에서 뛰어나와 복도의 벤치에 웅크리고 앉아서 멈추지 않는 눈물을 계속 닦았다. 관이 소각로로 들어가고 점화되자 참석자들은 다른 건물의 대기실로 이동했다. 상복을 입은 사람들이 나나미의 앞을 지나갔다.

"괜찮으세요?"

말을 건 사람은 나메리였다. 그러나 나나미는 간신히 고개를 끄덕일 뿐이었다. 쓰네요시가 찾아와서 나나미의 옆에 앉았다.

"그만 좀 울어요. 마음을 단단히 먹어야 해요."

나나미는 필사적으로 눈물을 참으려고 했지만 무리였다. 오히려 오열이 터져 나왔다. 두 사람이 그곳에 앉아 있던 탓인지 대기실에 들어가지 못한 조문객들이 어느샌가 벤치 주위에 모였다. AV 여배우로 보이는 아름다운 여성들이었다.

그중 한 명이 쓰네요시에게 말했다.

"실은 마시로 씨가 계속 말하지 말라고 해서 입을 다물고 있었는데, 전 마시로 씨의 병에 대해 알고 있었어요. 마시로 씨와 레즈비언 연기를 했을 때 가슴을 만지니까 응어리가 잡히더라고요. 1년쯤 전이었는데 말하면 죽이겠다고 했어요. 치료하면 나았을 텐데. 근데 마시로 씨는 일을 못 하게 되는 게 싫댔어요. 수술하면 몸에 상처가 남고, 항암제 치료를 하면 머리카락이 빠져서 안 된다고 했죠. 사토나카 마시로를 연기할 수 있는 사람은 자기뿐이라서 관둘 수 없다고 했어요."

여성은 눈물을 글썽였다.

"바보 같이. 죽으면 그게 무슨 의미가 있어."

쓰네요시는 그렇게 한마디를 내뱉었다. 다른 여성이 말했다.

"그래도 어쩐지 마시로 씨의 마음을 알 것 같아. 나도 그런 각오로 이 일을 하고 있으니까."

또 다른 여성이 끄덕이며 말했다.

"맞아. 여배우 일을 안 했으면 난 정말 별 볼일 없는 사람이었을 거야."

쓰네요시는 고개를 옆으로 저었다.

"죽으면 안 돼."

나나미는 그녀들의 세계에 압도당한 기분이 들었다. 그러나 그곳이 마시로가 살던 세계이기도 했다. 세상에서는 인정받지 못한 세계. 있어서는 안 될 세계. 만일 그렇다고 해도 이 세상에는 존재하면 안 되는 인간은 없을지도 모른다. 세상에 인정받지 못해도 그녀들이 살아가는 힘에는 굉장한 무언가가 있었다. 마시로가 그랬다. 살아가는 에너지 그 자체였다. 몰래 병을 앓으면서도 어찌면 그렇게 활발하고 힘이 넘칠 수 있었을까? 내가 그렇게 살아갈 수 있을까? 모르겠다. 하지만 마시로가 하루라도 오래 살아 있길 바랐다. 그건 병의 고통을 모르는 사람의 이기심일까? 모르겠다.

지금 당장 답이 나오는 이야기가 아니다. 분명히 앞으로도 계속 나는 이 답을 찾겠지?

정신을 차려 보니 눈물도 완전히 그쳤다.

화장이 끝나고 장례식 참석자들은 모두 함께 유골을 주웠다. 나나미는 겐지로와 함께 가장 먼저 젓가락을 들고 마시로의 유골을 유골단지에 넣었다. 대강 모두에게 젓가락이 돌아가자 마지막으로 화장터의 담당 직원이 남은 뼈를 모아서 단지에 담았다.

화장터 밖으로 나왔더니 쓰쓰미가 모두에게 인사했다.

"오늘의 장례식은 이로써 끝입니다. 상주 분, 인사하시죠."

쓰쓰미의 시선은 겐지로를 향했다. 겐지로는 망설이면서 마지못해 감사의 말을 전하기 시작했다.

"오늘은 바쁘신 중에 제 딸인 사토나카 마시로의 고별식에 와 주셔서 진심으로 감사합니다. 저는 일일 한정 아버지 역을 연기한 깃카와 겐지로라고 합니다. 본명은 고초 가즈아키이며, 고초(牛腸)는 한자로 쓰면 소 곱창이라는 뜻입니다. 소 곱창은 굉장히 길어 최대 50미터 정도라고 합니다. 그래서 재수가 좋다고 하죠. 이래 봬도 훌륭한 이름입니다. 재수 좋은 이야기를 해도 소용없겠지요. 본명도 상관없으니까요. 아무튼 저는 마시로 씨와는 딱 한 번 일을 같이 한 인연인데, 어찌된 영문인지 이렇게 사람들 앞에서 말을 하게 되어 아까부터 식은땀으로 흠뻑 젖은 상태입니다."

진짜 부모라고 믿었던 참석자들은 겐지로의 말을 이해할 수 없었다. 쓰네요시도 무심코 옆에 있던 나나미에게 귓속말을 했다.

"이 사람이 무슨 말을 하는 거예요?"

"이 분은 진짜 아버지가 아니에요."

"그래요? 뭐야 그럼, 의부?"

"아니요, 뭐라고 할까."

사람들의 보는 눈이 있어서 나나미는 더 이상 설명할 수 없었다. 쓰네요시는 고개를 갸웃거리며 수수께끼의 아빠를 봤다. 아빠는 땀범벅이 되어 필사적으로 말했다.

"부모와 자식의 관계가 아니므로 당연히 딸에 대해 아무것도 모릅니다. 아무것도 모르는 아버지이기는 하지만, 이렇게 딸의 영정 사진을 보니 역시 안타까워서 가슴에 뭔가가 치밀어 오릅니다. 죄송합니다. 잠시. 아, 죄송합니다."

유골은 나나미가 하코네의 저택으로 데리고갔다. 마시로의 전용 공간을 정리하고 간단한 제단을 만들어 그곳에 안치했다. 마시로가 입은 웨딩드레스를 영정 사진과 함께 장식했다.

며칠 후, 아무로가 분향하러 찾아왔다. 향을 피우고 영정 사진을 향해 합장했다. 마시로에게 무슨 이야기를 하는지 묵념이 길었다. 묵념을 끝낸 아무로는 곧 나나미 쪽으로 돌아섰다.

"마시로 씨의 어머니를 찾았습니다. 가와사키에 살고 계셨어요."

"가깝네요? 그럼 유해도 그쪽으로 보내면 되나요?"

"유해는 안 받으시겠답니다."

"안 받으시겠다고요?"

"어디 강에라도 뿌려 달라고 하셨어요."

"강이라니 너무하시네요."

"갠지스 강에라도 유해를 뿌리러 다녀올까요?"

유해도 안 받겠다는 어머니라니. 도대체 어떤 어머니일까?

생각해 보면 나는 마시로의 인생에 대해 아는 것이 없었다. 이런 형태로 인생을 끝낸 마시로에게도 분명히 평범한 어린 시절이 있었을 것이라고 나나미는 생각했다.

아무로가 말했다.

"오늘 어머니를 만나러 갈 겁니다. 남은 재산을 받고 싶다고 하셔서요. 이런저런 잡비를 빼면 잔금이 3백만 엔 정도인데, 생각보다 남은 금액이 적었어요. 아마 마시로 씨는 다 써 버릴 생각이었을지도 모르겠네요. 어떻게 하실래요? 함께 가시겠어요?"

나나미는 조금 생각한 뒤 대답했다.

"유해를 전해 드리러 갈게요. 강 같은 데에 뿌릴 수는 없으니까요."

21

어머니

가와사키 시내의 코리아타운은 '오힌 지구'라고도 불린다. 다이쇼 시대에 한반도에서 이곳으로 건너온 일족의 후예 중에 오상우라는 여성이 있었다. 일본명은 오타니 하쓰요. 예언이 잘 맞는 용한 기도사로 그 지역에서는 조금 유명한 사람이었다. 평소에는 스낵바를 경영했는데, 기도를 원하는 사람들이 가게를 자주 방문했다. 그중에는 프로 야구선수, 연예인, 최상급 스모선수 등도 있었다고 한다. 오상우는 평생 독신으로 살았지만, 스물두 살 때 사생아를 낳아 다마요라고 이름을 붙였다. 딸 다마요는 한 번 결혼했지만 오상우는 이 결혼을 강력하게 반대했다. 절대로 잘 살 수 없다고 예언했다. 이 예언이 적중하여 딸은 결혼한 지 몇 년 안 되어 파국을 맞아 산으로 돌아왔는데, 이때 외동딸인 오타니 마시로를 데리고 왔다. 그녀는 나중에 배우가 되어 예명을 사토나카 마시로로 지었다. 이때도 오상우는 반대했지만 손녀는 말을 듣지 않았다. 오상우는 손녀의 성공과 좌절을 끝까지 보지 못한 채 12년 전 86세의 나이로 타계했다.

사토나카 마시로는 작은 극단의 연습생이 되어 아르바이트를 하면서 무대에 계속 올랐지만, 그 후 성인 비디오 전문 제작사의 문을 두드려 데뷔했다. 몸을 사용해서 표현하는 사람의 입장에서 성인 비디오는 간과할 수 없는 하나의 장르였다. 비디오 잡지 인터뷰에서 그녀는 성인 비디오와 연극 무대를 자유롭게 왕래하는 여배우가 되고 싶다고 말했다. 하지만 그녀의 야망은 그리 쉽지 않았다. 마시로는 당시 실제 현역 연극배우라는 신분을 요란하게 선전하며 AV에 데뷔했지만, 그다지 인기를 끌지 못해서 순식간에 무명 여배우 카테고리, 이른바 기획 여배우로 격하되었다. 그때부터는 날마다 촬영 현장에 나갔다. 비록 인기를 얻지 못했다고 해도 전속으로 데뷔했을 때의 출연료는 1편에 80만 엔이나 받았다. 그런데 기획 여배우로 전락한 후부터는 1편에 10만 엔 전후였고, 때로는 금액이 더 낮은 일도 있었다. 그러나 마시로는 행복했다. 카메라 앞에 서는 것이 최고의 행복이었다. 카메라 앞에서 하는 일은 전부 여배우의 일이었다. 알몸이든 성행위를 하든 여배우로서, 또 혼과 육체를 움직이게 하는 존재로서, 오히려 정식 연극 무대에서 인기 없는 여배우를 계속하며 나갈 순서를 하염없이 기다리다 겨우 한두 마디의 대사를 한 것으로 수고했다며 현장을 떠나는 날보다 훨씬 더 큰 만족감과 보람을 느꼈다.

어느 날, 촬영 현장에서 많은 인기를 자랑하던 전속 여배우 쓰네요시 사에코를 만났다. 마시로는 그녀의 레즈비언 작품의 상대역이었다. 묘하게 생각이 잘 맞았다. 의기투합한 두 사람은 함께 쇼핑하거나 노래방에 갔다. 사이좋게 지내는 사이에 마시로는 쓰네요시 사에코가 레즈비언이라는 것을 깨달았다. 마시로에게도 쓰네요시 사에코는 점점 특별한 존재가 되었고, 어느새 남녀를 구별하는 차원을 초월했다. 서로의 고독을 채우듯이 두 사람은 서로 사랑했고 동거 생활을 시작했다. 그러나 행복한 생활은 오래가지 않았다. 아무리 서로 사랑해도 고독을 채울 수 없었고, 마음의 병을 얻은 쓰네요시는 어느 날 두 사람이 사는 맨션의 6층에서 뛰어내렸다. 주차장의 지붕이 쿠션 역할을 해서 기적적으로 살았지만, 이 사건으로 이번에는 마시로가 망가졌다. 자신이 그녀를 도와주지 못한 것이 견딜 수가 없었다. 마시로는 자신이 세상에 존재하는 의미를 잃어버렸다. 결국 두 사람은 헤어졌고 몇 년 동안 소식을 끊고 살았다.

2년 전, 쓰네요시가 오랜만에 연락을 했다. 쓰네요시는 대형 AV 제작사의 매니저가 되어 있었다. 마시로를 적은 돈으로 부리는 제작사에서 그녀를 스카우트했다. 그 후의 관계는 양호했다. 서로 살아가는 데 필요한 일을 뒷받침해주는 관계가 되었다. 쓰네요시는 이를 '굵은 뿌리가 이어졌다'고 표현했다.

"예전에는 가냘픈 전파를 교신했을 뿐이었어. 그래서 아무리 가까이 있어도 멀게 느껴졌지. 하지만 지금은 굵은 뿌리가 이어졌으니까 우리는 전보다 분명히 좋은 관계야."

이 말을 뒷받침하듯 쓰네요시는 늘 마시로의 좋은 이해자였다. 이 관계는 두 사람에게 소중했고 행복했다. 그러나 더 이상 서로에게 유일무이한 존재가 아닌 것도 사실이었다. 한 번 망가진 마시로의 마음속 구멍을 채울 수 있는 사람은 쓰네요시 사에코가 아니었다.

"그건 저도 아니었어요." 나나미는 한숨을 쉬었다.

"그런가요?" 아무로가 반론했다. "저는 나나미 씨가 마시로 씨의 마음속 구멍을 채워 줬기 때문에 그녀가 납득하고 죽은 것 같은데요? 뭐 마지막은 본인만 알 수 있죠. 그래도 인생에서 가장 행복하다고 느낀 날에 죽을 수 있다면 그것도 좋지 않을까요?"

"모르겠어요."

아무로의 크라이슬러는 수도 고속도로 요코하 선을 타고 다이시에서 빠져나와 산업도로를 잠시 달리다가 사쿠라모토 1초메의 신호에서 우회전했다. 조수석에서 나나미는 마시로의 유해를 품에 안고 있었다. 문득 창밖을 바라봤다. 마시로의 고향, 오힌 지구는 쇼와 시절의 자취가 남아 그리운 분위기가 감도는 동네였다.

곧 내비게이션이 '목적지 주변입니다'라고 알렸고, 아무로는 차를 세웠다.

"문득 생각했는데, 마시로 씨의 재산을 나나미 씨도 받을 권리가 있지 않을까요?"

"네?"

"두 사람 결혼했잖아요."

"아니에요. 그건 단순한 놀이였어요."

"놀이라고는 해도 결혼식도 올렸고 증거 사진도 찍었는데, 원하시면 혼인증명서도 만들어 드릴 수 있습니다. 전 재산까지는 아니더라도 싸우면 조금은 뜯어낼 수 있는데. 제가 맡아서 해 드릴 수 있어요. 수수료 20퍼센트면 어때요?"

"됐어요. 전 필요 없어요."

"그런가요? 지금 당장 결정하지 않아도 됩니다. 좀 더 충분히 생각하는 게 좋지 않겠어요?"

"받을 수 없어요. 전 아무것도 필요 없어요."

"그렇습니까? 아깝네요. 그래도…… 지금 당장 결정하지 않아도 괜찮아요."

나나미도 물러서지 않았지만, 아무로도 이해하지 못한 채 두 사람은 차에서 내렸다.

할머니 때부터 이어진 작은 스낵바는 지금도 영업 중이라고 했다. 아무로의 말에 의하면 밤에는 단골손님이 방문해서 꽤 붐빈다고 했지만, 낮에는 그 말을 믿을 수 없을 정도로 조용했다. 간판은 완전히 햇빛에 바래서 이름도 잘 보이지 않았다. 겨우 '스낵바 사쿠라'라고 읽을 수 있었다.

가게의 정문은 잠겨 있어서 뒷문으로 돌아갔다. 아무로가 사람을 부르자 잠시 후 60대 정도로 보이는 여성이 나타났다.

"저번에는 감사했습니다."

"들어와요."

여자는 두 사람을 안으로 들였다. 저녁에는 사람들로 붐빈다고 하는데, 그 중심에서 손님의 비위를 맞추는 사람이 이 여성이라고 하니 아무로의 말을 믿기 힘들었다. 오히려 오랫동안 사회와 교류를 끊은 독거노인과 같은 분위기를 자아냈다.

이 사람이 마시로의 어머니 다마요였다.

집 안은 조금 어두웠고 할머니와 선조의 사진이 걸려 있었다.

"어머님, 따님의 유해를 모셔 왔습니다. 여기 놓아도 될까요?"

아무로는 나나미가 안고 있던 유해를 놓을 만한 장소가 있을지 물어봤다.

"뭐야. 필요 없다고 했잖아."

"자자, 그러지 마시고 필요 없으시면 다시 갖고 돌아갈 테니 향이라도 하나 피워 주세요."

"뭐 마실래?"

"아무거나 주셔도 괜찮습니다."

유해에 관한 이야기를 무시하고 다마요는 가게로 내려갔다.

"일단 여기에 놓죠. 마음대로 합시다."

"마음대로 하다니요?"

아무로는 유해를 나나미에게 받아서 불단 앞에 올려놓고 다마요를 불렀다.

"어머님! 향 좀 빌릴게요!"

그리고 불단 위에 있던 향에 라이터로 불을 붙이고 향로에 꽂은 후 무릎을 꿇고 앉아 합장했다. 그 순간 다마요가 돌아왔다.

"맘대로 뭘 하는 거야?"

"아하하하, 맘대로 해 봤습니다."

다마요는 접이식 상 위에 쟁반을 올리고, 바닥에 소주 됫병을 아무렇게나 놓았다. 쟁반 위에는 심플한 유리잔 3개가 있었다.

"소주면 되겠어?"

"아니요, 저는 운전해야 해요."

"대리기사 불러줄 테니까 마셔. 액땜 술이야."

다마요는 유리잔 3개에 소주를 가득 따른 후 자신의 잔을 가져가 쭉 들이켰다.

"술 드시는 모습이 굉장히 호쾌하시네요. 근데 어머님, 취하시기 전에 말씀 좀 드려도 될까요?"

아무로는 황급히 일을 시작했다. 봉투와 명세서와 영수증, 인주 등을 꺼내서 상 위에 늘어놓고 설명하기 시작했다.

"따님이 남긴 돈입니다. 확인해 보세요."

봉투 속에서 만 엔짜리 지폐 다발이 계속 나왔다.

다마요는 선반에서 돋보기와 도장을 꺼내 와서 다시 앉더니 명세서를 확인하기 시작했다.

"이 조사비 백만 엔은 뭐야?"

"이건 어머님을 찾느라 여러 군데를 조사하는 데 쓰인 비용입니다. 필요 경비를 포함한 금액이에요."

"흐음. 도장은 여기에 찍으면 되나?"

"감사합니다. 그리고 묘지는 어떻게 할까요?"

"묘지?"

"어머님께서 처리하신다고 하면 그렇게 하겠습니다."

"버린 딸이니 알아서 해 줘."

"그럼 그 비용도 공제하겠습니다. 이쪽에 도장을 찍어 주세요."

아무로는 미리 준비한 매장비 포함 명세서로 바꿨다. 그 명세서에 도장을 찍은 다마요는 돋보기를 벗고 유골함을 바라봤다. 유골함 옆에는 나나미가 올려놓은 딸의 영정 사진이 있었다.

"이런 얼굴로 낳은 기억이 없어. 쌍꺼풀이 없는 참깨 같은 눈이었는데. 이젠 누군지 못 알아보겠어."

다마요는 두 잔째의 소주를 들이켰다.

"어머님은 술이 세시군요."

"별로 세지 않아. 이러다 잠들 거니까 내버려두고 돌아가. 자, 어서들 마셔. 사양하지 말고."

아무로와 나나미는 무심코 눈을 맞췄다. 아무로는 쓴웃음을 지으면서 자신은 운전을 해야 하지만 나나미는 사양 말고 마시라며 몸짓으로 전했다. 나나미는 어쩔 수 없이 잔을 들고 형식적으로 입만 댄 후 다시 상 위에 올려놨다.

"넌 마시로의 친구야?"

다마요가 나나미에게 물었다.

"네."

"너도 그쪽이야? 같은 일을 하냐고."

"네?"

"포르노 배우야?"

"아니요, 저는⋯⋯."

"상식이 제대로 박힌 인간이 할 일이 아니지. 그 애 하나 때문에 주위 사람들이 얼마나 피해를 입었는지 몰라. 남 앞에서 옷을

홀딱 벗고 돈을 벌어서 얼마나 호화스러운 생활을 한 거야? 집에
는 생활비 한 번 보낸 적도 없는 주제에. 내 딸이지만 무슨 생각을
하며 살았는지 전혀 모르겠어. 10년 전부터는 행방조차 몰랐지.
어느 날 단골 손님이 큰일 났다면서 잡지를 갖고 왔는데 마시로
가 포르노 배우가 됐다는 거야."

다마요는 분노로 부들부들 떨었다. 소주를 목에 흘려 넣으며
깊고 쓴 한숨을 쉬었다.

"아는 사람한테 부탁해서 사는 곳을 알아냈지. 그 길로 찾아가
서 두드려 팼어. 뼈가 부러질 정도로 팼지. 얼굴을 몇 번이고 계속
때렸어."

당시의 기억이 되살아난 것일까? 다마요의 얼굴이 일그러지면
서 입가도 떨렸다.

"이상한 비디오를 찍지 못할 정도로 패 줬어. 그 애나 나나 아
무 말도 안 했지. 실컷 팰 만큼 패고 조금 쉬다 집에 돌아왔어. 그
후로 한 번도 못 봤어."

다마요는 그렇게 말하고 또 소주를 단숨에 들이켰다. 그리고
조금 더워졌는지 걸쳤던 얇은 카디건을 벗었다. 다시 소주 한 잔
을 쭉 들이키고는 비틀거리며 일어나더니 헐렁한 원피스 밑으로
손을 넣어서 팬티를 벗었다.

"왜 그러세요? 화장실에 가시려고요?"

아무로의 말이 끝나기도 전에 원피스까지 벗어 버리고 알몸으
로 다시 방석 위에 털썩 주저앉았다. 어리둥절해하는 나나미와 아
무로를 노려보며 말했다.

"역시 이해할 수 없어. 남 앞에서 옷을 벗다니. 그저 수치스럽기만 한 걸."

갑자기 얼굴이 일그러지더니 다마요는 어깨를 떨며 울기 시작했다.

나나미는 그저 멍하니 있는 수밖에 없었다. 아무로를 흘끗 쳐다봤다. 아무로의 시선은 다마요에게 고정되어 있었다.

알몸으로 우는 늙은 어머니는 보기 흉하기도 했지만 성스럽기도 했다.

뭔가를 손바닥으로 치는 소리에 놀라서 나나미는 뒤를 돌았다. 아무로가 양손으로 얼굴을 덮고 있었다. 그 손 너머에서 이상한 신음 소리가 들린다 싶더니 갑자기 아무로가 바닥에 머리를 대고 엎드렸다.

"아, 아, 아, 아아아아!"

아무로는 울고 있었다. 소리 높여 울었다. 통곡했다.

이 모습을 보고 나나미도 놀랐지만 다마요도 놀랐다. 무엇이 그의 심금을 울렸는지 알 수 없었다.

"아무로 씨! 갑자기 왜 그러세요? 왜 아무로 씨가 울어요?"

"어어어, 죄, 죄송합니다. 죄송해요. 어어어어. 안 돼. 으으으, 아아아!"

아무로는 어떻게든 평정을 되찾으려고 필사적이었지만 치밀어 오르는 오열을 아무리 해도 멈추지 못했다. 그 모습을 보고 있던 다마요가 다시 쌓인 감정을 터뜨리듯이 울기 시작했다. 나나미도 공연히 울고 싶어졌다.

"잘 마시겠습니다!"

나나미는 받은 소주잔을 다마요를 향해 치켜들고, 옆에서 흐느 껴 우는 아무로에게도 치켜든 후 소주 한 모금을 쭉 들이켰다.

"아, 맛있다!"

그리고 불단 쪽으로 뒤돌아보며 마시로의 유골과 영정 사진을 향해 잔을 치켜들고 가볍게 인사한 뒤 단숨에 전부 다 마셨다.

"윽, 켁켁."

강렬해서 목이 타들어가는 듯했다. 코로 거친 숨을 천천히 반 복해서 내쉬며 마시로의 영정 사진을 바라보는 동안 온갖 생각이 흘러넘쳤다. 그것은 희로애락이 뒤섞여 말로 설명할 수 없는 감정 이었다.

"어머니, 한 잔 더 주세요! 같이 술 마셔요!"

다마요는 고개를 끄덕이며 나나미가 내민 잔에 소주를 따랐다.

"그래요, 마십시다!"

그렇게 말하고 아무로는 자신의 소주를 한 번에 들이켰다. 뱃 속에서부터 숨을 토하더니 갑자기 일어나 옷을 벗기 시작했다. 재 킷을 벗고, 넥타이를 풀고, 셔츠까지 벗더니, 벨트를 풀고 바지와 팬티까지 벗어 버렸다.

"아우 부끄러워. 엄청 부끄럽네!"

그리고 알몸으로 상 앞에 편히 앉아 다마요에게 술을 달라고 부탁했다. 다마요가 술을 따라 주자 다시 한 번에 들이켰다.

"캬아! 죽을 것 같아! 엄청 맛있네. 나나미 씨도 빨리 옷 벗어요!"

"그건 모, 못해요!"

나나미는 어깨를 움츠렸다.

　다마요가 웃음을 터뜨렸다. 어깨를 들썩이며 낮은 목소리로 킥
킥 웃었다. 그 웃음에 끌려 나나미도 킥킥거렸다. 아무로는 그 모
습을 보고 아이처럼 다시 격하게 흐느껴 울었다.

신부

하코네의 저택은 아무로가 젊은 직원을 모집해서 거의 하루 만에 정리했다. 가구는 중고 가구점에 맡겼다. 의류나 액세서리는 인터넷 옥션에서 팔고, 나머지는 복지단체의 지인이 인수한다고 했다. 알파로메오도 높은 금액으로 팔린 모양이었다.

나나미는 총액이 얼마인지, 그 금액이 어디로 빠져나갔는지 아무로에게 묻지 않았다. 새 집에 가구라도 가져가라며 아무로가 권했지만, 나나미는 거절했다. 마시로에게는 지나칠 정도로 너무 많은 것을 받았다.

이번에야말로 나 혼자서 살아가야 한다.

하코네를 떠난 나나미는 가마타의 호텔로 돌아갔다. 지배인과 종업원들은 한 번 나갔다 돌아온 여성을 진심으로 환영해 주었다. 나나미는 호텔 근처에 새 아파트를 빌렸다. 원룸에 집세 4만 엔짜리였다. 이곳을 출발점으로 해서 어떻게든 자력으로 살아가겠다고 결심했다.

여행 가방 두 개와 커다란 배낭을 새 집으로 날랐다. 짐을 정리하고 있는데 전화가 울렸다. 파견 회사의 담당자 에모토의 전화였다. 새로운 교사 자리가 있다고 했다. 이미 목록에서 제외되었을 거라고 포기했기에 깜짝 놀랐다.

"도내에 있는 여자중학교입니다. 일주일에 4시간씩 수업이고, 다음 달부터 어떠십니까?"

"아, 그래요?"

나나미는 조금 망설였다.

"왜 그러세요?"

"지금 시간제로 하고 있는 일이 있어서요."

"그럼 곤란한가요?"

"상의할 시간을 주세요."

"아, 그렇군요."

"네. 수업하는 요일과 시간대를 알 수 있나요?"

"어디 보자, 화요일 2교시, 목요일 3교시……."

"잠시만 펜을 가져올게요. 네, 불러 주세요."

"불러도 됩니까?"

"네."

"화요일 2교시, 수요일 3교시, 5교시, 금요일 2교시입니다."

나나미는 망설였다. 학교와 호텔 일이 모두 낮 근무였다.

가능하면 양쪽 일을 다 하고 싶었다. 지금은 무슨 일이든 하고 싶었고, 열심히 하면 뭐든지 할 수 있을 것 같은 기분이 들었다.

수업이 화요일과 수요일, 금요일인데 이걸 수락하면 호텔은 월요일과 목요일, 토요일이다. 일요일을 늘릴 수 있을까? 프런트라면 저녁 근무에 빈자리가 있을지도 모른다.

"확인하셨어요?"

"시간제 쪽에 확인해 보고 연락드릴게요."

나나미는 에모토에게 바로 연락하겠다며 전화를 끊었다. 그리고 호텔 지배인에게 전화를 걸어 사정을 설명했다. 몇 번씩 양해를 구하며 수업이 있는 날을 피하는 대신에 일요일과 저녁 시간으로 넉넉하게 배정받는 데 성공했다.

"다시 돌아오자마자 정말로 죄송합니다!"

"그런 일로 사과하지 말아요. 보답은 나중에 다른 걸로 해요."

"무엇이든 말씀만 하세요! 정말 고맙습니다!"

전화를 끊고 바로 에모토에게 전화를 걸었다.

"다행히 시간을 변경했어요!"

에모토가 신기한 듯이 물었다.

"정말로 미나가와 씨입니까? 어쩐지 목소리에 생기가 있네요. 다른 사람인 줄 알았습니다."

그런 말을 듣고 나니 나나미도 조금 의외였다. 조금이나마 성장한 걸까? 확실히 최근 1년 동안 많은 일이 있었다. 지나치게 많았다.

기상천외한 경험 덕에 조금은 늠름해졌을지도 모르겠다.

저녁에는 오카모토 카논의 수업이 있었다. 새 집으로 이사를 온 뒤 처음 하는 수업이었지만, 또다시 방이 바뀐 것을 카논은 놓치지 않았다.

"선생님, 집이 또 다르네요."

"맞아. 이사했어. 지금은 혼자 살아."

"도쿄에 가 보고 싶어요."

"왜?"

"가 본 적이 없으니까요."

"도쿄에 오면 우리 집에서 묵을래? 도쿄 안내해 줄까?"

"도쿄는 어떤 곳이죠?"

"어떤 곳? 글쎄. 어떤 곳일까?"

여기는 어떤 곳일까. 그 순간 이런 감상이 흘러나왔다.

"다양한 사람들이 사는 곳이야. 기상천외한 곳이지."

"흐음."

다음 날, 아무로에게 연락이 왔다. 이사 축하 선물을 주고 싶다고 했다. 얼마 후 아무로는 경트럭을 타고 찾아왔다. 짐칸에 가구가 산더미처럼 쌓여 있었다.

"이게 다 뭔가요?"

"여기저기서 필요 없는 물건을 대충 얻어 왔어요."

"근데 이렇게 많이는 안 들어가요"

"당연하죠. 이 중에서 맘에 드는 걸 고르세요."

"그런 거였군요."

"물론이죠."

"그래도 신세를 너무 많이 지네요."

"사양하지 마세요. 원래 제 물건도 아니라서 남으면 버리기만 하면 되거든요."

잘 보니 가구마다 구에서 발행하는 스티커가 붙어 있었다.

"대형 폐기물인가요?"

"그렇다고 할 수 있죠. 일반적으로는 가구라고 불러요."

"나머지는 다 버리나요? 아까워요."

"어쩔 수 없죠. 둘 곳이 없으니까요."

"어떤 걸 고르지? 버려진다니 불쌍해서 오히려 못 고르겠어요. 그럼 이걸로 할게요."

일단 작은 의자를 들었다.

"사양하지 말고 더 골라 보세요."

"그럴까요? 그럼 이 테이블을 가져가도 되나요?"

"물론입니다. 이건 어때요? 용도는 잘 모르겠지만."

아무로는 나나미가 고른 가구를 함께 방으로 옮겨 주었다.

"그리고 이거."

아무로가 나나미에게 흰색 봉투를 내밀었다.

"현금으로 드려서 죄송하지만, 가정부 일의 마지막 월급입니다."

"하지만 받을 수 없어요."

"이 돈은 받아 주세요. 직접 일해서 번 돈이니까요."

"…… 알았어요. 감사합니다."

나나미는 양손을 공손히 내밀어 아무로가 주는 봉투를 받았다.

"금액이 맞는지 확인해 주세요. 그리고 영수증에 사인도 부탁합니다."

"네."

나나미는 봉투를 열고 지폐를 셌다. 아무로는 창문을 열고 베란다로 나갔다. 둑 너머로 넓은 강이 보였다. 다마가와였다.

"이 집 좋은데요? 전망도 끝내주네요."

"네! 정말 좋아요."

나나미는 영수증에 사인을 했다. '미나가와 나나미'. 아무로는 그것을 두 번 접어서 주머니에 쑤셔 넣었다.

창문으로 초봄의 바람이 불어 들어왔다. 이제 곧 4월이고, 나는 24살이 된다.

"또 무슨 일이 생기면 연락하세요."

"네."

나나미는 아무로를 집 밖까지 배웅했다.

"여러모로 고마웠습니다."

나나미는 정중히 고개를 숙이고 직접 아무로에게 악수를 청했다. 아무로는 겸연쩍은 듯이 그 손을 잡았다. 달려가는 트럭이 보이지 않을 때까지 나나미는 아무로에게 손을 흔들었다.

집 안으로 돌아오자 나나미는 아무로에게 받은 가구를 하나하나 만져 봤다. 컬러 박스 2개, 다리 달린 낮은 수납장, 책꽂이, 새 집에서 함께 생활할 친구가 늘어났다. 낯선 사람들에게서 받은 물건이었다. 센터 테이블에 의자가 2개. 한쪽에 앉아 봤다.

또 하나의 의자. 마시로가 있어야 했을 장소.

나나미는 문득 생각이 났다. 어쩌면?

스마트폰으로 플래닛을 열었다. 그곳에 그녀의 마지막 메시지가 남아 있을 듯한 예감이 들었다. 왜 좀 더 빨리 깨닫지 못했을까? 충분히 생각할 수 있었을 텐데. 기적을 믿으며 나나미는 마시로의 계정을 검색했다.

그러나 유감스럽게도 그곳에 마시로의 메시지는 남아 있지 않았다. 그보다 마시로가 플래닛을 방문한 흔적조차 없었다. 그저 나나미가 마시로에게 보낸 메시지 2개만 남아 있었다.

"그때 보냈던 거네."

두 사람이 처음 만난 저녁, 나나미는 시부야에서 미시로를 놓치고 그녀에게 메시지 두 개를 보냈었다. 그 메시지가 그대로 남아 있었다. 마시로가 읽지도 않은 채.

하지만 나나미는 이것도 대단하다고 생각했다. 두 사람은 서로 SNS를 한 번도 사용하지 않고 함께 살았다. 이런 시대에 마치 기적과도 같은 나날을 보냈다. 확실히 꿈과 같은, 기적과 같은 나날이었다.

나나미는 무의식적으로 자신의 왼손 넷째 손가락을 만졌다. 마시로에게 받은 보이지 않는 반지는 마치 진짜 반지처럼 그곳에 있는 것처럼 나나미의 넷째 손가락을 간지럽혔다. 당분간은 울면서 지낼 듯하다.

나나미는 두 개의 메시지에 다시 한 번 시선을 떨어뜨렸다. 눈물이 뺨을 타고 흘렀다.

@캄파넬라

마시로 씨, 지금 어디에 있어요?

@캄파넬라

고마웠어요. 잘 자요. 립반윙클 님.

옮긴이 **박재영**

서경대학교 일어학과를 졸업했다. 어릴 때부터 출판, 번역 분야에 종사한 외할아버지 덕분에 자연스럽게 책을 접하며 동양권 언어에 관심을 가졌다. 번역을 통해 새로운 지식을 알아가는 것에 재미를 느껴 번역가의 길로 들어서게 되었다. 분야를 가리지 않는 강한 호기심으로 다양한 장르의 책을 번역, 소개하기 위해 힘쓰고 있다. 현재 번역 에이전시 엔터스코리아 출판기획 및 일본어 전문 번역가로 활동하고 있다. 옮긴 책으로는《따뜻한 가족 소품교실》《인생은 잇셀프》《세계 동화 작은 자수》등이 있다.

립반윙클의 신부

1판 1쇄 발행 2016년 9월 26일
1판 5쇄 발행 2016년 12월 12일

지은이 이와이 슌지
옮긴이 박재영

발행인 양원석
편집장 김건희
책임편집 지소연
디자인 RHK 디자인연구소 남미현, 김미선
해외저작권 황지현
제작 문태일
영업마케팅 이영인, 장현기, 박민범, 이주형, 양근모, 이선미, 이규진, 김보영, 김수연, 신미진

펴낸 곳 ㈜알에이치코리아
주소 서울시 금천구 가산디지털2로 53, 20층 (가산동, 한라시그마밸리)
편집문의 02-6443-8879   **구입문의** 02-6443-8838
홈페이지 http://rhk.co.kr
등록 2004년 1월 15일 제2-3726호

ISBN 978-89-255-6007-6 (03830)